AFFAIRES SPÉCIALES

LE DOSSIER iO

Du même auteur, sous le pseudonyme de Roy Braverman :

Hunter (Hugo Thriller, 2018 ; Pocket, 2019)
Crow (Hugo Thriller, 2019 ; Pocket, 2020)
Freeman (Hugo Thriller, 2020 ; Pocket, 2022)
Manhattan Sunset (Hugo Thriller, 2021 ; Hugo Poche Suspense, 2023)
Pasakukoo (Hugo Poche Suspense, 2021)
Le Cas Chakkamuk (Hugo Thriller, 2022)

34-36, rue La Pérouse
75116 Paris
www.hugopublishing.fr

Ouvrage dirigé par Bertrand Pirel
Couverture : © Rémi Pépin
Visuels de couverture : © Getty Images/
mevans & Getty Images/EskayLim/EyeEm

ISBN : 9782755663969
Dépôt légal : avril 2023
Imprimé en Espagne par CPI Black Print

HUGO TOSI

AFFAIRES SPÉCIALES

LE DOSSIER iO

Hugo Poche

SUSPENSE

PROLOGUE

Quelque part dans les Alpes-de-Haute-Provence

Ils courent. Ils sont trois. Nus. Ils courent comme des désespérés, des perdus d'avance. À travers la garrigue desséchée et les buissons épineux, dans les chardons et les ronces, ils courent, le cœur dilaté par la terreur de ce qui les poursuit. Ils s'écorchent les mollets, se déchirent les cuisses et le ventre aux broussailles, s'entaillent les pieds sur des cailloux saillants et les racines sèches. Ils suffoquent, gobent l'air brûlant à pleine bouche, bavent, et s'affolent de leur propre souffle qui siffle d'épuisement. L'air ardent leur brûle les sinus comme la flamme aiguë d'un chalumeau. Leurs poumons poudroient. Ils ne crient plus depuis longtemps. Ils ne font que gémir leur panique, miaulements plaintifs et criards de mômes ou de chats. Pitoyables. La frayeur et la fureur de survivre leur ont d'abord déchiré la gorge de hurlements effroyables, mais maintenant ils ne crient plus. Ils n'en ont plus la force. Ils ne sont plus que des proies affolées, traquées, sans même savoir pourquoi cette haine fatale s'acharne sur eux. Ils ont bien compris qu'on les pousse vers quelque part, qu'on les cornaque, qu'on les entraîne, mais ils sont trop épuisés et trop paniqués pour chercher à savoir où et pourquoi. Ils sont désormais incapables de la moindre pensée cohérente. Alors ils courent, se doutant bien que c'est vers le pire. Mais s'arrêter et faire face serait pire encore. Se faire déchiqueter, lacérer, dépecer, alors ils courent, à bout de forces, à bout de souffle, à bout de vie, au bord du déséquilibre. Ils ne savent même pas qu'ils sont trois. Chacun croit que l'horreur ne s'est abattue que sur lui et ça le terrorise plus encore. Savoir deux autres victimes de la même hystérie les aiderait peut-être à comprendre. Peut-être. S'ils étaient encore en état de réfléchir. S'il pouvait y avoir quelque chose de rationnel dans ce supplice, dans cette hargne contre eux, dans cet acharnement incompréhensible. Au début de leur course folle, ils ont cherché à s'expliquer, les uns comme les autres, même s'ils ne couraient pas au même endroit. À demander pourquoi, à hurler leur colère et leur rage, à jurer de leur innocence même s'ils ne savaient pas de quoi on cherchait à les punir. Puis la panique les a saisis à la gorge et ils ont hurlé encore, mais de peur cette fois. Ils ont pleuré, chialé, imploré qu'on leur dise pourquoi. Supplié de savoir de quoi on les tenait pour coupables. Ils ont gémi, glapi leur innocence, puis ils ont compris que rien ne les sauverait. Rien. Pas un mot. Pas la moindre pitié. Alors ils ont chialé comme des mômes qui se pissent dessus, avilis et honteux de cette mort humiliante et féroce vers laquelle on les forçait.

Le premier jaillit du maquis odorant dans le vacarme immobile des cigales et déboule une longue pente de terre rouge et poudreuse. Il trébuche, roule dans la caillasse, se déchire les épaules et le dos, s'écorche les genoux aux cailloux et se lacère les pieds. Mais il se relève aussitôt, les yeux dilatés par la peur d'avoir perdu un peu de terrain sur eux. La terre colle à son corps en nage et en sang maintenant, et il pue l'urine. La poussière et la terreur ont asséché ses lèvres. Le soleil brutal et indifférent cogne à ses tempes. Son visage écarlate ruisselle de sueur. Elle brûle ses yeux à l'acide et brouille sa vue. La terreur et l'épuisement ont réduit son champ de vision, il court dans le tunnel de la peur, mais il les devine sur les côtés, silencieux et haineux, déployés pour le garder dans la bonne direction, droit vers le précipice des gorges abruptes. Plus rien n'est cohérent. Les images et les sons se saccadent dans sa tête. Ses pieds blessés dans les cailloux. Des bouts de ciel bleu. Son souffle à bout. Les cigales.

En bas du talus son élan l'emporte et il trébuche dans un fossé à sec en bordure d'une piste. Il la traverse en déséquilibre et se maudit de ne rien reconnaître. Il n'a aucune idée d'où il peut être.

De ce vers quoi ils le poussent. S'il tombe, ils le mettront à mort, alors il passe la route et saute de l'autre côté dans la garrigue, s'écorche le visage aux branches des oliviers sauvages, puis plonge dans une ravine en cuvette et soudain il le voit. C'est lui, c'est sûr. Il le sait. Il le devine d'instinct. C'est à lui qu'il va. C'est vers lui qu'il court. C'est là qu'ils le mènent. Là qu'ils le veulent. Il comprend aussitôt que c'est la fin. Que tout va se terminer là. De toute façon il n'en peut plus. C'est presque mieux comme ça. Il ne pouvait pas résister plus longtemps. Sa poitrine le brûle. Son cerveau n'est plus qu'un gaz délétère. Puisqu'ils le veulent, puisque c'est ça, même s'il ne sait toujours pas pourquoi… D'un ultime élan, de ses toutes dernières forces, il bondit, s'accroche au tronc et grimpe dans les branches en écorchant son corps à l'écorce grise et poisseuse de l'olivier.

CHAPITRE 1

Jour 1
03 h 00 – Paris – Rue Tournefort

Trois heures. L'heure indécise des insomnies obsessives. Ni nuit, ni matin. Marigot des remords larmoyants. Lande fantomatique de ses nuits blanches. Nimbes de rêves humides et solitaires. Elle émerge de son sommeil comme on remonte à la surface d'une eau vaseuse, et il lui faut plusieurs secondes pour comprendre. Ce qu'elle fait là. Ce qui sonne dans le vide de la nuit sur sa table de chevet. Quand elle parvient à accrocher une réponse plausible à chaque question, elle soupire et, d'une main résignée, cherche à tâtons le téléphone qui ne cède rien à la nuit. Sur l'écran, le numéro des Affaires Spéciales. La permanence. Elle froisse ses yeux, les écarquille pour en chasser la brouille du sommeil, et redresse l'oreiller pour s'adosser à la tête de lit. Avant de répondre, elle observe la chambre et se rassure. Elle est chez elle. C'est déjà ça !

– Capitaine Barthes ? demande la voix qu'elle reconnaît.

– Vous appelez sur mon portable, Lieutenant, qui voulez-vous que ce soit ?

– La procédure veut que je m'en assure, Capitaine.

– Très bien, vous assurez, Lieutenant. Qu'est-ce qu'on a ?

– Un mort, Capitaine, un corps nu englué dans un arbre.

Il est trois heures du matin. Elle se réveille. Et un corps nu englué dans un arbre ! Elle se surprend à visualiser la scène, le temps d'un silence. Voilà donc comment un homme peut finir de vivre. Il aura été salaud ou charitable, couard ou violent, ignare ou cultivé, intelligent peut-être même, et maintenant il est mort, nu et englué dans un arbre. Mauvais karma pour lui, et mauvais réveil pour elle.

Elle revient à l'heure qu'il est, 3 h 07, entre un dimanche soir de naufrage et un petit matin de lundi échoué. Elle décide qu'il lui faut d'abord le réconfort d'un café fort.

– Pourquoi nous ? demande-t-elle en rejetant les draps.

Elle sort du lit sans allumer, son portable à l'oreille, et va vers la cuisine. Dans le couloir, un miroir en embuscade lui renvoie un furtif reflet d'elle. Son corps s'alourdit. La vie l'engonce. Rester sportive et affûtée ne lui permet même plus de mettre quelqu'un dans son lit un dimanche soir ! D'un autre côté, pour ceux qu'elle y a mis ces derniers temps…

– Parce que la victime s'appelle Vincent Le Guern, Capitaine, conseiller particulier à l'Élysée dans le domaine de la sécurité intérieure. Un proche du Président. Un très proche. Il a géré sa première campagne. Le colonel vous attend à 5 h 30 pour vous briefer. Votre avion décolle à 6 heures.

La machine perfore la capsule et le filet de son double expresso coule dans un verre en Pyrex. Elle a gardé ça des premiers cafés de son adolescence, quand elle se donnait des airs de femme. Ça et le Nutella. Mais le Nutella elle a arrêté, rapport à son corps, justement. Enfin, quand elle peut. Quand le délitement de sa vie sentimentale, le temps qui passe et tout ce monde qui se contredit sans cesse ne la gardent pas toute la nuit sous la couette, à regarder des séries policières coréennes en se suicidant métaboliquement à la pâte à tartiner. Et aux souvenirs d'enfance aussi, quand il suffisait, petite, pour rêver à son âge de grande, de lire un numéro dans le fond d'un verre en Pyrex.

– D'accord, j'y serai. Ça s'est passé où ?

– Ah, ça par contre, ça va vous plaire, Capitaine, c'est du côté du Mercantour, dans les gorges de Daluis, c'est par chez vous, je crois, non ?

Elle raccroche sans répondre. Par chez elle ? Ça fait belle lurette que c'est plutôt nulle part et partout à la fois, par chez elle. Ici, dans ce studio de la rue Tournefort, dégotté au débotté après une ultime querelle avec le père de son fils, et où elle tente d'endormir ses nuits dans un impossible oubli. Et là-bas aussi, où vit Marc justement, son ex, dans son ex-appart de la rue Saint-Maur, avec son ex-meilleure amie. À elle. En fait, chez elle, depuis le fracas de son couple, c'est plus souvent dans les casernes ou les hôtels, par monts et par vaux, au hasard des enquêtes. Mais ce n'est sûrement pas là-bas, à La Croix-sur-Roudoule, où vivent ses parents, et peut-être encore son frère Michel. Il ne lui manquait plus que ça, comme galère : retourner là-bas, entre eux et lui. Et en tant qu'officier enquêteur de la gendarmerie au sein des Affaires Spéciales, en plus !

Elle prend son verre chaud entre ses deux mains et se laisse envelopper par l'arôme du café. Elle en sourit. Elle a appris ce petit geste précieux et fragile dans les comédies romantiques américaines, pour troubler ses premiers amants à leur réveil. La fille qui vous sidère quand vous ouvrez les yeux, qu'on se maudit de n'avoir pas su aimer plus tôt, la petite grosse timide et quelconque devenue une femme sensuelle.

Foutaises d'ados ! Juste une posture pour faire comme si. Jamais personne ne la prend dans ses bras puissants quand elle se retourne, le matin, toute seule, son café entre ses mains, à 3 heures du mat', parce qu'un type est mort englué dans un arbre. Si, Marc peut-être, au début, il y a trois cent cinquante mille ans et des poussières…

Elle prend le téléphone et compose le numéro de son ex.

– Marion ? Non mais c'est pas vrai, tu as vu l'heure ?

– Désolé, je pensais tomber sur ton répondeur.

– Marion, quand tu appelles un répondeur, ça sonne pareil !

– J'ai dit que j'étais désolée. Écoute, il faut que tu gères Élias avec ma sœur pour quelques jours. Je pars en mission dans deux heures et je ne sais pas encore pour combien de temps.

– Que je « gère » Élias ? Tu veux dire que je m'occupe de notre fils, que je prenne soin de lui, que je le nourrisse, que je l'héberge, que je lui apporte l'amour d'un vrai parent, c'est ça ? Va te faire voir, Marion, ça, je le fais déjà bien plus souvent qu'à mon tour.

– C'est mon métier, Marc, je n'y peux rien, la permanence vient de m'appeler et je dois y aller.

– Je te rappelle que moi aussi, j'ai un métier, et que c'est le même que le tien !

– Sauf que tu n'es pas aux Affaires Spéciales.

– Dieu en soit loué ! Je garde les mains propres, moi !

– Marc, tu es aux mœurs…

L'éternel débat, le motif le plus violent de leurs disputes, mais ce n'est pas l'heure de recommencer à compter les coups.

– Bon, tu fais quoi avec Élias ?

– Il est chez toi ?

– Non, il est déjà chez ma sœur depuis quelques jours.

– Seigneur Dieu, Marion, mais quelle mère tu es devenue ?

– Une mère célibataire. Souviens-toi : la femme que tu as trahie, que tu as larguée, et que tu veux priver de la garde de son enfant.

– Et tu ne crois pas que ce genre d'appel le justifie ?

– Quoi, que tu m'aies abandonnée ?

– Non, je parlais…

– Je sais très bien de quoi tu voulais parler, Marc. Bon, tu t'en occupes ou pas ?

– Évidemment que je m'en occupe, s'énerve-t-il, tu crois peut-être que je vais me venger sur lui de ce que tu nous fais endurer ? Mais c'est la dernière fois, je te préviens !

– Bien sûr que non, Marc, tu es bien trop heureux des points que ça te rapporte à chaque fois pour pouvoir me contester la garde d'Élias.

– C'est sûr que le juge en tiendra compte et que mon avocat se fera un plaisir de lui rappeler comment tu « gères » notre fils.

– Parfait, alors arrange-toi avec Dany, je dois y aller.

Elle raccroche, au bord de la colère, contre elle plus que contre Marc, pour ce que la vie l'oblige à faire. Puis elle laisse un texto à sa sœur et un autre à Élias en leur faisant des promesses qu'elle ne pourra pas tenir.

Après une douche et un autre double expresso bouillants, elle s'habille en civil comme pour une randonnée, vérifie son arme de service et ses munitions, et redevient le capitaine Barthes des Affaires Spéciales de la Gendarmerie nationale. Quelle ironie, une affaire spéciale du côté de La Croix-sur-Roudoule ! Elle espère que son frère Michel n'y est pour rien, cette fois. Puis elle ne s'en amuse plus, et souhaite qu'il n'y soit vraiment pour rien. Que resterait-il de sa famille si elle devait l'arrêter à nouveau et l'envoyer en prison une deuxième fois ?

CHAPITRE 2

Paris
Cercle Galilée – Au téléphone

– Solis, c'est Orion…

– Je sais qui m'appelle, Orion, que voulez-vous ?

– Les Affaires Spéciales diligentent une enquête sur la mort du conseiller Le Guern.

– Et vous pensez que nous ne le savions pas ?

– Non, mais je venais m'informer de ce que vous vouliez que nous fassions.

– Orion, quand le Cercle s'intéresse à un dossier, c'est le Cercle qui vous contacte, pas l'inverse.

– Oui, désolé, j'avais pensé que…

– Ne pensez pas, Orion, le Cercle le fait très bien pour vous.

– Oui, Monsieur.

– Cependant, puisque vous en avez pris l'initiative, tenez-moi informé de chaque nom qui pourrait apparaître dans la procédure.

– Bien, Monsieur.

– Orion, je veux le savoir avant quiconque, avant le Ministre. Avant Jupiter, même.

– Bien sûr, Monsieur.

– Et je veux le nom et le pedigree de chaque membre de la cellule d'enquête.

– Bien, Monsieur.

CHAPITRE 3

Jour 1
09 h 30 – Nice – Institut médico-légal

– Du gui ?

Une voiture de la gendarmerie l'a conduite directement de l'aéroport à l'Institut médico-légal de Nice.

– Oui, du gui. Macéré, fermenté et cuit à bonne dose, la baie de gui donne le gluau traditionnel des chasseurs d'oiseaux. On peut aussi le fabriquer à partir de l'écorce qu'on laisse pourrir dans la chaleur d'un fumier.

– Quoi, on cherche une sorte de druide qui court les arbres parasités avec une serpe en or pour amasser du gui ? se moque Marion.

– Non, pas dans notre cas. Il en aurait fallu en trop grande quantité.

– Ce n'est pas du gluau ? s'impatiente-t-elle.

– Si, mais moins naturel celui-là, plus chimique. D'après les premières analyses, le gluau qui a piégé votre homme est à base d'huile dc lin. On y a aussi trouvé des traces d'essence de térébenthine, de solvant, de goudron de Norvège, de crêpe de caoutchouc, d'huile de vidange et de lait de Figuière.

– Du lait de Figuière ?

– Ça rend la glu plus mate et empêche que les oiseaux soient alertés par les reflets.

– Vous semblez vous y connaître, Kinsky.

– Oui, je chasse à la glu, et je préfère vous le dire tout de suite, j'emmerde ceux qui sont contre et n'y connaissent rien.

Marion fixe le légiste, puis décide d'éviter toute discussion inutile. Elle emmerdera le chasseur qu'il est en silence dans sa tête. Mais elle n'y résiste pas :

– Parfait, au moins j'ai déjà un premier suspect. Sinon, il n'existe pas de préparations prêtes à l'emploi ?

– Si, il arrive même, de temps en temps, que de grandes enseignes de sport mettent à la vente des flacons de gluaux industriels provenant de certains pays d'Europe, mais ça peut difficilement être le cas dans votre enquête.

– C'est vous qui décidez de ce qui est bon ou pas pour les enquêtes, maintenant ?

– Simple déduction mathématique : une grive pèse autour de soixante grammes et votre victime mille trois cents fois plus. Vous imaginez la quantité de gluau nécessaire ? Impossible d'en acheter autant dans le commerce sans se faire remarquer. Ni même de le trouver, d'ailleurs.

– Il faut donc chercher un fabricant local et artisanal à partir des ingrédients que vous avez mentionnés, c'est ce que vous voulez dire ?

– C'est bien ça. Certains éléments sont d'ailleurs suffisamment spécifiques pour fournir de bonnes pistes : les connaisseurs n'utilisent par exemple que de la térébenthine de Venise, la seule qui soit pure. Pour le crêpe de caoutchouc, le plus courant, c'est de récupérer des chutes chez des cordonniers ou des fabricants de chaussures.

– Intéressant. Rien d'autre ?

– Si, le goudron de Norvège aussi pourrait être une bonne direction à explorer. Aujourd'hui, il ne sert plus ni à calfater les navires, ni de cataplasme contre les hématomes. Mais on le trouve encore facilement en jardinerie car on l'utilise pour cicatriser les plaies de taille des arbres et les sabots des chevaux et des ânes.

– Bon, d'accord pour le gluau qui a servi à piéger la victime. La cause de sa mort, maintenant ?

– Eh bien ce brave homme aurait pu mourir à n'importe quel moment d'un AVC provoqué par un athérome obstructif qui attendait traîtreusement son heure en embuscade dans son cortex, ou, dans les années qui viennent, d'un cancer de la prostate très avancé et probablement non détecté suite à l'imbécile réticence du macho hétéro de base au toucher rectal annuel…

– Docteur, je suis debout depuis 3 heures du matin !

– Rien à voir avec une quelconque rectalité, j'espère...

– Ça, c'est de très mauvais goût, docteur. Le genre d'allusion déplacée qui pourrait me faire perdre tout sens de l'humour.

– Bon, d'accord, cet homme n'est mort ni d'un infarctus cérébral, ni d'un cancer. Il est tout simplement mort d'épuisement, de soif et d'insolation, je ne sais pas encore très exactement dans quel ordre.

– Sauf votre respect, c'est idiot comme remarque, docteur, intervient le technicien en identification criminelle qui a couvert la scène de crime et que la loi oblige à assister à l'autopsie. Il ne peut pas y avoir d'ordre en de telles circonstances. Dès que la première cause de mort a été identifiée, les autres n'en sont plus. Par définition.

Marion soupire en fermant les yeux, puis les regarde tour à tour, et les deux hommes comprennent que, d'une façon générale, elle n'est pas le genre de femme à qui on peut s'amuser à faire perdre son temps. Et ce matin en particulier.

– L'adjudant-chef a raison, en effet, et c'est donc une mort bien curieuse, reprend le légiste. Cet homme s'est retrouvé englué dans l'arbre et dans l'incapacité de se défaire du gluau. On peut penser qu'il s'est démené, mais plus il s'est épuisé à se débattre, plus il s'est englué. Je ne sais pas combien de temps il a réussi à tenir avant de renoncer et de s'abandonner à la mort.

– Alors, il va falloir faire un effort, parce que l'heure de son engluage m'intéresse plus que celle de son claquage, s'impatiente Marion.

– Eh bien puisque vous y mettez tant d'humanité, nous allons essayer de nous surpasser, mais c'est compliqué. Il était complètement déshydraté et brûlé par le soleil au deuxième degré quand je l'ai autopsié. Or mourir de soif, d'insolation ou d'épuisement, ça prend de toute évidence plusieurs jours.

– Mais vous pouvez évaluer ça, n'est-ce pas ?

– Oui, je peux, bien sûr que je peux, et je l'ai même déjà fait, c'est bien là le plus triste de l'histoire.

– Et pourquoi ça ?

– Parce que selon les lividités et la rigidité cadavériques, et le stade de développement des larves recueillies dans son corps aussi, cet homme est mort depuis moins de vingt-quatre heures.

– Mais…

– Oui, je sais, d'après toutes les autres observations objectives et les indices matériels, il est probablement englué dans cet arbre depuis trois jours au moins.

Marion encaisse l'information et cherche dans le dossier que lui a remis Danglade, le directeur opérationnel, la transcription de l'appel au 17 enregistré par le Centre d'opération et de renseignement de la gendarmerie. Voix d'homme. Appel anonyme. Numéro borné sur la scène de crime. Dans les annotations de l'opérateur du CORG, elle lit : « *Voix calme et sans panique ». « Informations précises et documentées ». « Donne et confirme l'identité de la victime ».*

Elle feuillette le reste du dossier. Témoin introuvable, donc peut-être déjà plus suspect que témoin. Mais ce qui la trouble plus encore, c'est le sens que tout ça donne à cette mise en scène : si l'appelant au 17 est bien mêlé au crime, cela signifie qu'il a peut-être laissé, voire regardé, agoniser la victime pendant plusieurs jours avant de signaler sa mort. Quelle haine peut justifier une telle cruauté ?

CHAPITRE 4

Jour 1
11 h 25 – Puget-Théniers

L'accueil à la gendarmerie de Puget-Théniers n'est pas des plus chaleureux. La totalité de l'effectif est réunie pour l'occasion, les visages fermés par la défiance. Six hommes et trois femmes, convoqués par le lieutenant Bénédicte Massot, commandant la brigade, qui a bien pris soin de se positionner avec son personnel face à Marion Barthes qui leur explique qui elle est et pourquoi et comment elle prend la direction de cette enquête.

– Étant donné la personnalité de la victime, le directeur général de la Gendarmerie nationale a décidé la création d'une cellule d'enquête confiée, dans le cadre des Affaires Spéciales, au lieutenant Danglade pour la direction opérationnelle et à moi-même, capitaine Barthes, pour la direction d'enquête.

– Pourquoi les Affaircs Spéciales ? Quelqu'un a besoin d'étouffer cette affaire en haut lieu ?

C'est un grand gaillard en uniforme, simple gendarme de carrière d'après ses galons, du genre à croire que sa carrure l'autorise à parler au nom des autres. Marion l'imagine bien rouler des épaules devant des voleurs de scooters. Il bombe le torse et voudrait que sa posture soit une provocation, mais ses bras croisés disent qu'il reste sur la défensive. Un fanfaron comme on dit dans le coin, tout en rodomontades, un tartarin, un matamore. Deux de ses collègues esquissent un sourire complice de solidarité. Les autres, plus prudents, gardent un silence impassible que Marion prend soin de laisser durer jusqu'au malaise. Alors seulement, quand les regards se baissent et que les godillots piétinent, elle répond.

– Puisque votre lieutenant ne juge pas utile de vous rappeler à l'ordre, gendarme, je vais le faire pour elle. Premièrement, on n'interrompt pas sans permission un supérieur pendant le briefing d'une affaire, et dans ce dossier je suis votre seule supérieure. À vous tous, de par ma mission, insiste-t-elle en plantant son regard dans celui, glacial, du lieutenant Massot. Deuxièmement, la compétence d'une cellule d'enquête est nationale et ses directeurs, opérationnel ou d'enquête, ne rendent de compte à personne d'autre qu'à la direction générale et, dans le cas plus précis des Affaires Spéciales, qu'au Ministre. Je n'ai donc aucune raison de répondre à votre question, gendarme, et tout le monde ici devrait le savoir. Troisièmement, laissez-moi vous apprendre votre métier. Nous sommes des enquêteurs. Nous ne jugeons pas et nous ne punissons pas. L'existence des Affaires Spéciales se justifie très exactement par le contraire de ce que vous sous-entendez. C'est justement parce qu'au niveau de la justice et du pouvoir politique il peut y avoir des velléités d'interventions que nous prenons en charge ces enquêtes. Pour n'y laisser aucune faille qui pourrait faire retomber sur le corps de la gendarmerie la responsabilité de l'issue judiciaire ou politique de l'affaire. Les enquêtes des Affaires Spéciales se doivent d'être parfaites. C'est pourquoi je vais demander au lieutenant de vous en écarter, gendarme, et vous serez le planton tout le temps qu'elle durera. Que vous soyez simple spectateur de l'enquête me rassurera sur la rigueur avec laquelle elle doit être menée.

La plupart des gendarmes gardent les yeux vissés au sol. Ceux qui cherchent du regard le soutien du lieutenant Massot trouvent leur cheffe absente, raidie par une colère à peine contenue. Marion se dit que cette femme aurait bien tort de vouloir lui mener la vie dure. Elle n'a aucune idée, étant donné l'amoncellement d'emmerdes qui constitue sa vie privée, de sa capacité à supporter toute l'adversité du monde. Surtout en ce moment. Même si elle reconnaît ne pas avoir cherché à mettre beaucoup de liant dans sa présentation.

– Qui sont ceux intervenus en premier sur les lieux de découverte du corps ?

La question surprend tous ceux qui s'attendaient à d'autres mises au point sur la hiérarchie des compétences. Les yeux se tournent aussitôt vers un vieux gendarme qui lève la main comme on triomphe.

– Moi, Capitaine.

– Seul ?

– Avec la maréchale des logis-cheffe Pinson, Capitaine.

Une jeune gendarme lève la main à son tour et se redresse dans un garde-à-vous respectueux.

– Parfait, lâche Marion, et qui a la plus longue affectation dans cette brigade ?

Elle le repère avant même qu'il ne fasse un pas en avant. Il ne doit pas être très loin de la retraite, le sourire jovial, le corps généreusement enrobé, dans un uniforme d'une rigueur approximative.

– Ben j'ai bien peur que ce soit moi, Capitaine. Adjudant-chef Cavaillon. Pour tout vous dire, je suis ici depuis si longtemps que je suis presque certain de vous reconnaître. Vous êtes bien la petite Pagani, n'est-ce pas ?

Marion marque le coup et cherche à identifier cet homme à la voix rocailleuse qui connaît son nom de jeune fille. Puis elle remarque la sidération de tous les autres, lieutenant compris, et décide de profiter de l'occasion pour mettre les choses au point.

– Je suis née Marion Pagani en effet, à La Croix-sur-Roudoule, et ma première unité en sortie d'école a été celle de Vence. Pour vous éviter toute recherche inutile, oui, je suis bien celle qui a arrêté et envoyé en prison son propre frère il y a dix ans. Barthes est le nom de l'homme avec qui je suis mariée. Plus pour très longtemps d'ailleurs…

Marion n'est pas mécontente de l'occasion que lui a donnée le vieux gendarme de court-circuiter le réseau des rumeurs qui n'auraient pas manqué de grésiller dès son dos tourné. Elle laisse la nouvelle et le sous-entendu imprégner son auditoire avant de reprendre son discours.

– Alors voici comment s'organise et fonctionne la structure provisoire d'une cellule d'enquête. Un : la cellule ne travaille que sur l'enquête pour laquelle elle a été constituée. Deux : en tant que directrice d'enquête, je suis la seule supérieure hiérarchique de tous les membres de la cellule. Ils ne rendent compte et ne prennent d'ordres qu'auprès de moi. Trois : je suis la seule à communiquer à l'extérieur de la cellule, y compris avec le reste de la brigade, et la moindre fuite sera immédiatement et sévèrement sanctionnée. Quatre : nous allons recevoir des renforts de la BDRIJ : un ANACRIM pour la téléphonie et les schémas relationnels, un DEFI pour les potentielles implications financières et les enquêtes de patrimoine et un N'TECH comme référent sur les nouvelles technologies. Cinq : je vais faire venir deux enquêteurs détachés de la section de recherche de Marseille. Six : comme le prévoit la procédure, je vais intégrer à la cellule deux des enquêteurs de l'unité de support qui ont entamé la procédure initiale sur place, dont un deviendra de facto mon adjoint à la direction de l'enquête.

Cette fois, un frémissement d'intérêt parcourt le groupe soudain plus attentif, mais Marion ne laisse pas durer le suspense.

– Lieutenant, il faut décharger au plus vite les procédures de Pinson et Cavaillon sur vos autres personnels, ils rejoignent ma cellule. Pinson, vous serez mon adjointe sur cette enquête.

La jeune cheffe se recroqueville dans une stupeur gênée vis-à-vis des autres, alors que le vieux Cavaillon écarquille les yeux dans un plaisir étonné.

– Merde alors, Cui-Cui et Galabru, on aura tout vu, grommelle entre ses dents le tartarin.

Marion l'entend mais ne réagit pas. Le mal est fait. Son choix a tracé les lignes et il s'agit maintenant de passer à l'enquête.

– Lieutenant, merci de mettre à disposition un bureau pour mon adjointe et moi, et un second pour les enquêteurs. Nous aurons aussi besoin d'un véhicule supplémentaire. Pour l'instant, je vais utiliser le mien pour nous rendre sur la scène de découverte avec Pinson et Cavaillon.

Elle fait signe aux deux gendarmes qui la suivent avec un léger décalage, le temps de réaliser ce qui leur arrive et de comprendre que leur lieutenant ne peut s'y opposer. Ils quittent la gendarmerie et montent à bord du véhicule de Marion.

– Cui-Cui et Galabru ! se moque Marion une fois dans le véhicule. Vraiment ?

– Ben oui, mais ce n'est pas bien méchant, grommelle le vieux gendarme en souriant. Moins que Sœur-la-Taule, en tout cas.

– Sœur-la-Taule ? Qui est Sœur-la-Taule ?

– Ben vous, Capitaine !

– Moi ? Et pourquoi ça ?

– Ben rapport à ce que vous avez fait à votre frère. C'est comme ça qu'on vous appelait, à l'époque.

Pinson perd ostensiblement son regard dans le paysage à l'extérieur, et Marion jette un œil à Cavaillon dans le rétroviseur.

– De toute façon, vous auriez fini par l'entendre en retournant du côté de Vence ou de La Croix-sur-Roudoule, non ?

Elle cherche dans ses yeux un signe de méchanceté ou de provocation et n'y trouve que l'éclat serein d'une belle franchise. Alors elle sourit et ils ne disent plus rien pendant un long moment. Le temps pour elle de s'étonner à nouveau de toute la beauté brutale de son pays. Le ciel bleu, immobile et catégorique, la terre rouge et millénaire, les buissons argentés, accrochés à la rocaille, secs et têtus comme des survivants. Et, cachées au bout d'une pente ou derrière un plissement de roches érodées, les gorges profondes dont les falaises aux couleurs de couchant étouffent la fraîcheur insolente des eaux vives. Marion n'était jamais revenue au pays depuis l'affaire de son frère. Elle reçoit toute la force de ce paysage comme un reproche. Comment a-t-elle pu vivre si longtemps loin de tout ça ?

– On s'en veut, n'est-ce pas ? murmure Cavaillon.

– De quoi ?

– De faire passer tout le reste avant ça.

Marion ne répond pas. Par prudence. Elle redoute ce que Cavaillon inclut dans ce « tout le reste ». Ce vieux Galabru à l'œil matois et au sourire roué pourrait bien parler de choses qui la blessent encore. Et elle sait sa vie trop déchiquetée par les malheurs pour essayer de la rapiécer de simples remords ou de bouts de repentirs.

– C'est là-bas, le chemin sur la gauche, dit Pinson d'une voix neutre.

Une piste part en travers de la garrigue et s'éloigne de la départementale qui monte en lacets à l'assaut des coteaux ocre. Marion s'y engage et, dès qu'elle aperçoit les motos à l'ombre de l'olivier et les rubalises qui jonchent le sol, elle accélère. Trois gamins bondissent sur leurs enduros et se dispersent à travers la garrigue dans un nuage de poussière.

– Pas la peine de les poursuivre, dit Cavaillon, je les connais tous, je vous les amènerai.

Ils descendent du véhicule et l'air sec et brûlant leur empoussière aussitôt les sinus. Marion ne saurait dire si les cigales se sont tues le temps de la pétarade, mais leur vacarme immobile fige à nouveau le paysage, dans le nuage rouge en suspension soulevé par les motos.

– Ben les sagouins ! lâche Cavaillon en constatant l'état de la scène de crime.

Marion enrage. Tout a été piétiné. Des cannettes de bière jonchent le sol et les dérapages des motos ont creusé la terre.

– Vous m'emmènerez ces petits cons demain. Violation d'une scène de crime, destruction d'indices et obstruction à une enquête criminelle. Vingt-quatre heures de garde à vue.

– Je ne suis pas sûr que le procureur vous suive là-dessus, ce ne sont que des mineurs.

– Raison de plus pour leur apprendre à mieux grandir. Et ne vous en faites pas pour le proc. Il recevra des ordres en conséquence de la Chancellerie. Bon, faites-moi le topo.

– Ben… c'était presque beau, explique Cavaillon, ça avait quelque chose de mystique. Ce type nu, crucifié à la Picasso dans l'olivier, la lumière du couchant sur la roche rouge, franchement, c'était presque beau. À bien y réfléchir, c'était d'ailleurs plus du Dalí que du Picasso. Cette mollesse du personnage dans les branches noires, comme fondu au soleil.

– C'était dégueulasse, coupe Pinson. Deux pies lui béquetaient déjà les yeux !

– On a retrouvé ses vêtements ?

– Non, répond Cavaillon.

– Alors comment le témoin a-t-il pu donner son nom au CORG ?

– Bonne question, Capitaine.

– D'un autre côté, il ne pouvait pas surgir nu du néant. Soit il s'est déshabillé quelque part, ou plutôt on l'a forcé à le faire, soit on l'a déposé nu et ça s'est forcément passé au bord d'une piste ou d'une route.

– D'accord avec ça, Capitaine, mais la vraie question, c'est : une fois nu, comment on le fait courir droit vers l'arbre badigeonné à la glu ?

– Cavaillon, d'abord toutes les questions sont vraies et méritent d'être posées. Ensuite, vous avez raison : faire courir un homme paniqué droit vers sa mort annoncée, ça nécessite des aptitudes de professionnel.

– On dirait que vous en parlez en connaissance de cause, Capitaine. Vous avez déjà fait ça ?

– En quatre ans au COM GEND, j'ai été déployée plusieurs fois en OPEX, ça devrait vous suffire comme réponse. Je veux que vous remontiez la route par laquelle nous sommes venus des deux côtés, jusqu'aux premières caméras de surveillance. Station-service, banque, bureau de poste. Jusqu'à dix kilomètres, y compris en remontant les embranchements et les carrefours. Sur les cinq derniers jours seulement.

– Le lieutenant Massot a déjà lancé la recherche, je crois bien.

– Et qu'a-t-elle diligenté d'autre ?

Ils s'accroupissent à l'ombre de l'olivier et Cavaillon fait le point.

– Étant donné le mode opératoire, une recherche de tous les militants anti-chasse de la région, groupes ou individus.

– Le Guern était chasseur ?

– C'est ce que le lieutenant se proposait d'établir en allant interroger la famille.

– Le Guern est du coin ?

– C'est là le problème, on ne lui connaît aucune attache dans le pays. Il vivait à Paris.

Marion réfléchit quelques secondes avant de prendre sa décision.

– Très bien. Pinson, demain vous prenez les choses en main ici, avec une priorité pour les images de caméra de surveillance. Vous cherchez un ou des véhicules qui se dirigent vers la scène de crime, d'une façon ou d'une autre, entre J-5 et le jour de la découverte du corps. Pour les véhicules qui s'éloignent de la scène de crime, prenez comme point de repère l'heure de l'appel au CORG.

– Bien, Capitaine.

– Cavaillon, nous partons demain à 5 h 30. Nous prendrons le premier avion à Nice pour aller interroger les proches et d'éventuels témoins à Paris. Quelqu'un a déjà prévenu la famille ?

– Je ne crois pas, répond Cavaillon. Et à propos de famille, Capitaine…

– Oui, je sais, ce serait bien que je passe voir la mienne, merci de vous en inquiéter pour moi, se vexe Marion.

– C'est surtout que…

– C'est bon, Cavaillon, j'ai compris. Restez ici pour empêcher les vauriens de revenir, je vous fais envoyer une voiture. Pinson, nous allons passer par chez moi, à La Croix-sur-Roudoule, pour rassurer Cavaillon. Vous m'attendrez, les retrouvailles ne devraient pas s'éterniser.

Elle pousse Pinson à monter en voiture et elles démarrent sous le nez de Cavaillon résigné.

– Ne venez pas me dire que je n'aurai pas essayé !

Dix minutes plus tard, par une route bordée de caillasses blanches grimpant à travers la garrigue, la voiture se gare sur un dégagement devant la première maison du village, sur la droite, de l'autre côté du *camin* des traverses. Une bâtisse de grosses pierres jaunes du pays, sur deux étages, à l'ombre de volets mi-clos, le bois écaillé par un millier d'étés sans elle. Marion abandonne Pinson dans la voiture, grimpe le perron de pierre et passe la porte ouverte sur la cuisine de son enfance. Sa mère est là, de dos, la silhouette un peu plus tassée qu'elle ne s'y attendait, affairée comme à son habitude. Gelée de figues épépinées ou de poivrons rouges.

– Bonjour, maman.

La femme ne se retourne pas. Aucun geste ne trahit la moindre surprise.

– Tiens donc, tu te souviens d'où nous habitons, maintenant ?

– Je n'ai jamais oublié, maman, c'est juste que je ne voulais plus revenir.

– Eh bien il ne fallait surtout pas te forcer.

– Ce n'est pas moi qui ai décidé, rassure-toi, je ne suis ici que pour une enquête.

Une porte s'ouvre et son père est soudain là, grand, fort, un peu dépenaillé par sa sieste dans le sofa de la pièce d'à côté qu'elle a interrompue. Il tient un fusil cassé entre ses mains et le réarme d'un geste sec. Un vieux Robust de la Manufacture d'armes de Saint-Étienne, deux canons juxtaposés, munition calibre 12 Magnum. Presque une arme de collection. Elle date de 1981, avec la crosse de noyer en partie quadrillée.

– Sors de cette maison, ce n'est plus la tienne et tu n'y es pas la bienvenue.

– Je vois ça, répond Marion sans perdre son sang-froid.

– Tu n'es plus notre fille, fiche le camp.

– Ce n'est pas ta fille que tu braques avec une arme chargée, papa, c'est un capitaine de gendarmerie en exercice.

– Et alors quoi, tu vas dégainer à ton tour ?

– Je pourrais. Je suis dans une position qui justifie la légitime défense.

– C'est ça, toujours l'ordre avant la famille, n'est-ce pas ?

– C'est le principe de la loi, papa.

– Et ne m'appelle pas papa ! hurle-t-il soudain.

– J'aimerais bien oublier, crois-moi, mais tu es mon père et je n'y peux rien, c'est comme ça !

Un changement de lumière dans son dos détourne l'attention de Marion et l'ombre de Pinson se dessine sur le sol en pierre. Bras tendus, son Sig-Pro à deux mains. Dès qu'elle entre dans la cuisine, elle se décale sur la droite de son capitaine.

– Lâchez votre fusil, Monsieur, cassez-le d'abord, posez-le au sol, et faites-le glisser vers moi. Première sommation.

– Tiens, la cavalerie !

– Obéissez, Monsieur, ne me forcez pas à tirer.

– Je suis chez moi et je parle avec ma fille…

– Avec un fusil armé braqué sur elle, Monsieur. Posez cette arme. Deuxième sommation.

– Arrête de faire l'idiot, Bernard, et pose cette arme, dit la mère en se retournant vers Marion pour la première fois.

– Pas avant d'avoir expliqué à cette gendarme en jupons que sa capitaine a envoyé son propre frère en prison.

– Tu te souviens quand même qu'il avait menacé de mort et tabassé un préfet, non ? rappelle Marion.

– Et alors, c'était si grave que ça ? Tu ne pouvais pas l'oublier dans ton enquête ? Ton zèle de petit troufion de la République a bousillé son avenir. Il n'a pas pu devenir instituteur par ta faute, à cause de ce casier judiciaire que tu lui as collé sur le front. Tu as brisé son rêve et notre fierté.

– C'est vrai, j'oubliais que tu n'as jamais été fier de ce que fait ta fille, et que tu aurais préféré que je perde mon boulot pour sauver l'avenir de ton fils. La gloire des hommes et le sacrifice des femmes, c'est ça ? Confiture de figue, marmots, ménage et beignes dans la gueule, c'est ça ?

– Marion, comment oses-tu !

Il y a plus de supplique que de colère dans le cri de sa mère, et ça décuple la rancœur de Marion.

– J'ose parce que tout le monde le sait et l'a toujours su, maman, papa est un sale con de macho qui a toujours aimé la manière forte avec nous comme avec toi. Maintenant, s'il ne lâche pas son fusil tout de suite, il va se prendre un tir de neutralisation et chacun sait ici ce que ça veut dire.

– Ne fais pas ça, Marion, je t'en supplie, implore la mère en se glissant entre les gendarmes et son mari.

Pinson se décale aussitôt un peu plus sur le côté pour garder un angle de tir dégagé, et Marion apprécie la manœuvre. Mais entre-temps, la mère a désarmé son mari et posé l'arme au sol. Pinson reste à distance, l'arme toujours braquée sur l'homme.

– Qu'est-ce qu'on fait, Capitaine ?

Marion reste un long moment silencieuse, son regard planté dans celui de sa mère.

– On saisit l'arme. Il en a une autre dans le premier tiroir du vaisselier dans la pièce d'à côté. On l'embarque aussi.

– Et lui ?

– Vous lui passez les menottes, vous appelez des renforts et vous lui signifiez sa garde à vue. On verra plus tard avec le procureur. Et vous convoquez ma mère comme témoin. Vous vous chargerez de l'audition pendant que je serai à Paris avec Cavaillon demain.

Quand elle croise le regard de sa mère, elle maîtrise sa colère d'en être arrivée là.

– Ne me regarde pas comme ça, maman, c'est lui qui a braqué un fusil sur moi. Il habite où, Michel, maintenant ?

– Qu'est-ce que tu lui veux encore, à ton frère ?

– On a trouvé un homme mort, englué tout nu à la colle dans un olivier. Peut-être un acte anti-chasse. Tu te souviens des menaces de mort de Michel contre le préfet ? « *On va vous crucifier nu à un arbre pour que les oiseaux dont vous autorisez la chasse vous bectent les yeux vivant.* » Tu ne crois pas que ça justifie une visite ?

– Michel n'y est pour rien, Marion, la prison l'a changé, il n'est plus de ces combats-là.

– Où, maman ?

– … Une ferme isolée, à un kilomètre au sud, au bord du ravin des *foundous*.

– Je vois où c'est, intervient Pinson, vous descendez par la D416 et dans le virage en épingle à cheveux, au lieu-dit La Clap, vous prenez tout droit.

– Merci Pinson, lâche Marion. Ah, j'aurai aussi besoin de vous ce soir vers 22 heures sur la scène de crime.

– Je ne suis pas sûre d'être disponible, Capitaine.

– C'est un ordre, Pinson.

CHAPITRE 5

Jour 1
13 h 15 – Maison de Michel Pagani

Elle s'en souvient à mesure qu'elle approche. La route taillée dans la pierraille, les murets, les talus et les ravines. Elle est venue par là, petite. La ferme d'un grand-oncle, ou d'un parent lointain. Face à la route, loin en retrait, le dos à un vaste pré qui court jusqu'à l'abrupte du ravin. La maison est petite, fleurie aux fenêtres, avec des jouets d'enfants sur la pelouse. Un toboggan. Un bac à sable. Un trampoline. Et derrière, un grand hangar en bois patiné par les neiges d'hiver et les soleils de canicule. Elle s'en souvient maintenant : des écuries pour des ânes de son enfance, avec des noms idiots : Poilu, Caboche, Filasse. Michel boudait toujours, il voulait de vrais chevaux.

Comme elle s'engage sur le chemin de terre qui mène à la maison, son frère sort pour vérifier qui arrive. Il porte un enfant dans ses bras, le biberon planté dans la bouche, et ne marque aucune surprise quand elle descend de son véhicule. Il rentre dans la maison sans rien dire.

– Ça fait un bail, frangine, dit-il sans se retourner quand elle le suit à l'intérieur.

– Dix ans.

– Douze pour moi. Les années de zonzon, ça compte double.

– Je m'en doute. C'est à toi le petit ?

– Mathias ? Oui. J'en ai deux autres aussi. Johann, Anaïs, venez voir votre tante !

Deux gamins aussi blonds que le bébé est brun déboulent dans la pièce.

– On a une tante ?

– Oui, répond Michel, presque, une demi-tante en fait.

– C'est quelle moitié qui est à nous ? demande la petite Anaïs d'un rire espiègle.

– Tu es la sœur de maman ou de papa ?

– C'est ma sœur à moi, plaisante Michel en les chassant. Allez vite préparer un apéro et prévenez-nous quand c'est bon à boire.

Il a maigri. Légèrement voûté, mais rien à voir avec la prison. Il l'a toujours été. C'est juste qu'il est trop grand depuis tout le temps. Cheveux longs et noir de jais, fins doigts de guitariste…

– Tu ne m'engueules pas ? demande Marion.

– Moi ? Non, pourquoi ?

– Papa m'a reçu le fusil à la main, j'ai été obligée de le faire arrêter.

– Non, sans déconner ? Décidément, tu ne changes pas, se moque-t-il.

Lui a changé. Il n'a plus cette colère fébrile dans ses mots et ses gestes. Plus de cette hargne contre le monde entier dans le regard. De ce souffle impatient.

– Tu as l'air d'aller bien.

– Pour un type qui a fait de la taule, tu veux dire ?

– Pour un frère que je n'ai pas vu depuis dix ans.

– Il suffisait de venir.

– Je sais. Ça a énervé papa quand j'ai dit que c'était mon choix.

– Ah oui, j'oubliais, Marion Pagani et ses fameux choix ! Je suppose que ce n'est pas toi qui as choisi de revenir, alors ?

– Non, je suis venue pour une enquête.

– Le type sécotiné dans son arbre ?

– Oui.

– Et tu as tout de suite pensé à ton frangin qui voulait crucifier le préfet chasseur.

– Logique, non ?

– Logique.

Le bébé a assez bu et rejette le biberon. Michel le redresse et le pose contre lui, tête par-dessus son épaule, en lui tapotant le dos.

– Tu es vraiment allée en OPEX ?

– Oui, déployée plusieurs fois pendant quatre ans, répond Marion.

– De vraies OPEX ? Je veux dire, genre opérations de guerre, comme au cinéma ?

– On peut dire ça…

– Pour te punir ?

– Me punir de quoi, de t'avoir envoyé en taule ? Rien à voir. Choix de carrière, c'est tout.

– Quand j'aurai terminé mon bouquin, j'écrirai un truc du genre « Le choix de Marion ». L'héroïne qui, au lieu de devoir choisir entre ses enfants, choisit entre elle et sa famille.

– Tu écris ?

– J'essaye. J'ai commencé en prison. Un auteur de polars qui venait faire des ateliers d'écriture. Il m'a donné deux ou trois tuyaux sur les choses à ne pas faire.

– Comme quoi, par exemple ?

– Comme donner des conseils à des taulards pour écrire des polars qu'ils ont déjà vécus dans leur vraie vie.

Dans l'allée, un véhicule fait crisser les cailloux sous ses pneus, une portière claque, puis quelqu'un marche jusqu'à la porte et son ombre se dessine dans la pièce. Marion se retourne.

– Lieutenant Massot ?

– Maman ! Maman ! hurlent Anaïs et Johann qui jaillissent dans la pièce et se jettent dans les jambes du lieutenant.

– Bonsoir chérie, bonne journée ? demande Michel.

C'est cow-boy pour la fille et indien pour le garçon. Orangina et sirop de menthe pour Anaïs, Orangina et grenadine pour Johann. Et mauresque pour les grands avec chips, secca d'Entrevaux et olives de cailletier.

– Vous vous doutez bien que ça pose un problème pour l'enquête, finit par dire Marion en écoutant les glaçons tintinnabuler dans son verre.

– Oui, mais d'un autre côté, ça la simplifie clairement concernant Michel puisque je suis son alibi, répond le lieutenant Massot en picorant le jambon sec que les gamins ont découpé en fines lamelles.

– À vérifier, concède Marion.

– C'est vite vérifié, explique Michel en rallongeant sa mauresque. L'école d'Anaïs et Johann est à Puget-Théniers, à vingt minutes d'ici, et ils déjeunent à la maison. Je fais l'aller-retour quatre fois par jour et, toute la journée, je m'occupe de Mathias. Le reste du temps, je suis avec Bénédicte.

– Il faudra quand même que je vous entende officiellement tous les deux. C'est pour ça que vous faisiez cette tête quand je me suis présentée à vos gendarmes ?

– Non. C'est juste que je n'aime pas me faire chier dans les bottes par des parachutés de Paris, et encore moins des Affaires Spéciales. Je n'ai appris que vous étiez la sœur de Michel que lorsque Cavaillon a fait sa sortie devant tout le monde.

– Quoi qu'il en soit, belle-sœur ou pas, je ne retire rien de ce que j'ai dit ce matin, désolée pour vos bottes.

– Oui, j'avais bien compris, lâche Bénédicte. Vous restez dîner quand même ? Je ne sais pas ce que Michel a préparé, mais en général, c'est bon.

CHAPITRE 6

Jour 1
22 h 40 – Scène de crime n° 1

Au-dessus de la scène de découverte, le crépuscule se tourmente de nuages ourlés de mauve. À travers leurs déchirures, le couchant se rouille et éteint la garrigue.

– Dépêchons-nous, dit Pinson les yeux au ciel, ça va tomber.

Dans l'ombre du soir qui se répand sur la terre, leurs silhouettes s'estompent.

– Depuis combien de temps êtes-vous affectée à la brigade de Puget-Théniers ?

– Bientôt trois ans, Capitaine.

– Alors vous devriez connaître les dictons du coin : nuages pourpres sur ciel lie-de-vin, la pluie n'est que pour après-demain.

Elles s'équipent de combinaisons blanches qui en font aussitôt des spectres dans le vide obscur qui engloutit le monde autour d'elles.

– On cherche quoi ?

– Vous qui avez marché en premier sur la scène de crime, vous ne vous souvenez pas de ses plantes de pied ?

– Si, bien sûr, dans un sale état, déchirées de toutes sortes de blessures.

– Il ne s'est pas blessé comme ça en quelques pas. Je veux remonter les traces pour savoir d'où on l'a poussé à courir vers sa mort.

Marion repère le sens de la légère brise de nuit, lui tourne le dos et vaporise le Bluestar au pied du figuier. Aussitôt, des luminescences bleutées se dessinent dans la nuit, plus ou moins intenses, plus ou moins fugaces.

– Ce n'est pas très efficace en extérieur sans la nuit noire, constate Pinson.

– Raison de plus pour vous concentrer. Les plus faibles sont des faux positifs, explique Marion, le thym ou certains lichens métabolisent le fer qui sert de réactif. Le sol aussi peut en contenir, surtout par ici. Il ne faut tenir compte que des luminescences les plus vives.

Pinson pose un plot de marquage jaune pour signaler les traces qui les mènent en ligne droite jusqu'aux caillasses de la piste. Une heure plus tard, elles sont à deux cents mètres de l'olivier, bien au-delà de la piste et Marion n'a plus aucun doute. Remonter les traces sanglantes de cette mortelle cavalcade rectiligne ne peut les mener qu'à la départementale qui passe encore plus haut à flanc de montagne. Quand elles y arrivent, se tordant les chevilles à la pente caillouteuse, Marion arrête Pinson cinq mètres avant le parapet qui les surplombe. Au-dessus d'elles, la départementale se tord d'un virage en épingle à cheveux.

– On ne monte pas, nous risquerions d'effacer d'éventuelles traces. Demain, vous faites venir les TIC de Nice et vous leur faites examiner tout le virage au-dessus, et la zone en dessous du parapet jusqu'à nous.

– Vous pensez que tout a commencé ici ?

– L'hypothèse la plus vraisemblable c'est qu'ils l'emmènent jusqu'ici en voiture. Ils se garent là-haut. L'un d'eux reste dans la voiture, au cas où un curieux se pointe. D'autres, au moins deux, font descendre la victime au pied du parapet, la forcent à se déshabiller à l'abri des regards et la poussent à courir jusqu'au piège de l'olivier. Puis ils reviennent jusqu'à la voiture. Ça laisse des traces.

– Mais ça remonte à cinq jours peut-être !

– Sur la route, on ne trouvera pas grand-chose, mais au pied du parapet, je pense que personne d'autre n'aura piétiné la zone depuis. Ça vaut le coup d'essayer.

Elles redescendent jusqu'à leur voiture.

– La Villa Bella, ça existe toujours ?

– L'ancienne auberge, de l'autre côté du fleuve ? Oui.

– Quelqu'un y habite ?

– La fille des anciens propriétaires, je crois…

Elles se séparent. Pinson rentre à la caserne de Puget-Théniers et Marion continue plus au sud sur quelques kilomètres, par les petites routes, jusqu'à une belle maison de maître isolée, entre passé et abandon, au beau milieu d'une vaste prairie. Malgré l'heure tardive résonne le premier solo de *Knocking On Heaven's Door* par Slash des Guns N' Roses. Marion se gare, descend et sonne. Des lumières s'allument à l'intérieur, puis une ombre s'approche de la porte vitrée.

– Marion, mais qu'est-ce que tu fais là ? s'étonne une jeune femme.

– Bonsoir, Loïse, on m'a dit que tu habitais toujours ici, alors j'ai tenté ma chance. Je cherche un lit pour quelques nuits, le temps d'une enquête. C'est possible ?

– C'est possible.

Loïse la fait entrer et Marion se souvient de la Villa Bella du temps de sa splendeur, du grand restaurant étoilé, des parents de Loïse toujours affairés, des longues vacances en liberté, du *girls band* des Trash Puppets à répéter les Clash, les Dead Kennedys et les Modern Lovers. Et l'amour justement, les premiers baisers, cachées derrière les euphorbes, les pistachiers ou les buissons de ciste au fond du parc, la main sous sa jupe légère, à l'ombre bleue d'un pin d'Alep, et le premier grand abandon sous la fraîcheur du feuillage duveté d'un chêne pubescent. Un cousin de Loïse. Un vrai petit con, mais le premier petit con de sa vie. Et le regard coquin et pointu de Loïse, complice, à lui faire croire que le bonheur absolu existe et qu'il suffit de le saisir.

– Je me souviens de tout ça aussi, dit Loïse en revenant des cuisines une bouteille de Terres Blanches et deux verres à la main. Je me souviens aussi de la dérouillée que j'ai prise quand ma mère nous a trouvées dans son lit.

Les parents de Loïse sont morts. Accident de voiture dans le Lubéron. Leur Porsche contre un camping-car néerlandais. Loïse a hérité de la Villa Bella sans réussir à sauver l'affaire familiale. Deux grands chefs de suite, vingt ans plus vieux qu'elle, l'ont courtisée, sautée et épousée pour s'en emparer. Elle les a virés et a divorcé en abandonnant chaque fois la moitié du reste de son héritage. Elle a fermé le restaurant, voyagé quelque temps, et la voilà revenue au pays depuis un an pour ouvrir une maison d'hôtes.

– Tu aimes toujours les filles ? demande Marion en la suivant à travers la maison jusqu'à l'autre terrasse qui ouvre sur le parc et sa pelouse.

– J'aime tout ce qui me donne du plaisir et du bonheur. Pourquoi me priverais-je de l'amour de la moitié de la Terre ? Et toi ?

– Rien depuis toi. J'ai appris à prendre du plaisir avec les garçons et je m'en accommode. C'est plus pratique, dans mon métier.

– Mon Dieu, Marion flic ! Merde, ma belle, tu chantais *Cop Killer* de Body Count !

– Et alors ? Ice-T a bien fini par jouer un rôle de flic dans *New York, Unité Spéciale* !

– C'est vrai, admet Loïse.

Assises sur les marches moussues du perron, dans la nuit absolue piquetée d'étoiles où sicissent les cigales, le vin blanc leur rappelle les terres minérales de leur adolescence, aux arômes d'agrumes et de genêts, long en bouche et en souvenirs, jusqu'à une ivresse douce et légère comme la nostalgie des jours fragiles de l'adolescence. Elles ne sont plus mariées ni l'une, ni l'autre.

– Presque plus, précise Marion.

– Des enfants ?

– Un garçon, Élias. Il a quatorze ans. Il est spécial…

Loïse devine que Marion ne veut pas en dire plus et reste silencieuse. Elle verse le vin dans leurs verres qui trinquent dans la nuit.

– C'était toi, tout à l'heure, le solo de *Heaven's Door* version Guns N' Roses ?

– C'est flatteur mais non, c'était Slash lui-même. Tu veux qu'on rebranche les amplis ?

– Un autre jour, demain je pars à 5 heures du mat' attraper à Nice un avion pour Paris.

CHAPITRE 7

Dans la nuit du jour 1
Quelque part dans la garrigue

Il court et s'en fout d'être nu dans la nuit en pleine forêt. Il ne pense qu'à se maudire de sa panique. Son poids, sa panse qui ballotte, ses cuisses flasques et sans force, son souffle court qui râpe ses poumons. Ils lui ont donné trente mètres d'avance en ligne droite, dans les phares de leur voiture, avant de les lâcher, et il n'ose pas se retourner. Il se demande s'il les entendra se rapprocher. En fait, il ne court même pas. Pas vraiment. Il en est incapable. Trop de malbouffe en planque, trop de grosses bouffes à chaque scoop, trop d'apéros, trop de vins, trop de digestifs et de liqueurs, trop de nuits blanches, trop de gueuletons et de fiestas, et voilà que devant la mort, il ne peut que trottiner sur ses pieds plats qui le blessent. Ils doivent se moquer du gros cul blanc d'éléphant qu'il brimbale. Gamin déjà, au collège, il courait mal, les bras moulinés dans tous les sens pour ne pas perdre l'équilibre. De toute façon, qu'est-ce qu'ils lui veulent ? Le punir, c'est sûr, mais de quoi ? De quelle saloperie ? De quelle photo volée, de quelle intimité exposée, de quelle vie ravagée, de quel vice révélé ? Il en a tant et tant commis, des saloperies. Merde, c'est son métier quand même, putain ! Alors quoi, l'humilier à son tour ? Une vengeance de paparazzé ? Ces enfoirés le prennent en photo, c'est ça ? D'où ? Avec quel appareil ? Les imbéciles, dans la violence des phares, que comptent-ils voir ? Et puis, pas assez de recul dans ce sous-bois pour un gros téloche. Trop de risque de feuillages flous en premier plan. Un truc plus maniable alors, avec un zoom tout terrain. Il pense à quelque chose comme un PowerShot, par exemple. Oui, lui pour se piéger, il se shooterait au Pro90 IS avec son zoom de 40X. Mais si c'est ce qu'ils veulent, l'avilir et le salir, alors pourquoi les chiens ? La colère le prend aussitôt, sanguine, incontrôlable, éruptive. Il s'arrête et se retourne pour leur faire face.

– Allez-y, lâchez-les, vos clébards, je n'irai pas plus loin, vous entendez ? Pas un pas plus loin !

Il écarte les bras et les nargue à distance, sans pudeur pour son sexe pendant, son ventre plissé qui le masque et sa poitrine glabre en sacs de sable.

– Non mais regardez-vous, planqués sous vos passe-montagnes, espèces de connards de jean-fesse, bande de couards, dégonflés de mes deux ! Vous n'êtes que des lavettes, des jean-foutre foireux, des pétochards immondes. Allez-y, lâchez-les, vos cabots, puisque vous n'avez même pas les couilles de faire le sale boulot vous-mêmes !

Alors ils le font. Ils les lâchent, et les trois chiens au visage triste s'élancent vers lui. Presque beaux dans l'effort quand ils prennent leur élan, comme au ralenti, les muscles roulant sous leur pelage fauve, le cou tendu. Des cailloux giclent sous leurs griffes impatientes. La poussière du chemin vibrionne dans la lumière crue des phares. Leurs longues oreilles sombres battent l'air comme des ailes de Dumbo. La tache blanche sur leur poitrail l'hypnotise, il ne voit qu'elle, et soudain ils sont sur lui, hideux, la gueule baveuse et distendue, les yeux fous, les crocs jaunes hors de leurs babines purpurines. Et il hurle de terreur quand le premier lui déchire la gorge.

CHAPITRE 8

Jour 2
09 h 30 – Paris – Appartement des Le Guern

– Pour être franche, répond la femme, sa mort va me compliquer la vie plus qu'autre chose.

– Que voulez-vous dire ?

Cavaillon n'écoute plus depuis longtemps. Il n'a d'yeux que pour cet appartement grand comme un château de province, et sa vue plongeante sur la Seine. Il n'est pas insensible non plus au charme de maîtresse femme de Marie-France Le Guern, qui n'a rien d'une veuve éplorée. Grande, svelte mais athlétique, quelque chose de masculin dans certains angles du visage, et des seins généreusement refaits, libres sous une robe beige de tissu fluide.

– Je veux dire que mort, Le Guern va m'obliger à plonger dans toutes ses magouilles, tous ses montages et ses arrangements, pour essayer d'en tirer un héritage convenable, alors que vivant, nos rapports étaient réglés par un accord de liberté devant notaire, simple et clair.

– Dans quel sens ?

– Il baisait qui il voulait, et en échange il me payait ce que je voulais.

– Vous lui connaissiez des ennemis ?

– Vous plaisantez, jeune fille ? Tout Paris, bien sûr.

– C'est Capitaine, s'il vous plaît. Et je voulais dire, des ennemis en particulier.

– Je viens de vous le dire : tout Paris, en général comme en particulier. Le Guern était un homme de l'ombre de la politique française depuis plus de trente ans. Citez n'importe quel scandale et je vous explique le sale rôle qu'il y a joué.

– Ça n'est pas nécessaire pour l'instant. Il était chasseur ?

– De petits culs, oui, homme ou femme, et de n'importe quel âge. Mais bien trop trouillard pour tenir une arme à feu face à un sanglier. Ou même un lièvre.

– Et ses liens avec le Var, les Alpes-de-Haute-Provence ou les Alpes-Maritimes ? Une villa, un mas dans l'arrière-pays ? Un appartement à Nice ?

– Il n'est pas impossible qu'il soit allé sauter là-bas quelques pétasses ou quelques mignons de temps en temps, mais nous n'y possédons aucun bien immobilier. Tout notre patrimoine est sur Paris.

– Très bien, nous vérifierons mais je fais confiance à votre franchise. Quand l'avez-vous vu pour la dernière fois ?

– Samedi dernier, ici, nous avions organisé un dîner avec le Président.

– Le président de quoi ?

– De la République, bien entendu, le président de la République.

Marion prend sur elle pour ne pas trop marquer son étonnement.

– … D'autres témoins plus facilement joignables ?

– Le nouveau Premier ministre.

– Nous avons un nouveau Premier ministre ? s'étonne Cavaillon qui revient soudain à la conversation.

– Oui, ce sera officiel dans dix jours.

– Vous l'avez donc vu pour la dernière fois samedi soir dernier. Pas depuis ?

– Non. Nous devions nous rendre séparément au vernissage de l'exposition des tableaux de la nièce du ministre de la Santé, mais je ne l'ai pas vu. Pourtant, Dieu sait s'il s'y connaissait pour s'envoyer de jeunes artistes pour le prix de quelques cimaises chez un ami galeriste ! Et je ne l'ai pas revu depuis.

– Comment avez-vous appris sa mort ?

– Vous êtes mignonne, vous : j'ai été prévenue par le supérieur direct de celui qui vous a confié l'enquête, bien évidemment.

– Les enquêtes des Affaires Spéciales dépendent directement du Premier ministre.

– C'est bien ce que je disais.

– Le Premier ministre vous a prévenue ?

– Décidément, vous êtes mignonne, mais naïve.

Marion cherche une réponse, mais c'est son téléphone qui la sauve. Elle s'excuse d'un geste auprès de la veuve et va se camper à la porte-fenêtre qui surplombe la Seine où glisse un bateau-mouche surchargé de touristes. Un court instant, elle se plaît à croire que tous ces idiots de passage l'envient d'être la propriétaire de ce superbe appartement.

– … Vous êtes là, Barthes ?

– Oui, excusez-moi…

– Où, exactement ?

– À Paris, chez madame Le Guern, nous l'interrogeons sur…

– Oubliez la veuve du conseiller, Capitaine. Une voiture va passer vous prendre. Vous repartez toutes affaires cessantes pour Nice. On a trouvé un autre corps supplicié dans la région.

– Et pourquoi nous ?

– François Montiel, un paparazzi de l'agence En Images.

– En Images, celle de…

– Oui, l'agence de Monique Forain, l'amie de la première dame. Retournez sur place au plus vite. Nous nous occuperons des interrogatoires et des témoignages ici.

Quand Marion se retourne, Marie-France le Guern range son téléphone.

– Je sais, dit-elle, on vient de me prévenir aussi. Allez-y, on m'a dit de ne pas vous retenir plus longtemps.

Dans l'ascenseur à l'ancienne, Marion attend deux étages avant de se fâcher gentiment.

– Vous étiez à la limite du harcèlement ophtalmique, Cavaillon.

– Capitaine, à mon âge, ce n'était que de la contemplation platonique, rosit le vieux gendarme.

– Qualifiable de harcèlement par personne dépositaire de l'autorité publique.

– Nous rentrons ? s'enquiert Cavaillon pour changer de sujet.

– Oui, une autre affaire, possiblement en lien avec la première.

La voiture les attend, mais Marion demande au chauffeur de faire un détour par la rue des Petits-Bois à Chaville. Une sorte de maison basque au toit pentu, aux poutres et aux volets rouges comme des piments d'Espelette, qu'une glycine lourde et envahissante ensevelit sous ses grappes odorantes. Quand elle pousse le portail, l'attention de Marion est d'abord attirée par un bruit dans le jardin sauvage, derrière la maison. Elle la contourne par une étroite allée bordée d'œillets d'Inde, et Élias est là, tout seul, à lancer une hache contre un tronc. *Un tour, deux tours, trois tours, tchac !* dit-il à voix basse, et l'outil lui obéit en se fichant dans l'écorce. Il récupère la hache et recommence. *Un tour, deux tours, trois tours, tchac !* Marion, sidérée, comprend à l'état du tronc qu'il y joue depuis longtemps déjà.

– Élias, dit-elle d'une voix la plus calme possible avant qu'il récupère l'outil, qu'est-ce que tu fais tout seul dans le jardin, mon ange ?

– Ange : *être céleste intermédiaire entre Dieu et l'homme ou une personne qui semble douée de toutes les perfections*. Je ne suis ni céleste, ni parfait, donc je ne suis pas ton ange. Mais que tu le croies me fait plaisir, maman.

– Alors si tu veux me faire plaisir à ton tour, Élias, pose cette hache, c'est un jeu trop dangereux.

– Il n'y a pas de danger, maman, j'ai calculé la force à donner en fonction du poids et du centre de gravité, et le nombre de rotations. Un tour, deux tours, trois tours, tchac ! Mais que tu t'inquiètes justifie que j'arrête, maman.

– Merci, mon ange…

– Ange : *être céleste intermédiaire entre Dieu et l'homme ou une personne qui semble douée de toutes les perfections*. Je ne suis ni céleste, ni parfait, donc je ne suis pas ton ange. Mais que tu le croies me fait plaisir, maman.

– Je sais. Pourquoi es-tu tout seul dans le jardin ? Où est tante Dany ?

– Tante Dany m'a demandé de l'attendre dans le jardin qu'elle ait fini de faire ce qu'elle a à faire. Papa aussi.

– Ton père est là ? Il est venu te chercher ?

Élias ne répond pas, et à l'imperceptible balancement qui l'agite, Marion comprend la tension que déclenche cette question.

– Je vais les voir, Élias, et après je reviens te dire au revoir. Je dois partir pour une enquête, mais je t'expliquerai ça tout à l'heure, d'accord ?

– Enquête : *étude d'une question faite en réunissant des témoignages ou des expériences ou un ensemble de recherches ordonnées par une autorité administrative et destinée à faire la lumière sur quelque chose.* Mais même si tu m'abandonnes, je suis fier que tu sois une enquêtrice, maman.

– Je vais leur parler et je reviens, Élias, évite de jouer avec la hache, s'il te plaît et…

De l'étage jaillit alors un gémissement sans équivoque. Une longue complainte stridulée qui vise le sidéral quand elle fuse par la fenêtre. Debout dans le jardin, Élias a plaqué ses mains sur ses oreilles. Orgasme : *point culminant et terme de l'excitation sexuelle caractérisé par des sensations physiques intenses.* Et son balancement s'aggrave au rythme d'une litanie de suppliciée volontaire qui amorce la colère de Marion.

Quand elle jaillit dans la chambre qui fut celle de ses parents, Marc et Dany sont debout sur le lit à rebondir, enchevêtrés dans une position qu'elle ne connaît même pas, lui, le cou congestionné par l'effort et le plaisir, les bras tatoués noués comme à la salle, les fesses tétanisées par son balancement de rut, et elle, avec son cul plus rond que le sien, ses seins plus lourds que les siens, son orgasme plus violent que les siens, ses ongles plantés dans le dos de Marc, ses dents mordant ses lèvres…

Marion les voit aussi en reflet dans le grand miroir biseauté au-dessus de la tête de lit, dans les trois miroirs étroits d'un paravent qui fractionne et multiplie leur nudité, et dans ceux des portes de la vieille armoire dans laquelle elles se dissimulaient, petites, pour jouer à cache-cache.

Marc l'aperçoit au moment où sa gifle part, et Dany, qui ne s'y attend pas, toujours haut perchée dans sa jouissance, la reçoit en pleine figure. Elle en perd l'équilibre, tombe du lit et roule sur le parquet ciré où, petites, elles ne pouvaient marcher qu'en glissant sur des patins. Marc, vaincu par la fatalité, se laisse tomber le cul dans les oreillers, le dos contre la tête de lit.

– Et merde, lâche-t-il en acompte sur toutes les colères à venir.

– Est-ce que tu te rends compte qu'Élias joue à lancer des haches pendant ce temps-là ?

Comme il n'y a rien à répondre à ça, il se penche vers la table de nuit, attrape un paquet de cigarettes et s'en allume une. Sous le pied en bronze de la lampe de chevet, Marion aperçoit les deux billets de cinquante euros.

– Qu'est-ce que c'est que ça ?

Dany s'est relevée. Elle a enfilé une robe de chambre qu'elle serre contre sa poitrine.

– Marion, ce n'est pas ce que…

– Ah oui ? Ce n'est pas ce que je crois ? Ma petite sœur n'est pas une pute, et son client n'est pas celui qui n'est même pas encore mon ex, en laissant mon gamin tout seul dans le jardin, à jouer avec une hache ?

– Laisse-moi t'expliquer…

Une seconde gifle cingle la joue de Dany mais Marc est déjà derrière Marion et, quand elle se retourne, il la gifle à son tour.

– Oui j'ai craqué pour ta sœur et ça ne regarde que nous, mais si je la paye, pauvre imbécile, c'est pour la semaine où tu lui as laissé Élias en garde alors qu'elle est au chômage. Tu le savais au moins ? Tu t'intéresses aux tiens de temps en temps, avant de les traiter de pute ou de les foutre en taule ?

Comme il est en équilibre de héron à essayer d'enfiler la deuxième jambe de son pantalon, elle le gifle à son tour, bien plus fort qu'elle n'a frappé sa sœur.

– Dany, tu prépares le sac d'Élias. Je vous attends dans cinq minutes en bas, dans la cuisine.

– C'est ça, fais ta gendarme.

– La gendarme, elle a vu un flic des mœurs sauter la sœur de sa femme et laisser deux billets sous la lampe de chevet. C'est une histoire qui va leur plaire, à la Mondaine !

Il ne répond pas et elle descend les attendre dans la cuisine. Quand ils la rejoignent, Dany toute penaude et Marc tout en colère retenue, elle a servi trois bols de café sur la table, comme au bon vieux temps des réveils en famille. Chacun s'installe, dans son silence, en contre-jour de la fenêtre donnant sur le jardin où Élias a repris ses lancers de hache. Marion sourit intérieurement de voir Cavaillon prendre soin d'Élias en guidant son tir. Alors, d'une voix où toute colère a disparu, mais blanche d'une décision définitive, elle s'adresse tour à tour à sa petite sœur et à son ex.

– Dany, si ça te plaît comme ça, tu fais ce que tu veux, je n'ai aucun droit de te juger. Si ça ne te plaît pas, par contre, dis-le-moi, je trouverai le moyen de t'aider à t'en sortir. Je n'ai peut-être pas fait assez attention à toi, je le regrette, je vais me rattraper.

– C'est pas croyable, tu la prends vraiment pour une pute ? Tu ne lui laisses décidément aucune chance. Marion Barthes, droite dans ses bottes.

– Plus Barthes pour longtemps…

– Ça, je l'espère aussi. Ce que tu viens de faire à Dany montre bien qui tu es.

Ils aspirent chacun une gorgée de café fort et brûlant préparé dans la Bialetti des parents.

– Toi, soit tu restes son amant, soit tu fous le camp. Si je te repique une seule fois dans une relation d'argent avec elle, je te détruis.

– Une relation d'argent ? Non mais écoutez-la, cette psychorigide, ça fait six jours qu'Élias est à la charge de Dany et tu ne lui as même pas laissé quelque chose, ne serait-ce que pour la nourriture !

– Et c'est pour la soulager financièrement que tu la sautes, peut-être ? Écoute-moi bien, tu oublies la garde d'Élias, c'est bien compris ? Définitivement. Tu auras des droits de visite, mais je veux la garde, maintenant. Allez, dégage, va prévenir ton avocat et rentre retrouver celle pour qui tu m'as quittée et que tu viens déjà d'oublier dans le lit de ma sœur. L'histoire lui plaira, si je dois la lui raconter.

– Eh bien ce jour-là, invite-moi, ça m'intéresserait beaucoup d'entendre des histoires de cul racontées par une psychofrigide, dit Marc en se levant. Allez, salut Dany, on s'appelle. Si tu vois ta sœur, rappelle-lui que son futur ex est célibataire depuis plus de six mois maintenant.

Il quitte la pièce et Marion le suit jusque sur le perron pour s'assurer qu'il maîtrise sa colère, puis elle appelle Élias et Cavaillon.

– Élias vient avec nous, dit-elle au gendarme.

– À Nice ?

– À Nice et partout ailleurs.

– Parfait, dit Cavaillon en se retenant de poser une main joviale sur l'épaule d'Élias, prêt pour les vacances ?

– Vacances *: période d'arrêt légal de travail des salariés pendant laquelle de nombreuses personnes se déplacent.* Je ne suis pas salarié, mais que tu me le proposes, Cavaillon, ça me fait plaisir.

Marion fait signe à Cavaillon d'emmener Élias jusqu'à la voiture et retourne dire au revoir à Dany qui l'attend, le sac d'Élias à la main.

– Ma Dany, dit-elle en la prenant dans ses bras, on aurait dit du mauvais Feydeau, non ? Pourquoi tu ne m'as rien dit pour le chômage ? Je vais t'aider, mais évite Marc, il est toxique.

– Je l'aime bien, Marc.

– Et depuis quand ça dure ?

– Mais depuis aujourd'hui seulement, tu n'as pas compris ?

Marion la serre un peu plus fort, et colle ses lèvres à son oreille.

– Petite salope de sainte-nitouche, murmure-t-elle dans un sourire, jamais ce petit con ne m'a envoyée aussi haut dans les cintres.

Puis elle pose un baiser sur sa joue, lui prend le sac d'Élias des mains et rejoint les autres dans la voiture.

CHAPITRE 9

Jour 2
14 h 10 – Nice – Institut médico-légal

– Décidément, s'amuse Kinsky le légiste, vous lui avez fait quoi, au saint patron des criminels, pour mériter de tels macchabées ?

Sur sa table d'autopsie, le corps livide et déchiqueté d'un homme dans la soixantaine, éventré, la gorge déchirée et les chairs lacérées.

– Parce que vous croyez vraiment qu'il existe un saint patron pour ceux qui font des choses comme ça ? se moque Marion.

– Saint Georges le guerrier ! explique Kinsky en brandissant son scalpel comme un instituteur son crayon. Ou plus exactement Ogum ou Oxóssi, sa représentation dans le culte *umbandiste* afro-brésilien. Rouge et blanc, l'épée à la main, le saint patron préféré de tous ceux qui redoutent une mort violente par les armes.

– Le Mercantour, ce n'est pas exactement le *sertão* brésilien, et à Nice on est encore loin des favelas, non ?

– Détrompez-vous, Capitainc, dans les quartiers nord de Marseille, des gangs s'en remettent déjà à saint Georges avant d'aller en découdre. Enfin, ceux qui ne sont pas musulmans, bien sûr !

– Bon, si nous pouvions nous concentrer sur ma victime…

Kinsky marque un temps d'arrêt, vexé par le ton de Marion et son désintérêt pour ses connaissances en sociologie criminelle.

– Mort exsangue dans un bain de sang, déchiqueté par une meute, attaqué de face d'après les blessures de défense. Cet homme a eu le temps de souffrir. Les chiens se sont acharnés sur lui jusqu'à ce qu'il perde connaissance et bien après. Au moins trois, d'après les morsures, et dans les règles de l'art : une attaque à la gorge et une attaque aux parties génitales. La première a été broyée, les secondes ont été arrachées.

– Mauvaise rencontre avec des chiens fous ?

– Je vous rappelle que votre victime était nue…

– Un naturiste égaré du camp d'Origan ?

– Et pourquoi pas du camping de Castillon de Provence ou du Haut Chandelalar, pendant que vous y êtes ! Origan, c'est déjà à six kilomètres à vol d'oiseau de la forêt du vallon du Bergiès, de l'autre côté du ravin du Croc, où on l'a trouvé. Au moins le double par la route, et par les sentiers de randonnée, je ne vous raconte pas.

– Très bien, alors ne me racontez pas, nos enquêteurs s'occuperont de ça. Que pouvez-vous me dire d'autre sur la victime et les blessures ?

Kinsky se vexe, rajuste ses lunettes et prend son temps pour répondre.

– D'abord, les constatations évidentes. Un homme à la viande fumée par les cigarettes et aux organes confits dans l'alcool. Ce genre de type, c'est comme une vieille bagnole au moteur scellé au cambouis, il ne faut jamais chercher à réparer, sinon tout part en capilotade. Il n'allait pas mourir bientôt, il allait se décomposer de l'intérieur. Pas un jour de sport depuis les trente dernières années je suppose, et blanc comme un Batave au premier jour de l'été. Loin d'un Apollon des plages.

– Kinsky, ce type était photographe, pas maître-nageur. Parlez-moi plutôt des blessures, alors.

– Je vous l'ai dit, mort par hémorragie massive suite à un égorgement par morsure de chien. Plusieurs, au moins trois. Pas des petits museaux du genre cairn ou fox-terrier, ni des brutes du genre braque ou bouledogue. D'après ce qu'on peut extrapoler de la forme des mâchoires et de la dentition, je pencherais pour des longs museaux, comme des Saint-Hubert.

– Vous vous y connaissez aussi en chiens, Kinsky ?

– Je m'y connais en vénerie, que je pratique d'ailleurs avec passion, répond-il comme on se vante par provocation.

Mais Marion n'est pas d'humeur à se prendre de bec avec le légiste.

– Donc nous cherchons une bande de barbares fins de race avec une meute de chiens sanguinaires, du sang de cannibales plein les crocs.

– C'est à peu près ça, sauf que votre meute ne devrait pas être au complet.

– Pourquoi ?

– Parce que la victime ne baignait pas seulement dans le sang dont elle s'est vidée. Il y avait au moins autant de sang d'animal sur la scène de découverte, et ça se comprend aisément.

Marion attend la suite qui ne vient pas, mais se refuse à poser la question pour ne pas rentrer dans le jeu de Kinsky. Le légiste se retrouve un peu idiot et se résout à donner l'explication.

– À mon avis, les chiens ont été abattus sur place avant même la fin du carnage.

– Ils auraient abattu leurs propres chiens ? Et pour quelle raison ?

– C'est une tradition de sécurité d'abattre un animal qui a goûté à la chair humaine. La mise à mort et le goût du sang les auraient poussés à un tel état d'hystérie qu'aucun homme n'aurait été en mesure de les arrêter ou de les retenir. Pendant leurs années de dressage, ils sont récompensés par des boyaux pour les habituer au sang comme récompense. Je suis persuadé que ceux qui ont lâché leurs chiens sur cet homme les ont abattus. De ce que je connais de la meute, c'est ce que moi-même j'aurais fait.

Marion renonce à lui demander s'il a déjà lâché une meute sur un homme nu la nuit dans la forêt. Elle le laisse, à la limite de la politesse, et rejoint Cavaillon qui avait préféré ne pas assister à l'autopsie et l'attend dans la voiture.

– Il s'est endormi, murmure-t-il en désignant Élias sur la banquette arrière. Qu'allez-vous faire de lui ?

– Je ne sais pas, je vais m'arranger.

Puis elle profite qu'Élias ne peut pas les entendre pour lui faire part de l'hypothèse de Kinsky.

– Je veux bien le croire, répond Cavaillon. Après le dressage, un chien sur cinq seulement intègre une meute. Les quatre autres sont éliminés.

– Comment ça, éliminés ?

– Éliminés.

Ils sortent de Nice en silence et roulent longtemps avant que Marion s'inquiète des premières constatations de cette nouvelle enquête.

– Pinson m'a fait un topo pendant que vous étiez à l'autopsie. Le corps a été découvert dans un chemin forestier. On y accède par la D16 en allant sur Léouvé, un embranchement sur la droite à hauteur du lieu-dit les Bergiès. À deux cents mètres à peine de la départementale. Il y a trois fermes dans les alentours et Pinson procède à l'enquête de voisinage. Si les chiens ont aboyé, quelqu'un les aura entendus. Il y a de fortes chances pour que les agresseurs aient aussi laissé des traces avec leur voiture, c'est un chemin très peu fréquenté.

– Parfait, alors allons-y. Jc vous dépose à la gendarmerie, puis j'emmène Élias chez une amie et je passe vous reprendre pour aller sur la scène de crime. Prévenez Pinson et demandez-lui de lister les élevages de chiens, les éventuels équipages de chasse à courre et les vétérinaires dans un rayon de cinquante kilomètres.

– Cinquante, c'est beaucoup trop, ça vous emmène jusqu'à Nice au sud et pratiquement jusqu'à Barcelonnette au nord. Dix kilomètres pour commencer, c'est amplement suffisant.

– Si vous voulez, Cavaillon, commençons par dix kilomètres.

Ils roulent en silence, pris par une soudaine lassitude, puis par la beauté des paysages quand la route pique à l'ouest pour remonter le Var, au nord des grands ravins arides de l'Adous, du Saint-Esprit, du Mal d'Espinet, de Fraissinet, jusqu'à celui de la Combes un peu avant Puget-Théniers.

– Ravin : *petite vallée étroite à versants raides*, récite Élias à son réveil, quand Marion dépose Cavaillon à la gendarmerie.

– Il en connaît beaucoup des définitions comme ça ?

– Tout le dictionnaire, je suppose, il est hypermnésique !

– Bon, bcn alors tu te souviendras encore de moi demain. Adieu, gamin.

– Dieu : *principe d'explication de l'existence du monde conçu comme un être personnel.*

– Pardon ?

– Dieu : *principe d'explication de l'existence du monde conçu comme un être personnel*, répète Élias. Mais ça me fait plaisir de savoir que tu veux me revoir.

Marion traverse le Var et gravit la route en lacets du col de Saint-Raphaël pour redescendre sur La Penne et rejoindre la Villa Bella. Loïse, à l'ombre de deux grands pins parasols, appuyée à la balustrade en pierres de la terrasse, regarde la voiture venir à elle en cahotant sur le chemin de terre, à travers le pré qui isole la Villa Bella.

– Je te présente Élias, mon fils.

– Je te croyais en mission.

– Oui, moi aussi. Je peux te demander un service ?

– Je peux refuser ?

– Non, pas dans la situation dans laquelle je me suis mise.

– Alors c'est d'accord, je te le garde.

Loïse s'approche et tend la main à Élias qui recule d'un pas.

– Je te préviens, je suis un enfant différent.

– Élias souffre d'une forme d'autisme, explique Marion du ton le plus neutre possible.

– Autiste : *qui souffre d'un trouble du développement se manifestant par une altération de la communication et des interactions sociales,* récite Élias.

– J'en connais la définition, moi aussi, répond Loïse, mais je ne sais pas ce que c'est en vrai. Tu m'expliqueras ?

Il ne répond pas mais l'accompagne. Marion les regarde s'éloigner le cœur plein.

– Envoie-moi un message toutes les heures, tu veux bien ?

– Oui, répondent-ils ensemble.

Marion sourit puis remonte en voiture et retourne à la gendarmerie.

CHAPITRE 10

Jour 2
16 h 05 – Scène de crime n° 2

Les bureaux demandés par Marion ont été dégagés et aménagés pour l'enquête. Deux enquêteurs de la section de recherche détachés en renforts de Marseille y travaillent à organiser les dossiers. Noms de code « Gluau » et « Meute ». Marion les feuillette et apprécie le travail effectué par Pinson dans « Gluau » : la carte des caméras de surveillance à vérifier, des relevés de traces de pas et d'ADN au pied du parapet de la départementale, le recensement des activités industrielles et commerciales de la région utilisant des matières compatibles avec la composition du gluau, le rapport du légiste, le début du dossier personnel et professionnel de la victime, et l'historique détaillé de la procédure.

– Elle est efficace, n'est-ce pas ?

Marion se retourne et Cavaillon est là, calme et jovial.

– Oui, elle a l'air de l'être. Je suppose qu'elle se trouve sur la scène de crime de la meute, alors je vais la rejoindre.

– Avant, il faudrait peut-être régler le sort de tous ceux que vous avez fait embastiller.

– Ceux que… ah oui, mon Dieu, c'est vrai, j'oubliais. Vous les sermonnez tous une dernière fois et vous leur signifiez la fin de leur garde à vue. Laissez planer le doute sur les suites judiciaires.

– Même pour votre père ?

– Même pour lui. Surtout pour lui. Où est le lieutenant Massot ?

– Elle est partie pour un complément d'enquête sur une affaire de rixe hier soir à Rostang, à la sortie d'un restaurant. Après l'usage de stupéfiants, les bastons, c'est la grande spécialité de la région.

– D'accord. Je prends mon véhicule et je vais rejoindre Pinson. Je vous laisse vous familiariser avec les dossiers. Lisez tout avec votre regard de régional de l'étape.

– Pour chercher quoi en particulier ?

– Cavaillon, organiser deux crimes aussi spectaculaires avec des victimes qui ne sont apparemment pas du coin, ça demande une préparation minutieuse et surtout une belle logistique. Plusieurs agresseurs, un ou plusieurs véhicules, une planque, des chiens donc quelque chose comme un chenil si les deux affaires sont liées, des courses pour s'approvisionner ou un gros stock de nourriture. Tout ça laisse des traces et vous connaissez le terrain mieux que tout le monde.

Vingt minutes plus tard, Marion retrouve l'équipe sur la scène de crime de la meute.

– Kinsky a identifié les morsures d'au moins trois chiens, selon lui des bêtes comme des Saint-Hubert, vous avez du nouveau là-dessus ?

– Des Saint-Hubert ou des poitevins, acquiesce Pinson, des races de chiens de meute à long museau. Nous avons quelques traces qui devraient nous permettre de le déterminer rapidement.

Marion observe la façon dont elle a gelé la scène de crime, comment elle gère ses gendarmes, comment elle laisse faire les TIC, comment elle respecte les procédures, et se félicite de l'avoir choisie.

– Et pour les enquêtes de voisinage, les aboiements ?

– Les habitants des trois fermes situées entre cinq et huit cents mètres aux alentours ont bien entendu des aboiements qui ont énervé leurs propres chiens. Entre 23 heures et 23 h 45 selon les témoignages. Rien d'autre. Pas de passage, pas de phares. Par ailleurs, nous n'avons relevé aucune trace récente de véhicule sur toute la longueur du chemin forestier.

– Quoi, ils se seraient garés le long de la départementale et seraient venus à pied à travers bois, de nuit, avec leurs chiens et le prisonnier, pour le laisser se faire dévorer dans un chemin forestier qu'ils auraient facilement pu remonter avec leur véhicule ? Ça n'a pas de sens !

Un gendarme les rejoint, un détecteur de métaux à la main.

– C'est quoi, ça ?

– C'est moi, répond Pinson, je me suis toujours dit que si j'étais un jour responsable d'une scène de découverte, je la passerais au détecteur au cas où, alors j'en profite.

Elles regardent le gendarme quadriller la zone et sursautent ensemble quand un signal se déclenche, juste au-dessus de la marque de sang séché. Elles s'approchent et s'accroupissent et il leur faut peu de temps pour la repérer. Une ogive, fichée dans la terre, que le sang séché a camouflée aux premières investigations. Pinson la récupère dans un sachet d'évidences en cellophane et l'observe.

– Ogive de 9 mm on dirait, parabellum peut-être, ça ressemble à nos anciennes dotations…

– Personne n'a évoqué des coups de feu ou des braconniers dans l'enquête de voisinage ?

– Personne.

– Ça pourrait quand même confirmer l'hypothèse de Kinsky selon laquelle les assassins ont dû abattre leurs chiens rendus fous furieux par le carnage. On peut penser qu'ils les ont abattus avec un modérateur de son. Donc une arme de poing, probablement. Ça dessine un peu la psychologie des agresseurs.

– Comment ça ?

– Une arme de poing avec modérateur, ça fait quand même plus penser à des voyous qu'à des chasseurs, non ?

– Parce que vous pensiez à des chasseurs ?

– Pas vous ? Avec une victime collée à la glu et l'autre dévorée par une meute ?

– Non, j'ai tout de suite pensé à quelque chose de plus tordu.

Marion la regarde sans cacher son étonnement.

– Belle intuition, et vous pourriez bien avoir raison. Encore une chose : avez-vous vérifié si la victime avait des attaches dans la région, résidence secondaire, famille, relations professionnelles, habitudes de vacances ?

– Non, rien, Capitaine. C'était un photographe qui courait le monde pour surprendre les célébrités et rentrait se terrer dans un ancien prieuré du côté de La Bourdinière-Saint-Loup dans la Beauce.

– Aussi étranger à la région que Le Guern, alors. Et je pense à autre chose : où sont passés les chiens ? Si les agresseurs de Montiel les ont abattus, où sont leurs cadavres ? Il a bien fallu qu'ils s'en débarrassent, non ?

– Vous avez raison, Capitaine, mais je ne pense pas qu'ils auraient pris le risque de les enterrer à proximité de la scène de crime.

– Dans ce cas, ils ont dû les transporter, au moins jusqu'à leur véhicule, et trois gros chiens morts qui saignent, ça ne peut que laisser des traces.

– D'accord, je demande aux TIC de revenir ce soir passer les environs immédiats de la scène de crime au Bluestar.

– Parfait, Pinson. Je rentre à la brigade. On fait un point avec toute la cellule à 17 heures. Soyez-y.

Marion s'éloigne quand Pinson la rappelle.

– Capitaine, j'ai demandé l'analyse et la comparaison des voix qui ont prévenu le CORG de la présence des deux cadavres. Vous devriez les recevoir avant le point de 17 heures.

Sur la route du retour, Marion appelle Cavaillon et lui demande de prévoir une carte d'état-major englobant les deux scènes de crime. Comme elle raccroche, une ombre glisse sur son pare-brise et sur son capot, et un drone se positionne cinq mètres devant elle au ras du bitume, accompagnant son mouvement. Puis l'engin pivote sur lui-même et Marion comprend qu'il braque sa caméra sur elle et la filme. Furieuse, elle récupère son gyrophare dans la boîte à gants et le branche sur le tableau de bord. Devant elle, le drone bondit d'un mètre à hauteur du pare-brise et prend de la vitesse pour la devancer. Entre deux lacets, l'engin coupe au-dessus du ravin, d'un virage à l'autre, et rejoint un dégagement qui sert de point de vue. La gamine est là, sa télécommande à la main, et récupère son drone qui se pose en catastrophe à ses pieds. Cheveux asymétriques, noirs, maquillage charbonneux aux yeux, jolie poitrine dans une sorte de corsage bavarois sous un gilet en cuir noir. Noir le vernis à ongles, noires les bottes lacées à semelles compensées. Noir le rouge à ses lèvres.

Dix minutes plus tard, Marion est de retour sur la scène de crime accompagnée de la gamine.

– Mademoiselle a essayé de faire de moi l'héroïne de *Fast and Furious 38* en me filmant avec son drone. Je lui ai dit que c'était soit grosse amende avec confiscation, soit coopération. Elle a sagement opté pour la coopération.

– C'est quoi, ton engin ? s'intéresse Pinson.

– DJI Mavic Mini 2.

– Avec caméra 4K ?

– Oui, et 30 images par seconde.

– Moi, j'avais un Mavic 2.

– Avec la caméra en 60 fps et la transmission OcuSync 2.0 ?

– Oui, soupire Pinson, mais je l'ai crashé dans les gorges de Daluis.

– Oh la rage ! Une turbulence ? Malgré le stabilisateur 3 axes et l'évitement d'obstacle APAS 3.0 ?

– Non, descendu par un circaète ! Cet idiot de rapace a attaqué en plein vol mon Mavic Air qui s'est abîmé dans le Var.

– Mille balles à la baille ! Putain, moi je l'aurais eue féroce !

Marion, d'abord amusée de savoir Pinson férue de drones, finit par perdre patience et rappelle la Cruella à plus de politesse et sa maréchale des logis à son enquête. Quelques minutes plus tard, Pinson et

Cruella programment le drone pour un quadrillage topologique automatique de la scène de crime.

– Pinson, nous n'avons pas le temps de faire une réquisition à personne qualifiée et il n'est pas certain que mademoiselle dispose d'un brevet. Officiellement, c'est vous qui pilotez ce drone. Et maintenant, je retourne pour de bon à la gendarmerie. Quand vous aurez fini ici, emmenez cette demoiselle sur la première scène de crime et procédez au même relevé. C'est un peu tard, mais ça nous mettra peut-être les idées au clair.

Elle les laisse et redescend vers Puget-Théniers quand son téléphone sonne.

– Marion, c'est moi…

– Lâche-moi, Marc !

Elle raccroche et ça sonne à nouveau.

– Faut qu'on parle, Marion.

– Plus rien à te dire !

Elle raccroche, excédée, et ça resonne aussitôt.

– Putain, Marc, tu as sauté ma sœur en la payant comme une de tes putes pendant que notre fils lançait des haches dans le jardin !

– Alors là, c'est vrai que ça craint, j'avoue !

Marion écarquille les yeux en reconnaissant la voix.

– Lieutenant Massot ?

– Oui, je dérange, peut-être, vous préférez que je rappelle ?

– Non, non, c'est mon futur ex, restez au contraire, ça occupera la ligne.

– Eh bien, si je peux au moins servir à ça…

– Ce n’est pas ce que je voulais dire, Lieutenant, en fait vous me sauvez un peu la vie, j’aurais fini par avoir un accident ou par me jeter moi-même dans le ravin pour fuir ce type.

– Ne soyez pas trop pressée de faire des heureux, Capitaine, et prenez votre temps, il se pourrait bien qu’un troisième meurtre nous soit tombé dessus.

– Qu’est-ce qu’on a ?

– L’appel au CORG d’une randonneuse qui s’est fait broyer la cheville dans un piège à loup.

– Si elle était assez vivante pour appeler les secours, en quoi est-ce un meurtre, Lieutenant ?

– Parce que selon elle, il y aurait à proximité le cadavre d’un autre randonneur pris depuis bien plus longtemps dans bien plus de pièges.

– Nu ?

– Nu.

– D’accord, alors c’est bien pour nous. Où ?

– Pas très loin d’où vous êtes, dans le creux du vallon du Bergiès, mais plus à l’ouest, du côté du col du Mont. Les secours sont en route, c’est une piste forestière, vous ne pouvez pas les manquer.

– D’accord, prévenez Pinson que je m’y rends directement. Qu’elle me rejoigne avec les techniciens. Et Cruella aussi.

– Cruella ?

– Je vous expliquerai, mais Pinson comprendra.

CHAPITRE 11

Paris
Cercle Galilée – Au téléphone

– Oui, Orion ?

– Solis, les choses se compliquent autour du dossier Le Guern.

– Dans quelles proportions ?

– Un autre crime, un homme jeté vivant en pâture à une meute de chiens.

– Quel rapport avec Le Guern ?

– D'abord, des similitudes dans le mode opératoire qui ont poussé les Affaires Spéciales à réunir les deux affaires. Ensuite, il se pourrait bien que la victime soit un certain François Montiel, photographe à l'agence En Images de Monique Forain.

– « La » Monique Forain de l'Élysée ?

– Oui, l'amie de la première dame.

– …

– Solis ?

– Je veux tout savoir sur ce photographe, Orion, et avant tout s'il existe un lien entre Le Guern et lui.

– Bien. Oh, attendez une seconde, je reçois un message…

– Orion ?

– …

– Orion ?

– Solis, apparemment la cellule d'enquête des Affaires Spéciales s'est saisie d'un troisième crime.

– Mais qu'est-ce que c'est que ce bordel, Orion, que se passe-t-il là-bas ? Je veux savoir le point commun qui leur permet de relier ces trois crimes entre eux.

– Je m'informe et je reviens vers vous au plus vite.

Solis raccroche et appelle un autre numéro sur son portable sécurisé.

– Vénus, c'est Solis. Les Affaires Spéciales se sont saisies de deux autres crimes qui pourraient être en relation avec celui de Le Guern.

– Oui, je sais, et si c'est ce à quoi je pense, nous avons des raisons de nous inquiéter…

CHAPITRE 12

Jour 2
16 h 00 – Vallon du Bergiès

La femme est en colère. Elle s'applique à contenir sa hargne en rangeant tout dans la bâtisse. Les provisions, les couchages, les cartes, les armes.

– Ce n'était vraiment pas prudent, tu te rends compte que nous ne sommes qu'à quelques centaines de mètres de l'endroit où nous avons lâché les chiens !

– Laura, Jules a tout prévu. Avec la découverte du corps dans les pièges, tout le dispositif de la gendarmerie va se déplacer vers le col du Mont. Dès que Jules revient, nous embarquons et nous décanillons. La suite ne nous appartient plus.

– Je souhaite que tu aies raison, Denis, je ne voudrais pas avoir bousillé ma vie pour rien.

– Nous n'avons rien bousillé, Laura, nous nous sommes vengés et nous aurons poussé les flics à reprendre l'enquête. C'est ce que nous voulions, non ?

– Oui, c'est ce que nous voulions, répond la jeune femme sans conviction.

– Alors terminons de tout ranger. C'est fini pour nous maintenant, la suite n'est plus de notre ressort.

Ils se remettent au travail en silence et effacent minutieusement toute trace de leur séjour. Quand ils ont terminé, ils se posent à même l'herbe, adossés aux pierres desserties de la bâtisse, et pensent aux horreurs qu'ils ont commises. Aux raisons pour lesquelles ils l'ont fait. À ce que cela va changer de leur vie, même s'ils échappent aux gendarmes. À ce qu'ils vont devenir, aussi. Et à leur oncle. À leur oncle et à sa famille. À leur père, aussi. Puis ils attendent Jules en profitant du soleil entre les nuages qui s'accumulent. La clairière, l'orée des bois tout autour, les taillis de chênes blancs et de hêtres, petits et vigoureux d'avoir survécu à un lointain incendie. Et au-delà, les ravins et les crêtes arides, les replats de garrigue, les baisses verdoyantes et les gorges vertigineuses, flamboyantes dans le soleil, creusées d'ombres bleues, plantées çà et là d'improbables pins accrochés à leurs parois, et courues de torrents joyeux et féroces. Dieu qu'ils ont aimé en remonter les murailles en varappe, descendre les écumes en kayak, sauter droits comme des crayons dans des trous d'eau translucide. Cueillir des truites à la main, choper des couleuvres, piéger des écrevisses…

– Je vais regretter tout ça, soupire Laura.

– Pourquoi le regretter ? Tu l'as vécu, tu ne peux pas le perdre.

– Je vais regretter de ne plus pouvoir le vivre.

– Qu'est-ce qui t'en empêche ?

– Parce qu'ils sont morts, Denis, parce qu'ils sont tous morts, ça ne change donc rien pour toi ?

Alors ils ne disent plus rien et regardent le ciel s'obscurcir de nuages gorgés d'orage en attendant Jules. Il arrive une heure plus tard, à bord du Land Cruiser, sous les premières gouttes lourdes comme des graviers. Ils se précipitent tous à l'intérieur de la bâtisse.

– Nous partirons après la pluie, dit Jules, ça va tomber fort, je ne veux prendre aucun risque dans ces foutus chemins forestiers.

– Ce n'est pas risqué avec tous ces gendarmes ?

– Les gendarmes, c'est comme nous, quand ça tombe ils se planquent. Nous aurons l'avantage d'être prêts à partir aussitôt après l'orage, le temps qu'ils battent le rappel pour se remettre en ordre de marche.

Mais l'orage tonne et gronde des heures durant et tourne à la tempête au cœur de la nuit.

CHAPITRE 13

Jour 2
17 h 00 – Scène de crime n° 3

Le véhicule des premiers à marcher est arrivé d'abord, puis celui des pompiers, puis un autre véhicule de la gendarmerie, puis celui du lieutenant Massot, puis celui de Marion et tous se sont enquillés les uns derrière les autres dans ce chemin étroit qui plonge dans le vallon à travers les taillis. Et maintenant que les premiers soins ont été apportés à la randonneuse, il faut que tout le monde recule et trouve un dégagement pour laisser les pompiers remonter la sente en marche arrière. Marion et Massot descendent de leur véhicule dès qu'elles le peuvent et rejoignent la scène de découverte que les premiers gendarmes ont gelée.

– Regardez bien où vous mettez les pieds, leur conseille un gendarme, ces buissons sont un véritable champ de mine.

– Que s'est-il passé ?

– La randonneuse s'entraînait pour la ronde des éléphants, une course de montagne de cent kilomètres du côté de Chambéry, quand elle a cru apercevoir un corps nu dans les taillis. Elle s'est avancée pour s'en assurer et a mis le pied dans un piège à loup qui lui a broyé la cheville. Par chance, elle avait son portable et a appelé les secours.

– Et pour le cadavre ?

– C'est horrible, Capitaine, la pauvre femme ne s'est pas seulement pris le pied dans un piège, comme la randonneuse, elle est carrément tombée dans un tapis de pièges. On en a compté six dont les mâchoires se sont plantées dans ses chairs, plus quelques autres qui l'ont mordue au passage, dont un lui a arraché la moitié du cuir chevelu qui est toujours coincé dedans.

Marion se tourne vers le lieutenant Massot.

– C'est la randonneuse qui a donné l'alerte ?

– Oui, pas d'appel de l'homme mystérieux comme pour les deux autres crimes, cette fois.

– Mais vous pensez qu'il y a un lien.

– Le corps est nu, la mort cruelle, et ce sont des pièges, donc en rapport avec la chasse.

– Dans ce cas, pourquoi ne nous a-t-il pas prévenus ?

– Peut-être qu'il savait que la randonneuse l'avait fait. Ou le ferait.

– Ça voudrait dire qu'il a vu la randonneuse se faire piéger elle aussi, qu'il n'était pas loin.

– Qu'est-ce que ça change ?

– Ça change que pour l'englué, il a bien pris soin d'attendre trois jours que sa victime meure pour nous appeler, et que dans le cas de la meute, il a probablement appelé dès qu'il a vu que sa proie avait succombé à ses blessures.

– Vous croyez qu'il ne nous a pas prévenus parce qu'il n'a pas pu constater la mort de sa victime ? La randonneuse serait arrivée si tôt que ça sur les lieux du crime ?

– C'est ce qu'il faut établir. Qui a recueilli son témoignage ?

– Personne, elle était inconsciente à l'arrivée des secours et elle a perdu beaucoup de sang.

Marion regarde autour d'elle. Le chemin forestier se perd dans les dédales d'une forêt touffue, tassée au fond d'un vallon, loin de tout.

– Comment les secours l'ont-ils retrouvée dans cet endroit isolé ?

– Elle est équipée d'une application de randonnée dans son téléphone qui sert de balise en cas d'urgence. Quand elle a appelé le 17, elle a dit au CORG qu'elle l'activait.

– C'est une femme de ressource, il faut l'interroger dès que possible. Elle a peut-être même aperçu le ou les assassins.

CHAPITRE 14

Jour 2
18 h 30 – Gendarmerie de Puget-Théniers

Le point se fait dans un grand bureau que Cavaillon se plaît à appeler pompeusement la salle des opérations. Ils sont sept, six membres de la cellule d'investigation et le lieutenant Massot à qui Marion a demandé de rester. C'est Pinson qui présente l'état des trois dossiers dont les principaux paramètres sont affichés au mur. Une fois énoncés la chronologie, la procédure et les éléments d'enquête de chaque dossier, elle aborde les liens entre les trois crimes.

– Au titre des points communs, on relève les liens suivants : les trois victimes sont retrouvées mortes et nues ; les trois sont mortes dans un scénario évoquant la chasse : engluage, meute, pièges. Pourtant, dans l'état actuel des investigations, aucune des trois victimes ne semble avoir de liens particuliers avec la chasse ; par ailleurs, aucune des trois victimes n'avait de lien particulier avec la région : ni origine, ni résidence, ni profession. Au titre des différences, on relève les points suivants : les deux premières victimes sont des hommes et la dernière une femme ; dans les deux premiers cas, un homme qui connaissait l'identité de la victime a appelé le 17 pour signaler l'emplacement du corps ; dans le deuxième cas seulement, une ogive de 9 mm parabellum a été retrouvée sur la scène de crime. En fonction de ces éléments, les priorités de l'enquête, outre les procédures d'usage, sont donc les suivantes : 1) trouver le lien entre les trois victimes qui, probablement, déterminera le lien entre les trois crimes ; 2) retracer les derniers moments connus des victimes pour comprendre comment elles se sont retrouvées chez nous : si elles y ont été forcées, comme c'est probable, cela implique des enlèvements ou des actes de violence et d'intimidation qui peuvent nous mettre sur la piste de suspects ou de complices ; 3) assassiner trois personnes de façon aussi spectaculaire et planifiée en moins d'une semaine exige une logistique solide, une certaine organisation, et au moins un véhicule. Entre la préparation des pièges et l'encadrement des victimes pour qu'elles s'y précipitent, on peut penser qu'il y a au moins deux assassins, voire plus. D'où l'importance de l'enquête de voisinage concernant d'éventuels stocks de nourriture, de marchandises comme le gluau et les pièges, et de carburant.

Pinson continue sa présentation dans le détail puis fait signe à Marion qu'elle lui laisse la parole.

– Très bien, pour reprendre les points exposés par la maréchale des logis-cheffe, voici quelques éléments de réponse. Pour ce qui concerne le lien entre les victimes, il est établi par le seul fait que l'enquête a été confiée aux Affaires Spéciales. Cela signifie que d'une façon ou d'une autre, ces personnes étaient considérées par le pouvoir politique comme des personnalités sensibles. Il faut enquêter sur eux dans ce sens. Le Guern était conseiller auprès du président de la République, Montiel photographe dans l'agence de Monique Forain dont on connaît aussi le lien avec le Président. Reste à connaître l'identité de la dernière victime et établir ses liens avec le pouvoir.

– Est-ce que les Affaires Spéciales ne peuvent pas nous fournir directement cette information ? demande Cavaillon.

– Si, vous avez raison, et d'ailleurs nous aurions déjà dû être prévenus, je vais m'en occuper. Pour ce qui est de la présence et de la logistique des assassins, il faut prendre en considération le délai de préparation. Pour le gluau par exemple, il leur a fallu se fournir en différentes substances en grandes quantités et le cuire. Pour la meute, on ne dispose pas de tels chiens d'un claquement de doigts, et pour qu'ils en arrivent à dévorer un homme, il faut qu'on ait pris le temps de les conditionner et de les affamer. Pour les pièges à loups enfin, on n'en achète pas une douzaine aussi facilement sans se faire repérer.

– Sauf sur des boutiques en ligne.

– Vous avez raison, Cavaillon. Vous identifiez la marque des pièges et vous allez fouiller sur les réseaux. On cherche toute commande supérieure à cinq pièges, au cas où ils les aient achetés en plusieurs fois. Et bien entendu, on s'intéresse à l'adresse de livraison et au moyen de paiement.

– Bien entendu…

– Et s'ils les ont fait venir de l'étranger ?

– On demande aux douanes s'ils ont vu passer quelque chose. Le piégeage des loups est réglementé en France, ils doivent bien surveiller ce genre de colis.

– Je m'en occupe, dit un enquêteur.

– Parfait, maintenant, l'essentiel : le mobile. Il apparaîtra probablement dans le lien que nous établirons entre les victimes, mais nous disposons d'un autre angle d'attaque. Chaque crime a été commis de façon dramatique et particulièrement élaborée, tant dans sa cruauté que dans sa mise en scène, et deux fois sur trois, au moins un de ceux qui les ont probablement commis a pris la peine de nous donner l'identité de la victime et de nous dire où retrouver le corps.

– Ils voulaient que nous les retrouvions ?

– De toute évidence, et je pense que ça va plus loin encore. Ces mises en scène cachent peut-être un message. S'ils ont pris tant de temps et de soins à massacrer ces pauvres gens, c'est qu'ils voulaient que nous le sachions et que ça nous marque. C'est plus qu'un triple meurtre.

– C'est quoi, alors ?

– Je n'en sais rien. Une triple vengeance, peut-être. Cette affaire va au-delà des apparences et le message m'échappe pour l'instant.

– Est-ce que je peux essayer quelque chose ? propose Pinson. C'est une technique de remue-méninges que j'ai apprise en école de commerce avant d'intégrer la gendarmerie. Tout le monde se concentre sur le panneau de la première scène de crime et chacun dit, à tour de rôle et le plus rapidement possible, sans réfléchir, les premiers mots qui lui viennent à l'esprit.

Pinson commence avec *châtiment*, Marion suit avec *torture*, Massot avec *oiseau*, puis chacun se libère et ose :

... glu, appât, sadisme, souffrance, olivier, chasse, douleur, sang, atrocité, traque, cruauté, vengeance, sauvagerie, agonie, poursuite, pervers, barbarie, démoniaque, calvaire, piège, martyre, pilori... Cinquante-huit mots en tout.

Ils se prennent au jeu et Pinson note les mots, puis lance le même exercice pour les deux autres scènes de crime.

Traque, chiens, carnage, hallali, mise à mort, curée, meute, punition, horreur, nuit, chasse à courre, morsure, Saint-Hubert, massacre, poitevin... Soixante-quatre mots.

Exécution, sang, traquenard, cruauté, loup, vengeance, forêt, planification, terreur, sadique... Quarante-neuf mots.

Mais l'exercice finit par lasser Marion qui préfère revenir au dossier.

– Bon, on verra ce que ça donne, Pinson, pour l'instant, où en sommes-nous pour les caméras de surveillance du premier crime ?

– Sur le tronçon de la départementale 316 que rejoint la piste, à l'est de la scène de crime, à hauteur du torrent du Rivet, nous avons récupéré des images de la vidéosurveillance d'une résidence secondaire d'un marchand de biens de Nice. Nous avons les images de vingt-sept véhicules dans les quatre heures qui ont encadré l'appel au CORG. Nous sommes sur les identifications. Par contre, à l'ouest de la scène de crime, rien d'exploitable à moins de vingt kilomètres.

– Un particulier n'a pas le droit de filmer l'espace public avec des caméras fixes. Ces images sont illégales et ne pourront pas être versées à la procédure. On garde l'info pour nous pour l'instant, et à l'occasion, passez rappeler à l'ordre ce marchand de biens. Il devrait être au courant de la réglementation.

– Et les photos de Cruella ? demande Massot.

– Ah oui, nous avons récupéré grâce à Pinson les photos aériennes des trois scènes de crime prises par le drone d'une jeune fille étrange mais très coopérative. On peut peut-être y exploiter des détails plus significatifs que sur une carte, et plus actuels que sur Google.

Pinson charge une carte mémoire dans un ordinateur et envoie les images sur un écran.

– Elles sont dans l'ordre des prises de vues. Nous avons commencé par la scène de crime n° 2.

C'est tout au bord de la douzième photo, prise à une altitude de cinquante mètres, que Marion la remarque.

– C'est quoi, ça ?

– Une vieille bâtisse abandonnée depuis longtemps. On y accède par un chemin défoncé en cul-de-sac.

– On est à quoi, quatre ou cinq cents mètres de la scène de crime n° 2 à vol d'oiseau, n'est-ce pas ? Situez-moi les deux autres scènes de crime sur une carte par rapport à cette bâtisse.

Cavaillon déplie une carte d'état-major et marque d'un chiffre les scènes de crime.

– À vol d'oiseau, je dirais que « 1 » est à environ deux kilomètres et demi au sud-ouest de la bâtisse, et « 3 » à un kilomètre et quelque à l'est.

– Isolée, abandonnée, centrale, ça pourrait très bien coller. Est-ce qu'on peut zoomer au maximum sur cette bâtisse ?

C'est une vieille ferme en ruine à la toiture à moitié affaissée. Sur un côté de la façade, l'avancée de ce qui devait être un garage. L'entrée, fermée d'une porte bancale et vermoulue, tient encore debout, mais le fond s'est en partie effondré en coin. On aperçoit aussi un enclos grillagé.

– Là, qu'est-ce que c'est ?

Tous s'approchent de l'écran pour mieux distinguer ce que Marion montre du doigt.

– Ce n'est pas de la pierre, c'est plus sombre… Est-ce qu'on peut chercher sur d'autres photos ?

Pinson affiche la photo suivante, prise avec un léger décalage vers le nord.

– Là, regardez, on distingue mieux.

– C'est un bout de l'aile avant d'un véhicule, murmure Cavaillon. Quelque chose de gros. Un 4×4, je dirais. Beige. Genre Land Rover ou Land Cruiser, quelque chose comme ça.

– On a un véhicule de ce genre dans les images vidéo du marchand de biens ?

Le gendarme consulte sa liste.

– Oui, on a, mais l'angle ne permet pas d'identifier la plaque.

– Moi je l'ai peut-être, intervient Massot. La rixe à la sortie d'un restaurant pour laquelle je me suis rendue à Rostang, elle impliquait deux hommes dont un a pris la fuite à bord d'un Land Cruiser beige. Un témoin a noté le numéro de la plaque. On n'a pas donné suite parce que personne n'a voulu porter plainte.

Marion se fait indiquer Rostang sur la carte, à cinq kilomètres à vol d'oiseau au sud-est de la bâtisse.

– Ça nous suffit, décide Marion, on les tombe demain à la première heure.

– Sans attendre de renforts ? s'étonne le lieutenant. Si ce sont eux, ils ont déjà commis trois crimes et peuvent être lourdement armés. Nous sommes tenus de faire appel à l'AGIGN d'Orange, voire directement au GIGN, c'est la procédure obligatoire !

– Quelque chose a foiré sur la troisième scène de crime, il existe un risque qu'ils prennent peur et qu'ils disparaissent. La topographie joue en notre faveur. L'approche est facile de trois côtés par la forêt. On les prend par surprise à l'heure légale. Officiellement, nous agissons en renfort dans l'enquête du lieutenant Massot pour vérification d'un véhicule impliqué dans la rixe de Rostang.

– Nous ne pouvons mobiliser qu'une demi-douzaine d'hommes et nous ne savons pas combien ils sont. Je refuse d'exposer mon personnel dans un assaut improvisé, tranche Massot.

– Très bien, alors seule la cellule d'enquête interviendra dans le cadre de l'identification d'un véhicule suspect et de son propriétaire. Rentrez vous reposer, dit Marion en se tournant vers son équipe, on se retrouve demain ici à 4 h 30, on les tape à 6 heures.

– Dans ce cas, je viens aussi, vous avez du personnel de ma brigade, je veux en être.

– Comme vous voulez, Massot, mais sous mes ordres.

– Ça me va, répond le lieutenant.

L'équipe va se disperser quand une gendarme frappe à la porte vitrée et passe la tête par l'entrebâillement.

– Capitaine Barthes, quelqu'un pour vous.

Marion cherche des yeux à travers les reflets de la vitre et devine avec stupeur le visage de Marc. Que vient-il faire ici et comment l'a-t-il trouvée ?

– Pas maintenant.

– Qu'est-ce que j'en fais, alors ? Il dit qu'il est votre…

– Demandez à un OPJ de le mettre en garde à vue.

– En garde à vue, mais pour quel motif ?

– Harcèlement, et c'est moi la plaignante. Et quoi qu'il arrive, gardez-le quarante-huit heures. Et faites attention, il est peut-être armé.

– Armé ?

– Oui, c'est un flic.

– Mais…

D'un signe de la tête, Marion demande à Massot de l'aider sur ce coup-là, et le lieutenant sort de la pièce pour gérer Marc.

– Pinson, c'est du bon boulot. Je peux vous demander un service ? Faites-moi un double du dossier, je voudrais l'emporter avec moi pour l'étudier au calme.

– Oui, Capitaine. À propos, c'est vrai ce qu'on dit, vous avez fait plusieurs missions en OPEX ?

– Oui, c'est vrai, pourquoi ?

– C’est pour l’interpellation de demain, Capitaine, ça me rassure.

– Restez pro et suivez mes ordres, Pinson, et tout se passera bien.

CHAPITRE 15

Jour 2
22 h 25 – La Villa Bella

Marion rentre à la Villa Bella sous les premières rafales de l'orage qui froisse les buissons et ébouriffe les arbres. Elle pense d'abord à toutes les traces des trois scènes de crime qui vont disparaître. Elle sort son téléphone et se connecte à son appli météo. Les nuages verts des perturbations couvrent tout le sud-est de la France, mais le cœur rouge des vents de tempête progresse vers eux. Longue nuit d'orage à venir. Elle pèse le pour et le contre par rapport à l'opération du lendemain. La tempête peut garder les suspects éveillés une bonne partie de la nuit et la fatigue peut émousser leur vigilance au matin. Le risque qu'ils profitent de la nuit pour fuir devient pratiquement nul. La progression de ses hommes et les conditions de l'interpellation peuvent par contre se compliquer. Puis le ciel se déchire au-dessus d'elle et la foudre tombe sur une crête au loin et elle pense à Élias et sa terreur des bruits violents.

Elle se gare au plus près du perron, mais le temps de bondir de son véhicule jusqu'à la maison, elle est douchée et s'accroche à la porte comme un naufragé titube hors des vagues. L'orage a précipité la nuit. À l'intérieur, les salons sont dans la pénombre avec, au plus profond de la maison, une faible lueur vacillante et chaleureuse. Marion pense à un feu crépitant dans une cheminée. Elle se précipite à l'intérieur et se cogne à Loïse qui courait à sa rencontre.

– Quand il a vu venir l'orage, Élias a insisté pour que je te prépare un bain, ma belle, dit-elle en l'entraînant par les couloirs.

Elles se dirigent vers la clarté chancelante et c'est une vaste salle de bains à l'ancienne où trône une antique baignoire blanche aux pieds dorés tarabiscotés, meringuée d'un duvet de mousse. Et partout où il était possible d'en poser, des bougies à la flamme dansante.

– C'est ton fils, sourit Loïse en haussant les épaules.

– Où est-il ?

– Dans l'ancienne bibliothèque, rejoins-nous quand tu seras réchauffée, dit-elle en disparaissant.

La volupté est immédiate. Marion ferme les yeux et se laisse glisser dans l'eau chaude sous l'écume qui pétille son parfum iodé d'agrumes. Elle s'y abandonne longtemps, jusqu'à ce que la mousse se dissipe et que son corps blanc revienne à elle dans l'eau bleutée de savon à la lavande. Alors elle se dresse dans la baignoire, ruisselante et lisse, presque fière de son corps dans le reflet du grand et vieux miroir au tain piqueté. Elle s'emmitoufle dans une sortie-de-bain blanche en éponge moelleuse et part à la recherche de Loïse et d'Élias. Elle la trouve dans la cuisine, à cuire une omelette fermière qui sent bon l'ail et les champignons.

– Merci pour le bain.

– C'est Élias qu'il faut remercier.

– Où est-il ?

– Toujours dans la bibliothèque, que j'ai transformée en chambre de musique.

Marion redresse le col de son peignoir sur ses cheveux mouillés et se dirige vers les salons. Dans le couloir éteint, elle s'amuse de marcher sur la pointe des pieds, cette habitude qu'elle a quand elle se sent nue, comme pour ne pas exposer sa nudité. Quand elle pousse la petite porte, Élias est là, debout, heureux, la basse électrique sur les hanches, un casque capitonné de cuir sur les oreilles, à regarder avec étonnement ses doigts courir sur les cordes. Quand il aperçoit Marion, il fait glisser le casque autour de son cou et saute de joie.

– C'est génial, maman, c'est génial !

– Je croyais que tu avais horreur du bruit ? Tu n'as jamais pu écouter un seul des titres que j'aime, ni même de la musique à la radio !

– Oui, mais cette musique-là elle ne vient pas des autres, maman, elle ne vient pas du dehors, elle vient du dedans, de moi. Elle me perce pas les oreilles, elle est dans mes oreilles, dans ma tête, carrément dedans et en plus c'est moi qui la fait. C'est génial.

Marion ne sait pas si elle doit se réjouir du bonheur d'Élias et du progrès incroyable que représente cette ouverture à la musique, ou si elle doit redouter de vivre désormais en permanence avec un fils peu loquace, un casque clippé sur les oreilles. Mais le cri de Loïse coupe court à son questionnement.

– À table !

L'omelette est savoureuse, et Loïse a carafé un médoc inattendu, un Grands Chênes, fruité, mûr et simple à la fois. Mais l'orage a rattrapé Élias qui se renferme dans une terreur silencieuse et Marion s'inquiète.

– Tu peux manger dans la chambre de musique, si tu veux.

– Je peux manger dans la chambre de musique.

– Je t'apporterai ton dessert.

– Tu m'apporteras mon dessert.

– Tu peux y aller.

Élias se lève, son assiette à la main, avec autant de précaution que s'il s'agissait d'un saladier plein d'eau à ras bord. Marion veut l'aider, mais Loïse la retient.

– Laisse faire Élias, Marion.

– Laisse faire Élias, répète-t-il dans un sourire appliqué et concentré.

Il disparaît dans le couloir, l'esprit focalisé sur son assiette, loin du déferlement de l'orage. À la cuisine, le vin, après le bain, dénoue le corps et les idées de Marion. Loïse lui demande des nouvelles de sa journée, et elle lui raconte le troisième crime, puis toute l'enquête, et même l'opération de demain. Elles déshabillent de sa feuille de châtaignier un banon au lait de chèvre caillé, doux et macéré dans de l'eau-de-vie, et le picorent de la pointe de leur couteau en se resservant du vin. Elles parlent du temps d'avant, des filles qu'elles ont connues à l'école, et de celles que Loïse a connues plus tard. Elles parlent entre filles, de sexe gagné et d'amours vaincues. D'interminables solitudes aussi, et de profonds abandons.

– Olivier Poitevin !

Elles sursautent et se retournent vers Élias, debout dans l'encadrement de la porte, qui les regarde, l'œil brillant d'excitation.

– Olivier Poitevin !

– Quoi, Olivier Poitevin, mon ange ?

– Ange : *être céleste intermédiaire entre Dieu et l'homme ou une personne qui semble douée de toutes les perfections.* Je ne suis ni céleste, ni parfait, donc je ne suis pas ton ange. Mais que tu le croies me fait plaisir, maman.

– Je sais, Élias, je sais, tu me le dis à chaque fois. Mais c'est quoi, Olivier Poitevin ?

– Olivier Poitevin, répète-t-il en montrant du doigt le corridor dans lequel il disparaît. *Olivier Poitevin ! Olivier Poitevin ! Olivier Poitevin !*

Quand elles pénètrent à sa suite dans la chambre de musique, elles s'arrêtent net, stupéfaites. Un des murs est tapissé de photos et de documents.

– Mais qu'est-ce que c'est que ces horreurs ? murmure Loïse.

– Où as-tu trouvé ça ? s'exclame Marion avant de comprendre.

Elle est rentrée suffoquée par l'orage et le déferlement de ses trombes d'eau et, elle s'en souvient maintenant, a laissé son sac sur un canapé de l'entrée pour ôter au plus vite son manteau détrempé.

– Élias, se fâche-t-elle, tu n'avais pas le droit de toucher à ça, c'est mon travail !

– Travail : *ensemble des activités humaines organisées, coordonnées en vue de produire ce qui est utile*. Ce que j'ai fait est utile. C'est un travail. Olivier Poitevin.

Malgré sa colère, Marion ne peut cacher son étonnement quand elle comprend que les documents sont classés en trois colonnes verticales, une pour chaque crime et dans chaque colonne, de haut en bas, pour autant qu'elle puisse le voir, par ordre chronologique de la procédure.

– Olivier Poitevin ! répète Élias que l'excitation agite de tics.

– Mais quoi, Olivier Poitevin, explique-toi à la fin, Élias !

Le garçon bondit vers le mur, le nez collé aux documents, et pointe deux des listes établies par Pinson à partir des mots lâchés par les gendarmes.

– Olivier, dit Élias en pointant le huitième mot de la première liste, et Poitevin, en montrant le quinzième de la deuxième. Olivier… Poitevin… Olivier… Poitevin… Olivier Poitevin !

– Mais quoi ? s'énerve Marion.

Aussitôt Élias se recroqueville, la tête entre ses bras, comme pour éviter une bastonnade, et Loïse intervient pour les calmer tous les deux. Marion comprend qu'elle n'aurait pas dû craquer et recule, les larmes aux yeux, et Loïse prend Élias dans ses bras pour le calmer. Elle le félicite pour ce qu'il a fait, reconnaît qu'elles sont moins intelligentes que lui pour tout comprendre aussi vite, que c'est à lui d'être patient avec elles, et qu'elle lui apprendra la basse de Dusty Hill des ZZ Top dans *Sharp Dressed Man*.

Petit à petit Élias se détend, redéploie son corps dans l'espace et sourit à Loïse et Marion qu'il prend par la main et guide à travers les salons et les couloirs jusqu'au hall d'entrée et le vieux livre d'or de l'ancien restaurant sur son pupitre.

« Je ne sais, de la cuisine ou du charme de la patronne, ce qui fut pour moi le plus délicieux dans cet inoubliable déjeuner. Notre Président en a été autant ravi lui aussi et espère, quel que soit

son destin, partager à nouveau votre table et votre intimité – Olivier Poitevin – le 4 octobre 2009 »

Marion reste interdite, relisant le compliment, la signature et la date plusieurs fois.

– Tu connais cet Olivier Poitevin ? demande-t-elle à Loïse.

– J'avais douze ans, c'était un client du restaurant.

Elle se retourne vers Marion et s'étonne.

– Comment Élias a-t-il pu établir ce lien ?

– Il lit tout ce qui lui tombe sous la main et retient tout. Il est hypermnésique.

– Hypermnésie : *délire de la mémoire caractérisé par un rappel simultané de nombreux faits de la vie passée, présentés de manière hétéroclite et s'accompagnant de fausse reconnaissance.*

Marion prend Élias dans ses bras, avec toute la douceur du monde pour qu'il ne s'effarouche pas, et le félicite.

– Merci Élias, tu viens peut-être de résoudre l'énigme qui relie ces trois crimes. Merci, merci, merci !

Élias sourit et réclame aussitôt sa récompense.

– La basse de Dusty Hill des ZZ Top dans *Sharp Dressed Man*, maintenant !

Marion fait signe à Loïse qu'ils peuvent y aller et retourne dans un des salons où elle a remarqué un ordinateur. Elle pianote le nom d'Olivier Poitevin sur le clavier et lance une recherche.

Olivier Poitevin naît le 13 août 1966 à La Croix-sur-Roudoule où il passe ses sept premières années avec son frère Jacques, avant de suivre leur père, postier, nommé à Cagnes-sur-Mer. Élève brillant, Olivier Poitevin fait de belles études à Nice d'abord, puis à Paris où il intègre l'ENA (promotion Condorcet). Il épouse en 1994 Marie-Noëlle Positano, fille d'un conseiller d'État, avec laquelle il n'aura pas d'enfant...

La suite décrit la carrière d'Olivier Poitevin. Magistrat à la Cour des comptes et brièvement avocat, il suit l'ancien futur président dans son ascension au Parti socialiste et occupe plusieurs fonctions locales à Tulle et au Conseil général de Corrèze. En 2011, il intègre l'équipe du premier secrétaire du parti pour la présidentielle où il croise le chemin de l'actuel président. Après la victoire, tous deux sont récompensés par différents postes au plus haut niveau de l'État. En 2014, Olivier Poitevin entre au ministère de l'Économie et en 2016, il participe à la création du parti de l'actuel président en vue de l'élection présidentielle. Il en est notamment l'organisateur des réseaux financiers. Après la victoire de 2017, Olivier Poitevin ne parvient cependant pas à trouver sa place dans la nouvelle équipe au pouvoir et se considère trahi et abandonné. Déçu, il se retire de la vie politique en 2018. Après des révélations, par la presse à scandale, sur la vie sexuelle extraconjugale de son époux, sa femme

Marie-Noëlle Poitevin se suicide le 5 novembre 2019 dans leur maison familiale de Cannes. Olivier Poitevin sera retrouvé mort, le 12 novembre, au fond des gorges de Daluis, l'enquête ayant conclu à un suicide. Le 19 novembre de la même année, Jacques Poitevin, son frère, se donne la mort dans ses bureaux parisiens d'une balle dans le cœur...

Marion soupire et s'adosse au fauteuil. Olivier Poitevin ! Ce serait quoi ? Une vengeance après une série de suicides ? Est-ce que les assassins ont vraiment voulu jouer à ce jeu délirant des charades ? Comment pouvaient-ils espérer que les enquêteurs fassent le rapprochement entre l'arbre et le chien ? Il a fallu les coïncidences des connaissances cynégétiques du légiste Kinsky, des intuitions marketing de Pinson et de l'autisme d'Élias pour que cet indice macabre se mette en place. Marion ne parvient pas à y croire, mais il lui faut se rendre à l'évidence, cette piste abracadabrante ouvre des perspectives inattendues et lui donne encore plus de raisons d'aller interpeller au petit matin ceux qui se cachent dans la bâtisse. Elle regarde l'heure, hésite, et appelle quand même.

– Marion ? Non mais tu sais l'heure qu'il est ?

– Michel, qu'est-ce que tu sais d'un certain Olivier Poitevin ?

– …

– Michel ?

– Tu m'appelles pour ça ? Il est passé minuit, Marion, tu n'as donc aucune vie privée ?

– Ne t'occupe pas de ma vie privée, je m'en débrouille toute seule.

– Oui, je sais, ton futur ex est en garde à vue. C'est ça ton truc, embastiller ceux que tu devrais aimer ? Ton frère, ton père, ton mec…

– D'accord, ce n'est pas grave, laisse tomber, je te convoquerai demain à la gendarmerie pour t'entendre, si tu préfères.

– Je ne manquerais ça pour rien au monde, Marion, partager quelques heures à ne parler que de toi, enfermé avec ton mec pour essayer de comprendre ce que vous avez fait de votre môme…

– Michel, tu fais encore une seule allusion à Élias, je ne viens pas pour t'arrêter, mais pour te casser la gueule !

Michel ne répond pas tout de suite et garde un long silence.

– Excuse-moi, c'était idiot comme remarque. Bien sûr qu'il faut garder nos mômes loin de toutes nos conneries d'adultes. Les mômes c'est mon truc, tu sais, depuis que je suis sorti de taule.

– C'est bon, je me suis emportée aussi, laisse tomber…

Elle entend des murmures et des froissements et se maudit aussitôt. C'était évident…

– Je vous dérange, vous étiez au lit, c'est ça ?

D'autres froissements et d'autres murmures.

– Où voulez-vous que nous soyons à cette heure, Capitaine, avec une interpellation musclée prévue à 6 heures ? Vous devriez dormir et prendre des forces à cette heure de la nuit. Si je ne vous juge pas en état de mener l'opération demain matin, j'appelle le commandant pour faire interdire l'opération.

– Lieutenant, j'ai participé à des OPEX avec trente-six heures sans sommeil dans des milieux hostiles et 100 % des objectifs atteints. Ne vous en faites ni pour moi, ni pour ceux que j'emmène au combat…

– Mais merde à la fin, ce n'est pas un combat, Capitaine ! C'est juste une interpellation, une mesure de police, dans le cadre légal d'une procédure, pas un assaut !

– Qui vous a parlé d'assaut ? Reprenez votre calme, Lieutenant, sinon c'est moi qui vous vire de l'opération.

– Je suis une professionnelle autant que vous. Pas la peine d'aller dézinguer des gens dans le désert pour être un bon gendarme. C'est quoi cette question sur Poitevin ?

– L'examen des documents de l'enquête établit peut-être un lien avec lui. Je voulais juste demander à Michel s'il le connaissait puisque ce type est né et mort dans le coin.

– C'était plus simple de me demander à voir le dossier de l'enquête demain. Poitevin était un politicien de haut vol, un de ces hommes dans l'ombre et le sillage des deux derniers présidents, qu'il tutoyait. Un grand queutard aussi, apparemment, tombé sous les téléobjectifs de la presse à scandale. Ça a flingué sa carrière et ni lui, ni son entourage ne s'en sont remis. Sa femme s'est suicidée, lui derrière, et son frère à la suite.

– Massot, si j'appelle en mentionnant le nom de Poitevin, c'est que je sais déjà tout ça. Ma question, c'est : suicide ou pas suicide ? L'enquête a soulevé des questions ? Y a-t-il eu le moindre doute ?

– Quoi, c'est vous qui posez la question ?

– Pourquoi ça vous étonne ?

– Parce qu'à l'époque l'enquête a été confiée aux Affaires Spéciales, vous ne saviez pas ça, Super-gendarme ?

Elle raccroche et Marion ne peut pas lui en vouloir. Elle a vraiment l'air d'une imbécile, son geste suspendu, le téléphone à la main, mais ce qui la fracasse, c'est pourquoi les Affaires Spéciales ne l'ont pas prévenue. La règle, même en interne, c'est le secret qui s'applique aux enquêtes des cellules, et l'étanchéité absolue entre les cellules, mais il faut bien qu'à un niveau supérieur de la hiérarchie une autorité ait une vue d'ensemble. Se pourrait-il qu'on l'ait envoyée sur cette enquête en sachant qu'il existait peut-être un lien avec celle concernant Poitevin ?

Elle compose un autre numéro malgré l'heure.

– Allô ? demande une voix féminine ensuquée de sommeil avant qu'une voix d'homme s'étonne de la même façon.

– Je ne savais pas que vous partiez en mission avec votre épouse, Danglade.

– Faites pas chier, Barthes, qu'est-ce que vous voulez à cette heure ?

– Savoir ce que vous me cachez de l'affaire. Demain matin, nous allons procéder à l'interpellation de plusieurs suspects dans une bâtisse abandonnée et je voudrais savoir dans quel merdier je vais demander à mon personnel de mettre ses bottes. Quel est le lien entre notre affaire et l'enquête sur la mort d'Olivier Poitevin ?

– Aucun, répond Danglade d'une voix soudain tendue par la suspicion et l'autorité. Qui vous fait croire qu'il y en a un ?

– Votre voix, Danglade. Le fait que vous répondiez tout de suite sans même vous étonner de la mention du nom de Poitevin, ni même faire semblant de croire que vous ne savez pas qui c'est. Et si ce dossier vous est familier, ça ne peut signifier que deux choses : soit vous avez dirigé ou participé à la cellule d'enquête concernant Poitevin à l'époque, soit vous avez été briefé mieux que moi sur l'enquête qui nous concerne.

– Écoutez, Barthes, je n'aime ni votre ton, ni vos sous-entendus. Les enquêtes des Affaires Spéciales sont secrètes et étanches entre elles comme avec l'extérieur. Puisque vous pensez qu'un lien est établi avec l'affaire Poitevin, je dois en référer au Ministre, alors vous suspendez toute opération jusqu'à nouvel ordre, c'est bien compris ?

– C'est bien compris, Danglade, désolée de vous avoir dérangé en pleine nuit. Mes respects à votre épouse.

Dans sa chambre d'hôtel, à Nice, Danglade est furieux.

– Espèce de petite conne, qu'est-ce qui t'a pris de répondre à ma place ?

– J'ai pas fait exprès, répond la fille boudeuse, il était de mon côté, j'ai cru que c'était le mien…

Elle se lève, vexée, nue, la peau mate, la toison de son sexe et ses cheveux crépus. Fausse Africaine, arabe peut-être, ou kabyle. Danglade ne baise, en mission, que des prostituées exotiques. Un toc. Une manie. La fille s'habille de ses quelques vêtements étriqués et moulants, soudain pigeonnante de toute part, et quitte la chambre. Danglade reste seul et allume une cigarette malgré l'interdiction. Par la fenêtre grande ouverte, il aperçoit un coin de ciel. Il se demande s'il doit vraiment appeler les services du Ministre.

Marion, elle, ne se pose pas de question. Danglade est directeur opérationnel, pas directeur d'enquête, alors Danglade ou pas, demain, elle monte serrer ses suspects. Dans moins de cinq heures maintenant.

Dans la chambre de musiquc, reliés par leurs casques, Élias et Loïse groovent et la jeune femme s'émerveille de la capacité d'Élias à retenir et reproduire le moindre riff. Marion entrebâille la porte et leur fait signe qu'elle va dormir.

CHAPITRE 16

Paris
Cercle Galilée – Au téléphone

– Solis, c'est Vénus.

– Vénus ! J'ai toujours trouvé ridicules ces surnoms planétaires de conspirateurs dont nous nous affublons au Cercle Galilée. Je préférerais continuer à vous appeler Marie-France, comme au temps de…

– Ce temps est révolu, Solis, révolu et lointain, si lointain que je doute même qu'il ait jamais existé. Alors dans le cadre du Cercle, je suis Vénus et vous Solis.

– Mon Dieu, Vénus, quelle femme aimable vous avez été, et quelle divinité inatteignable vous êtes devenue.

– Personne ne m'a jamais considérée comme aimable, Solis, vous me disiez baisable plutôt, avant de vous apercevoir que ce n'était pas vous qui me baisiez, mais moi qui mettais mon cul à hauteur de mes ambitions.

– C'est bien ce que je dis, maintenant que vos ambitions sont atteintes, votre cul est devenu inatteignable.

– Pour vous, Solis, pour vous, mais il n'y a pas de limite à l'ambition, vous le savez bien.

– Je veux bien vous croire. Quelle est l'urgence, alors ?

– Le directeur opérationnel des Affaires Spéciales vient d'appeler le Ministre pour le prévenir que la cellule d'enquête aurait établi un lien entre la mort de Pluton et l'affaire Poitevin.

– De Pluton ? Vous voulez dire de votre…

– De Pluton, Solis, de Pluton !

– Soit, mais que vient faire Poitevin là-dedans ? Je croyais ce dossier définitivement classé.

– Il faut croire que non et je pense que nous avons des raisons de nous inquiéter si ce lien est établi et rendu public.

– Quoi, vous pensez que l'affaire pourrait éclabousser Jupiter ? Qui d'autre est au courant ?

– Pour l'instant, la cellule d'enquête et le Ministre.

– Alors laissez-moi lui parler dès demain. Je vous tiens au courant. Bonne nuit, Vénus…

Mais elle a déjà raccroché.

CHAPITRE 17

Jour 3
07 h 35 – Paris

– Ce n'est pas un peu tôt pour ce genre d'emmerdement, Bonelli ?

– Désolé, Monsieur le Ministre, mais c'est une bombe à retardement qu'il vaut mieux désamorcer tant qu'il en est encore temps.

– De quoi s'agit-il ? s'impatiente le ministre de l'Intérieur.

– Vous avez demandé une enquête des Affaires Spéciales au sujet de la mort d'un certain Le Guern, dans les Alpes-de-Haute-Provence.

– Oui, et alors, en quoi cela vous concerne-t-il ?

– Tout ce qui touche à la sécurité du Président me concerne, vous le savez bien.

– Oui, je suppose que c'est pour cette raison qu'on vous retrouve dans ce merdier, Bonelli ? Et si vous me disiez pourquoi ?

– Parce que cettc cnquête est en train de déterrer celle sur le suicide d'Olivier Poitevin.

Le ministre marque un temps d'arrêt. Ils sont dans son bureau, sous les ors surannés et vieillots de cette bonne République monarchiste qu'est devenue la France. Un décorum dans lequel se complaît le ministre, et un apparat que convoite le conseiller.

– Dans quelle mesure ? s'inquiète le ministre.

– Les trois victimes sont les personnes qui ont poussé Poitevin à la mort à l'époque.

– Vous en êtes certain ? L'enquête l'a démontré ?

– Elle est sur le point de le faire.

– Comment le savez-vous ?

– Je le sais.

– Et que suggérez-vous ?

– Il faut désamorcer le dossier, Monsieur, dessaisir les Affaires Spéciales, ramener tout ça à une simple affaire criminelle, éviter que la presse parle de police aux ordres du pouvoir et remonte directement jusqu'à vous.

– Vous êtes trop gentil de vous préoccuper de mon sort, Bonelli, se moque le ministre.

– Vous me connaissez trop bien pour savoir que je ne suis gentil avec personne, répond très sérieusement Bonelli, mais vous atteindre avec cette affaire, c'est atteindre le Président avec l'affaire Poitevin.

– Très bien, tout ça va redevenir une simple enquête de gendarmerie que nous aiguillerons sur une voie de garage. Si qui que ce soit s'en mêle, nous mettrons en examen des suspects présentables et nous ferons durer l'instruction le plus longtemps possible.

– Si vous voulez des suspects présentables, je peux m'en occuper.

– Vous vous en occupez, Bonelli, mais cette entrevue n'a jamais eu lieu et ne figurera pas à mon agenda. Vous êtes colonel de gendarmerie, si je me souviens bien ?

– Oui, de réserve, dans le cadre de ma mission de protection auprès du Président.

– Alors servez-vous de ce grade pour gérer ce bordel, moi je m'occupe des Affaires Spéciales.

Le ministre congédie Bonelli d'un geste impatient qui l'irrite. Quand il le voit revenir vers son bureau, il pense que ce conseiller arrogant et parvenu serait bien capable de le prendre à partie.

– J'oubliais, il finira par remonter aussi à vos oreilles l'histoire d'une fusillade dans le cadre de cette affaire. Ne faites rien avant que j'en parle au Président.

Et Bonelli sort du bureau sans autre politesse, laissant le ministre dans une fureur intérieure qu'il peine à maîtriser. Ce type s'octroie des airs de Machiavel au prétexte qu'il s'est extrait d'une bande de petits voyous de Ritals des quartiers pour intégrer le premier cercle du Président. Est-ce qu'il sait, ce petit mignon du Roi, auprès de quels grands truands du milieu il a grandi, lui, avant de devenir ministre de l'Intérieur ?

Il décroche un téléphone et aboie un nom. Deux minutes plus tard, un homme entre dans le bureau et vient droit vers le ministre.

– Une fusillade, quelque part dans les Alpes-de-Haute-Provence, probablement. Je veux tout savoir avant tout le monde. Mettez-y les moyens qu'il faut. C'est tout.

L'homme salue d'un hochement de tête et s'éclipse quand le ministre le rappelle.

– Ah, Marcovič, Bonelli est dans le coup, ça devrait vous motiver, non ?

Et il congédie Marcovič du même geste impatient avant de se laisser retomber dans son fauteuil pour réfléchir quelques instants. Combien de trahisons et de turpitudes ce bureau de roitelet a-t-il bien pu abriter ?

CHAPITRE 18

Jour 3
03 h 00 – Bastide du vallon du Bergiès

La pluie crible les tuiles disjointes de la vieille bâtisse et la nuit a fraîchi sous l'orage, mais comme au cours des dix jours depuis qu'ils sont là, ils n'ont pas fait de feu. Pas de trace. Ils sont assis tous les trois autour d'une lampe-tempête, engoncés dans leurs sacs de couchage.

– Qu'est-ce qu'il y a ? finit par demander Laura.

– Rien, répond Jules.

– Je t'en prie, je te connais, je vois bien que ça ne va pas. Quelque chose a foiré et tu ne veux pas nous le dire, c'est ça ?

– Non, rien n'a foiré. Elle est morte.

– Mais ?

– …

– Mais, Jules ?

– Mais quelqu'un m'a vu.

Denis sursautc et se redresse d'un bond en s'extirpant de son sac de couchage.

– Quoi ?

– Écoutez, j'y ai repensé cent fois, et je pense que ça ne change rien.

– Je me fous de ce que tu penses, Jules ! Qui t'a vu ? Comment ? Pourquoi ?

Il se vide d'un profond soupir avant de répondre.

– Je venais de la pousser dans les pièges quand j'ai aperçu une randonneuse qui arrivait, loin au bout du chemin, alors je me suis caché derrière un arbre, mais elle a remarqué quelque chose.

– Elle t'a vu ?

– Non. Elle a vu quelque chose dans les taillis, de l'autre côté. Merde, qu'est-ce qu'elle avait besoin d'aller fourrer son nez là-dedans ! Cette conne a foutu le pied dans un des pièges en cherchant à s'approcher pour voir.

– Mais toi, putain, comment t'a-t-elle vu ?

Jules prend sa tête dans ses mains et soupire à nouveau pour maîtriser sa voix.

– Je l'ai entendue hurler de douleur et j'ai voulu aller à son secours par réflexe. Je me suis arrêté aussitôt, mais elle m'a vu, bien à découvert, de l'autre côté du chemin, si surprise qu'elle en a arrêté de hurler pendant quelques secondes. Puis j'ai fait demi-tour et je me suis enfui.

– Comment étais-tu habillé ?

– Ne t'en fais pas. Boots, tenue camouflage, passe-montagne, gants et lunettes noires comme d'habitude. Tout ce qu'elle pourra donner, c'est une approximation de ma taille et de mon poids.

C'est Laura qui ose poser la question, d'une voix sans faille.

– Si elle était piégée, pourquoi ne l'as-tu pas tuée ?

– Parce que nous ne sommes pas des assassins. Nous n'agissons que par vengeance, et notre vengeance ne concernait en rien cette pauvre femme !

– Elle n'a pas entendu l'autre hurler quand tu l'as jetée dans les pièges ?

– L'autre n'a pas hurlé, murmure Jules en baissant la tête.

– Attends, je ne comprends pas, elle tombe dans une douzaine de pièges à loups qui la déchiquettent et elle ne hurle pas ?

Jules joint ses mains en prière, de chaque côté de son nez, avant d'avouer.

– Je l'ai piquée avec ce qu'il fallait pour qu'elle tombe inconsciente dans les pièges. Je voulais qu'elle meure comme les autres mais j'en avais marre de tous ces cris. Ces trois jours de gémissements dans l'arbre, ces hurlements de terreur avec les chiens. Je ne pouvais pas en supporter plus. Elle est morte comme nous avions décidé qu'elle mourrait, tombée vivante dans les pièges, mais sans hurler.

– Pauvre imbécile, ce n'est pas vivante que nous la voulions dans ces pièges, c'est consciente !

– Dc toutc façon c'est fait et ça ne change rien, ils sont morts et nous en avons fini. À l'aube, nous partons et dans trois jours, je serai de retour dans mon hôpital en Casamance et j'essayerai d'oublier tout ça d'aussi loin que possible.

Les autres gardent le silence un long moment, dans le vacarme de la pluie contre la bâtisse et la rage de l'orage contre le monde entier.

– Jules a raison, finit par dire Denis, c'est déjà à peine croyable que nous l'ayons fait.

– Je sais, murmure Laura, ça va me hanter toute ma vie, mais je ne regrette rien. Quand tu arriveras au Sénégal, Jules, je serai rentrée à Paris travailler sur mes prochaines recherches.

– Et moi, je continuerai à fouiller les archives au cas où nous aurions besoin qu'un dossier nous survive.

– Il reste quelque chose à manger ? coupe Denis d'une voix trop enjouée pour être honnête.

– Si tu crois pouvoir changer de conversation en évoquant ces infectes conserves que tu réchauffes sur ton Butagaz depuis dix jours ! C'était si dégueulasse que toi-même tu n'as presque rien mangé hier, se moque Laura.

– Laura, hier Denis n'a rien mangé parce qu'il s'était déjà englouti un vrai gueuleton en rentrant de sa reconnaissance.

Laura s'immobilise et se tourne vers Denis.

– C'est vrai ça, Denis ?

– …

– Carré d'agneau de Sisteron avec gratin de Jabron et nougat glacé en dessert, j'ai trouvé l'addition dans la voiture !

– Tu as osé ? s'indigne Laura.

Et elle se jette sur lui en riant aux éclats au moment où l'orage se déchaîne sur la bâtisse et qu'un coup de vent enfonce la porte dans une salve de déflagrations.

CHAPITRE 19

Jour 3
03 h 00 – Bastide du vallon du Bergiès

L'orage obstrue la nuit. La lune s'y est noyée depuis longtemps, dans les trombes d'une pluie drue et froide que de violentes bourrasques drossent soudain à l'horizontale. Les gouttes font tressauter les volets clos comme de la mitraille. Les quatre avancent en silence vers la bâtisse, à travers les taillis détrempés que le vent chavire, entre les chênes et les pins noirs affolés par le vent. Sous le ciel déchiré d'éclairs, les branches s'entrechoquent. Dans les déflagrations de la foudre, on les distingue, une fraction de seconde, équipés pour la tempête et lourdement armés. Puis la nuit les efface dans le tumulte de ses ombres. Deux autres se sont approchés, du côté aveugle de la bâtisse, par-derrière, pour se déployer et couper toute éventuelle retraite aux cibles.

Ils atteignent l'orée du bois et la clairière qui crépite sous la pluie. Profitant d'un élan inespéré, le vent les bouscule à coups de boutoir et leur jette au visage la pluie aiguisée qui leur cingle les yeux. Dans la nuit, à cinquante mètres devant eux, la bâtisse ressemble à un fortin abandonné. Ils connaissent l'objectif. Ils ont repéré les lieux sur Google et préparé l'assaut. Un d'eux a couru dans la boue et l'obscurité jusqu'à l'abri qui sert de garage. Il a crevé les pneus du véhicule et leur fait signe de loin qu'il est prêt. Quand ils se lancent vers la bâtisse, leurs silhouettes polarisées par les millions de volts des éclairs, il se joint à eux dans l'assaut. Deux se plaquent contre le mur à hauteur de chaque fenêtre. Deux autres se précipitent contre la porte qu'ils enfoncent puis se ruent à l'intérieur dans une salve de déflagrations.

Elle, tapie dans l'ombre de la nuit, sidérée de rage et de peur, observe la scène à travers les feuillages déchirés par l'orage. Elle ne parvient pas à croire à ce qui se passe sous ses yeux. La pluie qui cingle son visage lave ses larmes. Elle suffoque de chagrin et de révolte. Elle n'a pas pu les prévenir à temps. Qui sont ces hommes ? Pourquoi est-elle si sûre qu'ils les ont tous tués ? Ils sont à l'intérieur de la bâtisse, sous un ciel disjoncté d'éclairs. La pluie drue et violente plante ses gouttes dans la terre comme une tombée de javelots. Le vacarme de la tempête amplifie le silence aveugle de la bâtisse. Elle comprend qu'elle ne doit rien tenter mais ne peut s'en empêcher. Elle va jaillir des taillis pour courir jusqu'à la bâtisse quand les hommes ressortent. Pause cigarette à l'abri d'un petit auvent. Travail accompli. L'un d'eux enlève sa cagoule et son visage se fixe dans sa mémoire, en même temps qu'elle se jette à terre sous une rafale.

– Qu'est-ce qui te prend ? hurle un des hommes.

– Un mouvement dans les taillis.

– Ici, et par ce temps-là, en pleine tempête ? Qu'est-ce que tu veux que ce soit ? Un mec aux champignons ? Alors ne va pas nous exciter un sanglier énervé par l'orage, ce n'est pas le moment.

– N'empêche que…

– Arrête avec ça et finissons-en. On les porte aux voitures et on dégage. On les met dans le Toyota, c'est plus pratique avec une automatique.

Elle n'ose pas relever la tête pour les regarder partir et elle fait bien. L'homme au visage découvert lâche une dernière rafale par la portière. Au cas où.

Quand elle est certaine qu'ils sont partis, elle ne va même pas voir. Elle sait. Elle a compris. Alors elle pleure longtemps sous la pluie, à frapper des poings contre les troncs détrempés, puis rentre chez elle, fracassée comme un arbre foudroyé après avoir trop longtemps résisté à la tourmente.

CHAPITRE 20

Jour 3
06 h 30 – Bastide du vallon du Bergiès

Marion est sidérée par le carnage que cela suppose. Le sang partout, et le sol jonché d'étuis, une centaine, témoignent d'un véritable assaut à l'arme de guerre, comme elle en a mené en OPEX. Aucune chance aux attaqués. De ce qu'elle comprend, les cibles, surprises, n'ont même pas eu le temps de riposter. Sa première impression est celle d'une exécution militairement organisée.

Elle s'est doutée de quelque chose quand son équipe s'est positionnée, un peu avant 6 heures. Massot et Cavaillon par l'arrière de la bâtisse pour couper toute retraite sur les côtés. Elle, Pinson et les deux gendarmes de Marseille en ligne, à l'orée de la forêt. C'est là, dans le sol détrempé par la nuit d'orage, qu'elle a aperçu les premières traces. Des empreintes dans la boue, et des rameaux brisés dans les taillis, à l'inverse des assauts du vent.

Son personnel était tendu. Pinson plus que les autres semblait terrifiée. Elle l'a envoyée neutraliser le véhicule pour l'éloigner, mais quand la jeune maréchale des logis-cheffe lui a fait signe que les quatre pneus étaient déjà crevés, elle a compris. Elle a donné l'ordre en silence aux deux gendarmes de contourner par les bois pour rejoindre Massot et Cavaillon et elle est partie retrouver Pinson. Pas d'approche frontale avec le risque d'être attendus par des forces plus nombreuses et mieux armées que prévu. Chaque groupe a progressé le long de la façade, convergeant vers la porte, et Marion a crié les sommations. À la deuxième, elle a menacé d'envoyer une grenade qu'elle n'avait pas, à la troisième, se fiant à son intuition, elle s'apprêtait à se glisser à l'intérieur quand Pinson l'a précédée comme une furie pour ne découvrir que des traces de l'horreur.

– Pinson, vous ne me refaites plus jamais ça et vous respectez les ordres. Ça aurait pu vous coûter la vie et la mienne par la même occasion. Encore un coup comme celui-là et je vous vire de la cellule.

Maintenant ils sont à l'extérieur, à attendre le coordonnateur de scène de crime et ses techniciens en identification criminelle. Pinson, le visage fermé, dirige le gel de la scène, et Marion s'énerve au téléphone.

– Danglade, c'est quoi ce bordel ? Qui a donné l'assaut avant nous, cette nuit ? Ça cache quoi, cette histoire ? Qu'est-ce que vous savez de cette affaire que vous ne me dites pas ?

– Ça suffit avec vos insinuations, Barthes, je n'en sais pas plus que vous. C'est vous qui menez cette enquête, pas moi, c'est vous qui devriez m'apprendre des choses.

– Eh bien je vous apprends qu'un genre de groupe paramilitaire, officiel ou pas, vient de nous chier dans les bottes, ça vous convient comme scoop, ça ?

– On peut identifier des victimes ?

– Pas de corps, que du sang, une centaine d'étuis de différents calibres, de nombreuses traces de boots et les signes d'une approche et d'un assaut organisés.

– Pas de corps ? Qu'est-ce que vous venez me bassiner à 6 heures du matin, alors ? Vous voulez que je réveille le directeur avec ça ? Que je réveille le Ministre ?

– Vous réveillez qui vous voulez, Danglade, mais vous me dites qui essaye de nous doubler sur cette enquête et pourquoi. Je vous donne une heure !

– Une heure avant quoi ? s'étrangle Danglade. Qu'est-ce que c'est que cet ultimatum ? Une heure, ou vous faites quoi ?

Elle raccroche sans répondre face à Massot qui ne la quitte pas des yeux.

– Alors ?

– Il prétend ne pas savoir, mais je ne le sens pas. Il y a quelque chose de pourri dans cette affaire, on ne monte pas un groupe armé pour une telle opération en moins de quarante-huit heures. Il faut trouver et regrouper des hommes, six ou huit, disposer d'un armement de guerre, reconnaître les lieux, bénéficier d'une logistique avant et après l'opération, avoir un plan de retrait en embarquant les corps… Ceux qui ont fait ça savaient où se terraient les suspects bien avant nous. Des gens nous précèdent dans cette affaire, Massot, et des gens puissants. Commencez à vous protéger, vous et vos hommes.

– Nos vies sont menacées ?

– Non, peut-être pas à ce point-là, il faut l'espérer, mais vos carrières sûrement. Blindez la procédure. Nous devons être irréprochables.

– Irréprochables, après avoir monté une opération sans en référer à la hiérarchie ? Vous voulez rire ! Je crois que la plus grande menace sur cette procédure et nos carrières, c'est vous, Barthes, et personne d'autre.

– Très bien, faites comme vous voulez, mais dans une heure je serai dessaisie de l'affaire et tout va vous retomber dessus, à vous et votre brigade, parce qu'il faudra bien faire porter le chapeau à quelqu'un.

– Qui vous a dit ça ?

– Personne encore, mais c'est évident. Si ces types sont capables de mobiliser un commando, imaginez ce qu'ils peuvent organiser comme nettoyage de procédure.

– Vous êtes complètement parano, Capitaine, je pense que vos problèmes personnels altèrent votre jugement.

– Quels problèmes ?

– Un psy ne pourrait même pas en faire la liste, mais on peut commencer par ce mari que vous mettez en garde à vue sans aucune raison ni élément de preuve. Ou par le fait de partager votre temps sur le terrain entre l'enquête et la garde de votre môme un peu bizarre…

La gifle claque si fort que tout le monde se fige sur la scène de crime.

– Vous perdez vos nerfs, Lieutenant, alors dégagez de ma scène de crime, vous ne faites pas partie de la cellule d'enquête, vous êtes en dehors de votre compétence.

Massot est furieuse. Pour la gifle devant ses hommes, bien sûr, mais surtout pour ses mots que la colère a poussés trop loin. Elle s'éloigne et s'apprête à passer au-delà des rubalises, sous le regard noir de Marion, quand son téléphone sonne. Elle s'arrête, écoute, puis se tourne vers Marion et la fixe de loin. Quelques secondes plus tard, le téléphone de Marion sonne à son tour. Elle écoute sans rien dire, range son téléphone, et rassemble son équipe.

– Écoutez tous : nous sommes dessaisis du dossier. La cellule d'enquête est dissoute par les Affaires Spéciales sur ordre du Ministre. Vous êtes tous réaffectés à vos brigades respectives.

– Et qui reprend l'affaire ? s'inquiète Pinson.

– Nous, dit Massot qui est revenue dans le périmètre de la scène de crime. La brigade est compétente et je prends la direction de l'enquête.

Marion sourit.

– Qu'est-ce que je disais, Lieutenant ? À vous les emmerdes. Profitez-en bien. Moi, je vais m'occuper de mon ex et de mon môme bizarre.

Cette fois, c'est elle qui s'éloigne et se retourne au moment de passer de l'autre côté des rubalises.

– Lieutenant, la proc a demandé que vous l'attendiez sur la scène de crime. Elle arrive. En hélico. Et pas toute seule !

Deux heures plus tard, à l'écart, Marion regarde l'Eurocopter EC135 des forces aériennes de la gendarmerie se poser dans la clairière. Quatre personnes en descendent, que Marion ne reconnaît pas. Elle s'éloigne un peu des rubalises et compose un numéro sur son portable en tournant le dos à la scène.

– C'est qui ce beau monde, Cavaillon ?

– Capitaine, vous ne croyez pas que nous sommes déjà assez dans la…

– Juste leurs fonctions, Cavaillon.

– Bon, d'accord, parce que c'est vous, Capitaine. La première femme, accorte et plutôt belle de sa personne comme vous ne pouvez pas le voir d'où vous êtes le dos tourné, c'est la proc. La petite sèche et stricte permanentée avec le menton en porte-jugulaire, c'est la préfète. L'homme derrière, avec ses airs de mauvais garçon en surpoids, c'est un commissaire de Nice, de la BRI je crois, j'ai déjà eu affaire à lui. Le quatrième, je l'ai déjà vu quelque part, mais je ne sais pas où, je vais me renseigner…

Marion se retourne et observe de loin l'homme en question.

– Ne vous donnez pas cette peine, Cavaillon, je le remets maintenant, c'est le type de la sécurité présidentielle, celui qui prend son pied à faire le coup de poing dans le Quartier latin. Vous ne vous souvenez pas des images à la télé ?

– Oui, oui, confirme Cavaillon, un colonel de réserve je crois. Bonelli, c'est ça, non ?

– Oui, c'est ça, Cavaillon, et honnêtement, voir ce genre de type sur une scène de crime en compagnie d'une proc, d'une préfète et d'un commissaire de la BRI, ça me pousse à remercier le Ministre de mon dessaisissement. Navrée de vous le dire, mais vous allez patauger dans la mélasse. Dites à Massot que je passe à la gendarmerie plier bagage. Contente de vous avoir connu, Cavaillon, saluez Pinson de ma part.

À la gendarmerie, Marion profite de l'absence de Massot et de son équipe pour photocopier les derniers éléments de l'enquête. Elle va partir rejoindre Élias chez Loïse quand elle se souvient de Marc.

– Signifiez-lui la fin de sa garde à vue et libérez-le, commande-t-elle à la gendarme de permanence.

– Il n'est plus là, Capitaine, le lieutenant Massot a téléphoné pour que nous le libérions il y a une heure environ.

– Parfait. Il vous a dit s'il rentrait sur Paris ?

– Non. Il est monté dans sa voiture et est parti sans rien dire.

– Furieux ?

– Non, pas spécialement.

– Dommage. Quel genre de voiture ?

– Clio rouge métallisé immatriculée dans la Manche. Voiture de location, sans aucun doute.

Sur la route de la Villa Bella, Marion se moque de Marc. Une Clio, ça ressemble à un plan d'urgence. D'habitude, il loue plutôt des Audi ou des BMW. Mais quand elle passe le portail, la Clio est là, devant le perron. Marion se gare n'importe comment en dérapage, bondit hors de sa voiture, grimpe les marches quatre à quatre et traverse toute la maison en courant, en hurlant le nom d'Élias. Elle déboule dans la cuisine comme une furie et s'arrête net. Marc et Élias sont attablés autour d'un solide petit-déjeuner que leur sert Loïse.

– Qu'est-ce que tu fais là ?

– Marion, il faut vraiment que nous parlions.

– Après ce que tu as fait à Dany, nous n'avons vraiment pas grand-chose à nous dire.

– Prostitution, récite Élias, *fait de livrer son corps au plaisir sexuel d'autrui pour de l'argent et d'en faire un métier.*

– Je sais ce que veut dire prostitution, Élias, merci, mais ce dont je veux parler à ta mère c'est…

– *Sens littéraire*, reprend Élias, *action d'avilir, de s'avilir, dans un comportement dégradant.*

Marc se lève soudain et Élias se recroqueville aussitôt comme un bernard-l'hermite.

– Ne le brusque pas ! menace Marion.

Mais c'est elle qu'il prend par le bras et entraîne hors de la cuisine.

– Ferme-la deux secondes, Marion, et écoute-moi. Je ne suis venu ni pour toi, ni pour Dany, ni pour Élias. Je suis là pour ta putain d'enquête. Ils vont te piéger, Marion, ils vont te dégager, et ce ne sont pas des enfants de Gandhi !

– Tu arrives un peu tard, Zorro, je viens d'être dessaisie et la cellule d'enquête est dissoute.

– Si tu m'avais écouté, tu aurais été prévenue dès hier soir.

– Tu le savais ? Comment pouvais-tu être au courant ?

– Je t'expliquerai ça plus tard, mais tiens-toi à l'écart de ce merdier, Marion, c'est loin d'être fini.

– Pour moi, ça l'est, Marc.

– Alors rentre à Paris avec moi, éloigne-toi de tout ça.

– Non, Élias semble se trouver bien ici, et j'ai du temps à rattraper avec ma famille. Je vais rester quelques jours.

– Ce n'est pas prudent, Marion, je te connais…

– Marc, lâche-moi, tu veux ? Tu peux rester ici jusqu'à la fin de la journée pour être un peu avec Élias, mais ce soir tu décanilles et tu nous oublies, Élias et moi.

– Je t'aurai prévenue.

Puis Marc fait contre mauvaise fortune bon cœur et appelle Élias à le rejoindre dehors. Ils trouvent un ballon et jouent au foot à un contre un avec la prairie immense pour terrain. Bientôt ils rient et jurent comme des mômes et tombent la chemise. Loïse et Marion sortent sur la terrasse, un café bouillant dans les mains, et les regardent, accoudées à la balustrade.

– Je t'en débarrasse, si tu veux…

– De qui tu parles ? s'inquiète Marion.

– De Marc. Si tu n'en veux plus dans ton lit, je veux bien le prendre dans le mien.

Marion se redresse et la regarde, étonnée, puis elle remarque comment elle tient sa tasse, ses deux mains entre ses seins, comme elle, à la romantique, et s'en amuse.

– Le problème, c'est que je le veux bien encore dans mon lit, cet idiot, c'est juste dans ma vie que je ne le veux plus.

– D'accord, comme tu veux, mais sache que je veux bien qu'il entre dans la mienne le temps de passer dans mon lit.

Marion ne peut retenir un rire étonné.

– Tu veux vraiment te le faire ?

– Cède à la tentation avant qu'elle ne t'échappe, récite Loïse, faussement sentencieuse.

Elle va ajouter quelque chose quand le téléphone de Marion la retient. Les Affaires Spéciales. Loïse devine qu'elle se fait sermonner et s'éloigne. Après un long moment, Marion coupe son interlocuteur.

– Non, mon Colonel, je ne vous permets pas de dire que j'ai merdé. Vous m'avez envoyée sur ce coup pourri sans me parler du dossier Poitevin dont les Affaires Spéciales ont été chargées à l'époque… Non, non, vous, écoutez-moi ! Sans cet orage providentiel, nous serions tombés au petit matin sur un putain de commando paramilitaire armé jusqu'aux dents et j'aurais pu y perdre des hommes. Un commando qui nous a devancés dans l'enquête, ce qui signifie qu'il a bénéficié de meilleures informations que nous… Non, mon Colonel, je ne rentre pas. Je prends huit jours de permission pour rester ici, dans ma famille… Eh bien si ce n'est pas à moi de décider de mes permissions, vous m'accorderez qu'il me revient de décider de ma démission… Non ce n'est pas une connerie, mon Colonel. Je démissionne.

Marion coupe la communication et s'étonne du calme dans lequel cette décision la plonge. Mais elle sait que ce n'est que le choc anesthésiant d'une blessure. La douleur vient toujours plus tard, quand le cerveau reprend le dessus sur l'adrénaline. *Carpe diem*, se dit-elle, même si elle sait que c'est l'anagramme de *ça déprime*.

Quand elle se retourne vers la prairie, Loïse joue avec Marc et Élias. Elle dribble, tacle, feinte ct bouscule, et se cogne et se frotte au torse nu et luisant de sueur de Marc autant qu'elle le peut. Marion les rejoint mais refuse de jouer.

– Je vais voir mon frère, j'ai besoin de lui parler pour l'enquête.

– Emmène Élias alors, si tu vas chez Michel, demande-lui de vous montrer ses chevaux.

– Il a des chevaux ?

– Oui, derrière chez lui il a même une carrière où il donne des cours d'équitation.

– Équitation : *action de monter à cheval selon certaines règles codifiées.* Je ne monte pas à cheval, mais je suis heureux que tu m'y emmènes, ânonne Élias, essoufflé.

Marion lit pour la première fois un tel bonheur dans le regard de son fils qu'elle ne peut y résister.

– D'accord, suivez-moi, officier Élias...

– Officier : *s'acquitter d'une fonction, procéder avec cérémonie et de façon quasi rituelle...*

– Non, moi je parle du militaire qui obéit à son capitaine de mère. En route, mauvaise troupe.

Elle démarre et observe dans son rétroviseur Loïse et Marc qui rentrent dans la maison.

– Ils vont baiser ?

– Quoi ? Élias, comment peux-tu dire des choses comme ça ?

Il s'approche d'elle autant que le permet la ceinture de sécurité et murmure en confidence à son oreille :

– Papa m'a dit tout bas en la voyant qu'il était sûr que c'était une bonne baiseuse, ma tante Loïse.

– Tante Loïse ? Loïse n'est pas ta tante, Élias.

– Si, moi je veux qu'elle soit ma tante, comme Dany.

Et comme il est sur le point de se refermer sur lui-même, Marion cède, émue de cette soudaine intimité entre elle et son fils. Même vulgaire.

Quand ils arrivent chez Michel, son frère vient à leur rencontre. Dans les bras, le bébé bienheureux tète goulûment le biberon.

– Décidément, on ne se quitte plus.

– Je voudrais te parler d'Olivier Poitevin, mais d'abord Loïse m'a dit que tu avais des chevaux et Élias aimerait bien les voir. Il n'en a jamais approché.

– Bien sûr, je change Mathias et on y va.

Ils le suivent dans la maison et Marion regarde avec tendresse son frère changer le bébé. Il a les gestes qui conviennent. Il le fait avec une douceur sereine et un amour évident. Une bouffée d'émotion la submerge à la pensée que son Élias a été, lui aussi, cette petite chose puante et innocente.

– Merde : *matière fécale*, murmure Élias en souriant.

– Merde, répond Michel, *situation mauvaise et confuse*.

Élias le regarde, surpris, et ils s'adoptent. Marion le comprend dans le regard qu'ils échangent. Puis

Michel prend le bébé dans ses bras, le cale sur sa hanche et les emmène jusqu'aux écuries au bout du pré piqué de pâquerettes et de pissenlits. Avant d'ouvrir la grande porte en bois, il confie le bébé à Marion, toute gauche, qui ne retrouve pas tout de suite ses gestes de mère.

– Ça revient vite, tu verras, s'amuse son frère.

Cinq chevaux dans leur box. L'odeur de la paille et du crottin. Des vieux cuirs. Des cirages. Un cheval a pissé une urine forte. Dans la lumière en oblique dansent des myriades de poussières d'ambre suspendues. Les animaux à la robe propre et lustrée tournent vers les visiteurs leurs yeux ronds. Marion reste à l'extérieur pendant que Michel invite Élias à entrer. Il lui présente chaque cheval et lui explique sa robe. Élias s'émerveille d'une faible lueur dans ses yeux. Alezan, pie noire, bai brun, rouanne, isabelle…

– Isabelle ? C'est quoi le nom des autres ?

– Isabelle n'est pas son nom, c'est celui de la couleur de sa robe. La reine Isabelle de Castille avait fait le vœu de ne pas changer de robe blanche tant que la ville de Grenade ne serait pas tombée. Le siège a duré quatre mois et le jour de la victoire, sa robe était sale et le bout de ses manches avait jauni.

Dans sa tête, Élias connaît tout d'Isabelle de Castille et du roi Ferdinand le catholique, et du sultan Boabdil, Mohammed XII, *El Moro*, vingt-deuxième émir nasride de Grenade, mais aucune définition ne lui vient, fasciné par l'élégance et la puissance tranquille des chevaux. Tout le fascine. Les muscles qui roulent sous le poil, ronds aux épaules et fuselés aux jambes. Les dessins sur le chanfrein, le poitrail et la croupe toute en muscles, les courtes oreilles droites et attentives. Quand un cheval tend l'encolure pour le bousculer gentiment de son front, Élias s'amuse aussitôt à lui résister et le cheval s'en joue à son tour. Il recule d'un pas, relève la tête et secoue sa crinière, puis revient coller son front à celui d'Élias qui tient bon. Et bientôt le monde se résume pour l'enfant au globe marron et luisant de l'œil de l'animal.

– Tu savais que les chevaux ne voient que le vert, le jaune et le bleu ?

Élias pourrait répondre qu'il le sait. Que l'œil du cheval, un des plus gros du monde animal, n'a qu'une vision dichromatique. Qu'il possède des *corpora nigra*, appelés grains de suie, qui en oxygènent la partie antérieure pour protéger sa vue contre l'éblouissement solaire. Et bien d'autres choses encore, mais il ne dit rien. Il reste tête contre tête avec le cheval, et c'est comme si toute la force tranquille de l'animal passait en lui.

– On dirait qu'il t'a choisi, sourit Michel qu'une telle alchimie entre l'enfant et la bête réjouit. Si ta mère le permet, tu pourras venir le monter.

Dehors, le bébé grogne et commence à pleurer. De peur qu'il n'effraie les chevaux, Marion s'éloigne en le berçant et contourne les écuries. On y entre aussi par une porte qui ne donne pas directement sur les box mais sur une zone isolée. D'un côté sont rangés les selles et les harnachements, les longes et les mors…

De l'autre côté, un local fermé dont Marion pousse la porte de la pointe du pied. Ça ressemble à une remise, ou à un atelier. Toutes sortes de produits sur des étagères, une solide table de travail, équipée d'un étau et d'une enclume. Dans un coin, quelques vieux meubles abandonnés, deux guéridons, une coiffeuse, un porte-manteau mural au miroir brisé. Mais aussi un magnifique ambon restauré, le bois antique nourri d'huile, la croix du Christ délicatement retravaillée. Marion repense au pupitre qui présente le livre d'or à la Villa Bella.

Le bébé, calmé par le doux balancement mécanique, s'est endormi. Sa chaleureuse petite présence dans ses bras pousse Marion à la nostalgie. Ainsi son frère a-t-il trouvé, loin d'elle, une femme, des enfants, une vie, des passions. Son Mimi de l'enfance heureuse possède aujourd'hui des chevaux et retape de vieux meubles, bien chez lui dans ses montagnes de Provence. Au calme. Au loin de toute cette vie surfaite et ridicule qui détricote inexorablement la sienne… *Térébenthine de Venise*, le nom lui saute aux yeux comme une étincelle de soudeur et elle en arrête de bercer le bébé qui gémit aussitôt. Elle reprend son mouvement et s'approche de l'étagère. C'est comme du miel, même consistance, même couleur, dans un gros pot à confiture fermé d'un couvercle blanc. *Térébenthine de Venise – Produit pour la restauration – Par distillation de résine de mélèze italien uniquement (*Larix decidua*).* La même que pour la préparation du gluau selon Kinsky le légiste. Le cœur de Marion défaille. Serait-ce possible alors… ? Elle parcourt du regard toutes les étagères et fouille d'une main un placard ouvert qui ressemble à une réserve encombrée d'autres produits. Elle y découvre deux autres pots de térébenthine. Quand, sous un établi, elle tombe sur un jerrycan de cinq litres de goudron de Norvège, son cœur s'affole et cède à la panique.

– C'est du goudron végétal, explique Michel dans son dos. On l'obtient par carbonisation du bois de pin. Ça sert au parage des onglons des chevaux.

Elle se retourne et il est là, tout sourire, dans l'encadrement de la porte, Élias casqué et botté à ses côtés.

– Ça sert aussi à la fabrication du gluau, non ?

– Oui, aussi.

– Comme la térébenthine de Venise.

– Oui, comme la térébenthine. Où veux-tu en venir ?

Marion hésite, se retient, puis leur sourit.

– Nulle part. Qu'est-ce que fait Élias équipé comme un sauteur de steeple-chase ?

– Nous venions te demander la permission de le laisser monter Uranus.

– Uranus : *septième planète du système solaire, située au-delà de Saturne, découverte en 1781 par William Herschel et...*

– Oh là, je t'arrête tout de suite gamin, oublie les planètes et le dico. Quand tu l'auras monté, Uranus ne sera plus pour toi que le plus joueur et le plus complice des isabelle. Alors Marion, d'accord ?

Elle réfléchit, hésite à cause des frayeurs brutales d'Élias, de ses paniques soudaines, des risques de chute, puis se résout à céder. Pour les yeux écarquillés d'attente de son fils. Et pour éloigner Michel de l'atelier, aussi.

– D'accord, mais tu ne lâches pas la longe et tu ne le quittes pas des yeux.

– Tant que tu ne lâches pas mon bébé, je ne lâche pas le tien, plaisante Michel en bousculant Élias d'une bourrade.

– Tu viendras me voir, maman ?

– Bien sûr, mon ange. Prends un peu d'assurance et appelle-moi quand tu te sens prêt.

– Je t'appelle.

Puis il suit Michel, et Marion considère comme une marque d'enthousiasme et d'intérêt qu'il n'ait pas répondu par sa tirade sur la définition des anges.

Dès qu'ils se sont éloignés, le bébé dans les bras, elle inspecte l'atelier de fond en comble, prenant des photos de la térébenthine et du goudron et de différents emballages. Une bouteille d'acétone et deux bidons d'huile de vidange, entre autres.

– Qu'est-ce que vous faites à fouiller dans l'atelier de Michel ?

Marion reconnaît la voix de Massot et, le temps qu'elle se retourne, le lieutenant lui reprend le bébé des bras.

– Térébenthine, goudron de Norvège, acétone et huile de vidange, énumère Marion.

– Et alors ?

– Alors il ne manque plus que de l'huile de lin, de la crêpe de caoutchouc et du lait de Figuière et on a la recette du gluau selon le légiste Kinsky.

– L'huile de lin, j'en utilise pour les parquets et les meubles de la maison, et le lait de Figuière, je m'en sers comme présure pour faire cailler le lait dont nous faisons nos fromages. Et les enfants ont des bottes avec des semelles en crêpe de caoutchouc.

La colère contenue de sa voix ne laisse aucun doute sur ce qu'elle pense de Marion.

– Bénédicte, je ne cherche rien. Je suis dessaisie de cette affaire et vue la tournure des événements, je viens même de démissionner. Vous êtes en charge de l'enquête maintenant, et vous savez ce que ces produits signifient. À la première perquisition, ils feront de Michel un suspect idéal, et un excellent prétexte pour vous écarter définitivement de l'enquête.

– Je sais, répond le lieutenant en baissant aussitôt la garde, moi aussi j'y ai pensé, bien évidemment. Mais je peux donner une explication précise à la présence de chacun de ces produits, et Michel a un alibi pour chacun des trois crimes.

– Vous êtes son alibi, Bénédicte, vous êtes sa compagne et ça n'a donc pas beaucoup de valeur. Mais le pire n'est pas là…

– Quel pire ?

– Le procureur vient de saucissonner l'enquête. La fusillade à ce flic de la police judiciaire de Nice, et les trois crimes à vous, à la gendarmerie. Croyez-en mon expérience, ça veut dire que l'affaire du commando va vite être bidouillée et étouffée par la police sur ordre du parquet, et qu'on va au contraire jeter en pâture au grand public l'affaire des trois meurtres. Un beau montage dans le milieu extrémiste des anti-chasse pour lequel Michel fera un suspect idéal.

– L'enquête ne pourra que le blanchir, se rassure le lieutenant.

– Sauf que vous allez en être dessaisie à votre tour, et vous verrez que ceux qui la reprendront s'évertueront à la faire durer le plus longtemps possible. Le temps que d'autres bons gros faits divers émeuvent le bon peuple, le temps qu'il oublie ces trois crimes, le temps de déliter les liens entre ces meurtres et le dossier Poitevin. Un coup à faire tomber Michel en préventive pour un an, voire plus, et bousiller toute cette belle nouvelle vie qu'il s'est construite avec vous.

Le lieutenant ne répond pas. Elle connaît ce genre d'enquête. Tous ces freins dans la procédure, toute l'inertie hypocrite du système qui broie le quidam pour sauver le notable. Marion a raison, ça pourrait bien se passer comme ça.

– Que me conseillez-vous ?

– Ne rien chercher à dissimuler, dit Marion, cela ne ferait que vous enfoncer l'un et l'autre. Laisser venir et être prête. Et trouver des leviers.

– Des leviers ?

– Oui, de quoi faire bouger les choses, basculer les rapports de force.

– Je ne comprends pas…

– Bénédicte, il faut enquêter sur ce qu'ils veulent dissimuler. Des gens se sont donné beaucoup de mal pour assassiner de façon spectaculaire trois personnes du côté de La Croix-sur-Roudoule où est né et s'est donné la mort un certain Olivier Poitevin. Puis d'autres gens se sont donné encore plus de mal pour effacer du paysage les responsables des trois meurtres. Et pas des rigolos. Avec ce commando, on est soit dans la barbouzerie, soit dans le grand banditisme, et ça sent déjà les arrière-boutiques de la police et de la politique. Et voilà que le parquet, qui n'agit que sur ordre du pouvoir politique, saucissonne l'enquête pour brouiller les pistes.

– Je ne comprends pas ce que vous voulez faire.

– Il faut enquêter sur Olivier Poitevin. Si les assassins cherchaient à établir un lien entre leurs crimes et sa mort, et si l'État cherche vraiment à empêcher la révélation de ce lien, alors c'est sur lui qu'il faut enquêter.

– Mais le dossier Poitevin a été classé. Un suicide après un scandale. L'enquête est close.

– Bénédicte, vous voulez vraiment que je vous fasse une liste des affaires politiques dans lesquelles des hommes de pouvoir se retrouvent suicidés après une campagne de calomnie orchestrée ?

– Vous croyez que c'est le cas pour Poitevin ?

– Cherchons à le savoir, Lieutenant, et ça sera notre levier pour soulager Michel de l'enquête qui va lui tomber dessus.

– Seigneur Dieu, soupire le lieutenant Massot.

Marion cherche quoi répondre à cette imprécation quand Élias l'appelle et la tire d'embarras.

– On en reparle quand vous voulez, dit-elle en quittant l'atelier.

– Marion, vous avez vraiment démissionné ?

– Oui. Enfin je crois. Par téléphone, je ne sais pas si ça compte vraiment…

Puis elle sort et s'émerveille de voir Élias, sur Uranus au petit trot, décrire de larges cercles autour de Michel, la longe à la main.

CHAPITRE 21

Jour 3
17 h 00 – La Villa Bella

Loïse ne lui cache pas qu'elle et Marc ont passé tout l'après-midi au lit. Elle tient à ne pas dire qu'ils ont fait l'amour. Elle refuse de confondre la simplicité de l'acte avec la complexité des sentiments. Elle baise, dit-elle, comme on baise, c'est-à-dire comme on s'embrasse, c'est-à-dire comme on s'étreint à bras-le-corps. Le seul sentiment qui l'engourdit, après la baise, c'est celui d'une profonde gratitude envers son amant du moment. Elle n'a aucun besoin d'exprimer sa reconnaissance à Marc. Son visage épuisé et défait par la jouissance parle pour elle. Lui dépiaute du bout des doigts un poulet froid qu'il a dégoté au fond du frigo. Ils la regardent venir sur la terrasse, jusqu'au petit guéridon où ils se sont attablés.

– Élias est super heureux !

Ils sourient sans lui répondre et Marc lui tend son verre de vin. Un Brouilly léger et insolent comme l'instant. Le temps qu'elle y trempe ses lèvres, Élias leur raconte Michel et les chevaux, et le harnachement, et le pas, et le trot, et le petit galop. Il parle comme il n'a jamais parlé, pas de mémoire, mais dans la passion de ce qu'il vient de vivre, et même Loïse, étrangère pourtant aux vicissitudes parentales de Marion et de Marc, s'en émeut.

– Mince alors, tu as trouvé mieux que la guitare ?

– Non, non ! s'écrie Élias tout excité, c'est pas mieux, c'est pareil. La basse résonne en moi comme moi je suis dans le cheval ! C'est pareil, vraiment pareil !

– Non, fait mine de s'insurger Loïse, moi je suis jalouse. Suis-moi dans la chambre de musique. Tu connais *A Horse With No Name*, du groupe America ? Tu vas aimer.

Quand elle le prend par les épaules, Élias n'a aucun sursaut, et ils entrent dans la maison. Marion prend la place de Loïse au guéridon et pioche à son tour dans ce qu'il reste de poulet.

– C'est étonnant comme il semble bien ici, dit Marc en regardant Élias et Loïse s'éloigner.

– Oui. Moi aussi, je m'y sens bien.

Ils trinquent, et ça ne leur était pas arrivé de le faire comme ça, sans occasion préfabriquée, sans obligation calendaire, depuis longtemps. Ils savourent encore un instant la journée, légère de tous ses parfums d'herbe dans la brise, chaleureuse d'une douce clarté qui jaunit, à l'ombre bleue des grands arbres. Encore un instant, heureux et suspendu, avant de dire ce qu'il faut se dire.

– J'ai suivi ton conseil, dit-elle.

– Lequel ?

– Celui de me tenir loin de tout le merdier qui s'annonce. J'ai démissionné.

– Vraiment ? On peut démissionner des Affaires Spéciales ?

– Je l'ai fait. Par téléphone.

– Par téléphone, mais ça ne compte pas !

– Quoi qu'il en soit, je l'ai fait. Dans ma tête, je n'en suis plus.

– Alors nous remontons ensemble à Paris ?

– Non, je te l'ai dit, je suis bien ici et Élias aussi. Je vais rester un peu.

Verre à la main, geste suspendu, il s'adosse à sa chaise en fer forgé, regarde Marion, et d'un léger mouvement de tête marque son scepticisme résigné.

– Marion, dans quel guêpier vas-tu encore te fourrer ?

– Aucun, Marc, je te jure. Je reste juste huit jours pour me reposer et prendre du recul. Regarde comme Élias est heureux.

– Je t'en prie, ne mêle pas le bonheur d'Élias à tout ça. Affaires Spéciales ou pas, tu vas te retrouver au cœur d'une double enquête plus pourrie que la planche la plus savonnée du *Black Pearl* de Jack Sparrow.

Marion sourit. Le Marc des citations à la *Pirate des Caraïbes* est encore celui qu'elle préfère. Mais lui ne sourit pas.

– Marion, j'ai travaillé à Paris avec le commissaire Maltaverne à qui la procureur a confié la première enquête. C'est un arriviste et un opportuniste. Ce type a léché tant de bottes et de culs qu'il en a la langue lisse comme une toile cirée. Un cow-boy qui se la joue inspecteur Harry dès qu'il dégaine. Si on l'a muté à Nice, c'est qu'il avait allumé dans le dos un suspect en fuite quand il sévissait dans le 9.3. Et là-bas il en a déjà allumé un autre de la même façon. Mais c'est surtout un facho de première, servile et corvéable dans les basses œuvres de l'État. C'est lui qu'on a envoyé éborgner des gilets jaunes en première ligne. Le credo de ce mec qui n'a jamais rien connu de De Gaulle, c'est de ressusciter le SAC, c'est pour te dire !

– Et alors ? Je n'en suis plus, Marc, je te l'ai dit.

– Marion, ce type va pourrir l'enquête et tous ceux qui sont autour. Il est là pour ça. Étouffer l'affaire et porter le discrédit sur tous ceux qui s'en mêleront. Et le premier à trinquer ça va être ton frère, donc ta famille, donc toi.

Marion réfléchit, puis leur partage ce qui reste de vin dans la bouteille et en boit une gorgée avant de répondre.

– Et toi, Marc, qu'est-ce que tu me caches ?

– Comment ça, qu'est-ce que je te cache ? Rien, bien sûr.

– Ta chance, tu vois, c'est que tu es meilleur amant que menteur, mais ne te monte pas la tête, ce n'est pas si flatteur que ça puisque tu es très mauvais menteur. Marc, tu étais là à vouloir me prévenir de quelque chose avant même la fusillade du commando et la nomination de Maltaverne.

– Ah, tu t'en rends enfin compte !

– Je t'en prie, pas le coup du mec qui attendait qu'on lui pose la bonne question.

– Et pourtant, c'est bien de ça qu'il s'agit. Avant même la fusillade et Maltaverne, ton affaire prenait une mauvaise tournure à cause de Madeleine Chopart.

– Madeleine Chopart ? C'est qui celle-là…

– Ton troisième macchabée, la femme nue bouffée par les pièges à loups.

– Tu la connais ? Elle s'appelle Madeleine Chopart ?

– Oui, c'est une call-girl, une demi-mondaine, elle travaillait pour Claude le Belge, un proxénète de Bernissart, dans le Nord, ça ne te dit rien ?

– Non, ça devrait ?

– L'époux d'une princesse qui usine une femme à la cuisse légère au bord d'une piscine dans une villa de Beaulieu-sur-Mer…

– La strip-teaseuse qui a piégé le mari de la princesse, c'était Madeleine Chopart ?

– Non, mais celui qui a fourni la fille, c'était déjà Claude le Belge.

Marion ne dit rien et ils restent longtemps à se regarder droit dans les yeux avant que, petit à petit, elle comprenne.

– Seigneur Dieu ! Tu veux dire que Madeleine Chopart…

– Oui, Madeleine Chopart est la mystérieuse maîtresse du dossier Poitevin, celle par qui a éclaté le scandale qui l'a poussé au suicide.

Un drap mauve s'est tendu sur l'horizon. Au-dessus de la maison, les premières étoiles percent dans le ciel encore bleu mais déjà sombre. Tout en haut, des hirondelles trissent en rond alors qu'une chauve-souris virevolte par saccades. De l'intérieur, quelqu'un allume les guirlandes sur la terrasse qui prend des allures de guinguette oubliée.

– Élias avait donc bien raison…

– Élias ?

Marion explique à Marc comment leur garçon a comparé tous les documents de l'enquête pour faire le rapprochement avec la dédicace dans le livre d'or.

– Cette fois, un lien existe bien entre Poitevin et au moins un des trois meurtres.

– Raison de plus pour partir, Marion, parce que la probable élimination des coupables par ce mystérieux commando est la preuve que des gens puissants veulent garder ce lien secret.

Mais des portes-fenêtres jaillit soudain dans la nuit le solo aérien de *Comfortably Numb* de Pink Floyd. Marion n'y résiste pas.

– Viens dire au revoir à Élias et rentre chez toi, comme tu me l'as promis.

– Tu ne veux pas qu'on essaye à nouveau, nous deux ?

– Tu es gentil, Marc, mais tu as sauté mon ex-meilleure amie, ma sœur et mon amie d'enfance. Vous êtes un peu trop nombreux de ton côté dans ta conception du *nous deux*.

– Ça fait neuf heures de route, Marion…

– Marc, tu viens de Nice.

– Comment tu sais, tu as enquêté sur moi ?

– L'autocollant Avis sur ta plaque arrière…

Marc soupire et se rend. Ils traversent la maison jusqu'à la pièce où il tombe en arrêt sur Élias, la tête dans le casque, la basse sur les hanches, possédé par sa musique. Puis sur le mur où s'affichent tous les documents du dossier.

– Garde-le loin de tout ça, Marion, je t'en conjure.

Il cherche à attirer l'attention d'Élias, qui n'a d'yeux que pour sa basse et le manche de l'autre guitare où courent les doigts de Loïse. Alors il abandonne, salue de la main et s'en va.

Marion va rejoindre Loïse et Élias quand elle se ravise et le rappelle.

– Marc, comment tu as su pour la fille ?

– Pour Madeleine Chopart ? Nous avons reçu une photo pour identification.

– Qui ?

– Ma hiérarchie.

– Mais qui a demandé cette identification à ta hiérarchie ?

– Je n'en sais rien.

– Et la photo, quel genre ?

– La fille était morte, salement esquintée mais propre. Pas une photo de scène de crime. Je dirais plutôt une photo d'autopsie.

– Comment tu l'as reconnue ?

– …

– Marc !

– Tu t'en doutes bien un peu, non ? Disons que… je l'ai connue.

– Merde, Marc, soupire Marion découragée, même avec des putes ! Allez, dégage, je ne veux plus te voir.

Il s'éloigne quand elle l'appelle à nouveau.

– Attends…

– Tu peux arrêter de faire ta Colombo ! s'impatiente-t-il.

– Comment as-tu fait le rapprochement avec mon enquête ?

– Je n'ai rien fait. Le commissaire a lâché que c'était une enquête de la gendarmerie et qu'on n'avait pas à se sentir pressés d'y répondre. Il a ajouté qu'en plus c'était dans les mains de vos Affaires Spéciales et du côté de Nice et que c'était à des années-lumière de notre compétence.

– Mais pourquoi interroger la Mondaine de Paris ?

C'est à elle plus qu'à lui que Marion pose la question.

– Je n'en sais rien, Marion. Moi j'ai appelé deux trois collègues ou contacts à Nice et j'ai compris que tout ça puait l'embrouille. Et puis ça me donnait un bon prétexte pour venir te demander pardon…

– N'en rajoute pas, Marc, tu veux ? Rentre à Paris et oublie-moi.

Cette fois, elle le regarde partir jusqu'à entendre la voiture démarrer, et rejoint Élias et Loïse dans la chambre de musique. Elle branche une bonne vieille Stratocaster. Une relique. Une Time Machine Slab-board de 1960. Elle passe la sangle sur son épaule et sourit de bonheur.

– Élias and the Trash Puppets ! murmure-t-elle.

Puis elle glisse sa rythmique dans le tempo jusqu'à plus d'heure.

CHAPITRE 22

Paris
Cercle Galilée – Au téléphone

– Vénus, pourquoi *Io* ?

– Parce que c'est la lune la plus proche de Jupiter.

– J'avais compris pour le nom de code, mais je veux dire, pourquoi devrions-nous ouvrir un dossier sur Bonelli ? s'inquiète Solis.

– Parce que vous m'avez vous-même confié que lorsque vous êtes allé parler au Ministre, *Io* sortait de son bureau et vous avait devancé.

– Et en quoi présente-t-il un danger ?

– Solis, l'attraction qui le lie à Jupiter serait bien capable de provoquer une collision fatale et de faire partir Jupiter en vrille au beau milieu du système que nous avons mis tant de temps et d'efforts à construire.

– Que voulez-vous que nous fassions, alors ?

– J'ai peur que *Io* ait déjà fait déraper les choses au-delà de toute atteinte. Ce type est d'une ambition suicidaire. C'est un trou noir dans lequel il entraîne Jupiter qui s'entête contre toute logique politique à le protéger. Les enquêtes sont hors de notre portée pour l'instant et il faut nous préparer au pire.

– Quel pire ?

– Faire imploser Jupiter ou renvoyer *Io* au vide sidéral dont il n'aurait jamais dû s'extraire.

– Vous plaisantez, on ne peut pas toucher à Jupiter à six mois des élections.

– Ai-je l'air de plaisanter, Solis ? Si le dossier Poitevin est rendu public, l'opposition enclenchera la procédure de destitution.

– Mais nous avons tous les médias à notre disposition pour contrecarrer une telle initiative et la procédure n'aboutira jamais avant l'élection.

– Ils auront l'opinion publique et les réseaux sociaux. N'oubliez pas comment les gilets jaunes ont failli l'emporter.

– Justement, leur déroute a montré comment notre mainmise sur la police, la justice et les médias nous permet d'enrayer et de dénaturer toute réaction populaire. Pourquoi devrions-nous craindre ce dossier Poitevin ?

– Solis, une procédure de destitution, qu'elle aboutisse ou non, hypothéquera l'action de Jupiter sur les deux derniers grands chantiers pour lesquels nous l'avons porté au pouvoir, les retraites et la sécurité sociale. Sans l'abolition de ces deux derniers piliers de l'État-providence, toutes nos victoires précédentes auront été vaines.

– Est-ce que le reste du Cercle est d'accord avec ça ?

– Il le sera.

– Et donc, quelle action ?

– Il faut nous préparer à exposer *Io*.

– Et si Jupiter ne réagit pas comme vous le pensez ?

– Alors nous réactiverons quelqu'un d'autre.

– J'espère que vous ne pensez pas à Vulcain !

– Bien sûr que si, Solis, pourquoi croyez-vous que nous avons accordé à Vulcain ces dernières semaines la même couverture médiatique que Jupiter au début de sa carrière politique ?

– Mais enfin, Vénus, nous parlons d'un simple polémiste sans programme !

– Solis, nous avons imposé un simple banquier sans programme par une pression médiatique de plus de huit mille articles et couvertures avant même le début de sa campagne. Dix-sept mille articles campagne comprise. Aucune opinion publique ne résiste à ça. Ce que nous avons fait hier pour Jupiter, nous pouvons le faire demain pour Vulcain.

– Je pensais que Vulcain n'était là que pour saper la droite et assurer la réélection de Jupiter.

– C'était le plan et nous pouvons encore nous y tenir. Mais pour ça, Solis, il faut nous débarrasser de *Io*. Voyez ça avec Orion.

CHAPITRE 23

Jour 4
07 h 18 – Nice – Quartier Cimiez

Il lui a fallu presque deux heures, par des routes tortueuses et traîtresses de nuit, pour rejoindre Nice. Marc avait retenu depuis Paris, au cas où, le studio d'un collègue originaire de la ville dont les parents louent plusieurs Airbnb. Quai Papacino, au-dessus de la confiserie Florian, face au port. Pour lui, une ville, c'est une gare ou un port. Les quartiers interlopes. La prostitution. On ne se refait pas. Mais ce matin, très tôt malgré sa courte nuit, c'est dans le beau Nice qu'il attend. Quartier Cimiez, devant la monumentale façade Belle Époque de l'Excelsior Regina Palace, travaillée de terrasses et de balcons, d'oriels, de coupoles et de marquises. Depuis la fin de ses heures de gloire royales, avec l'appartement de la reine d'Angleterre sous la vaste coupole offerte par Eiffel, le palace a été converti en résidence de luxe, et ses suites en appartements. Marc a lu quelque part que même les boîtes à lettres étaient inscrites aux monuments historiques. Héritage, se dit-il, parce qu'il ne voit pas comment un médecin légiste pourrait habiter un tel endroit autrement. Il a pris ses renseignements, l'Excelsior n'est qu'à cent mètres de l'Institut médico-légal de l'hôpital Cimiez où Kinsky pratique les autopsies. Il s'y rend à pied, avec une ponctualité d'une maniaquerie maladive. En avançant sa sortie d'une à trois minutes selon la météo. L'infirmier qui a renseigné Marc est persuadé que Kinsky compte même ses pas pendant le court trajet. Marc l'attend au pied d'un escalier fleuri de lauriers roses.

– Kinsky ?

– C'est un peu cavalier comme apostrophe, non ? réplique le légiste sans ralentir son pas.

– Lieutenant Barthes, Police nationale. Vous avez envoyé la photo d'une victime pour identification à la Brigade des mœurs de Paris.

– Ça m'étonnerait, ce n'est pas dans mes attributions.

– Pourtant la photo que j'ai eue entre les mains provient bien de vos services.

– Je ne transmets de documents qu'aux équipes chargées des enquêtes.

Marc le prend par le bras et le retient.

– Vous allez me mettre en retard.

– Vous le serez bien plus si je vous place en garde à vue.

– Je ne vois pas pour quel motif. Lâchez-moi, je dois y aller.

Il cherche à se dégager, mais Marc resserre sa prise.

– Au motif que vous avez transmis cette photo à quelqu'un qui n'était pas en charge de l'enquête. Cette photo s'est retrouvée à circuler dans les services de la police, alors que l'enquête a été confiée à la gendarmerie qui n'en a pas eu connaissance.

– Erreur, vérifiez vos informations, j'ai transmis cette photo à la gendarmerie, à la demande d'un colonel, même.

– J'en doute. La gendarme en charge du dossier est un capitaine et sa hiérarchie ne lui a rien transmis. Le nom de ce colonel ?

– Bonelli. Colonel Bonelli. Il avait les papiers pour justifier de son identité. Lâchez-moi maintenant, je ne vais plus pouvoir rattraper mon retard !

– Une question encore et je vous laisse courir : quelque chose de particulier dans ce dossier ?

– Oui, répond Kinsky impatient de repartir, la victime a été sédatée avant d'être poussée dans des pièges à loups.

– Pourquoi est-ce particulier ?

– Mais vous ne comprenez pas ? s'énerve Kinsky qui voit le temps filer. À quoi bon prévoir une mort aussi cruelle, si c'est pour rendre la victime incapable d'en souffrir !

Il s'arrache à la poigne qui le retient et part en courant comme on cavale sans élégance après un train qui vous fuit. Marc le regarde rejoindre l'avenue Reine-Victoria puis récupère sa voiture pour descendre sur la promenade prendre son petit-déjeuner. Il tombe sous le charme vacancier du Babel Babel, tout en pastel, près des arcades, face à la plage des Ponchettes. Fermé. Alors il se rabat vers le Waka Bar, un peu plus loin. Il trempe une tartine dans son crème, en terrasse, quand une ombre lui masque le soleil.

– En villégiature, Barthes ?

Maltaverne dresse sa prétentieuse corpulence au-dessus de sa table. Marc ne répond pas et ne l'invite pas à s'asseoir.

– Un ami à moi m'a dit que tu l'importunais avec des questions relatives à une enquête qui n'est pas de ta compétence. Tu es un peu loin de tes terrains de chasse parisiens, non ?

– Comment m'as-tu retrouvé ?

– Nice, capitale nationale de la vidéosurveillance. Deux mille six cents caméras, bientôt trois mille. Avec identification automatique des plaques minéralogiques. Pas très compliqué, surtout quand le suspect roule en Clio rouge de location.

– Tiens donc, je suis suspect, maintenant ? On peut savoir de quoi ?

– De venir mettre ton nez merdeux dans des affaires qui ne te concernent pas.

– Tu te trompes, Maltaverne, ce sont tes affaires qui sont merdeuses, pas mon nez.

– Ne t'occupe pas de mes affaires. Mes ordres viennent de haut, de très haut, de beaucoup plus haut que ton petit cul merdeux.

– Décidément, tu es d'humeur scato le matin, toi.

– Ne fais pas le mariolle, Barthes, rentre faire le tapin avec tes putes et tes maquereaux à Paris, ici ce n'est pas ton territoire et tu n'y es pas le bienvenu. Ni toi, ni ta fouille-merde de gendarme de femme. Et lâche le légiste, il a reçu l'ordre de ne rien te dire et de me prévenir si tu l'interroges à nouveau.

– Pourquoi veux-tu que je revienne l'interroger, Maltaverne, tu viens de me dire ce que je cherchais à savoir.

– Qu'est-ce que…

– Que tout commissaire que tu es, tu bosses en fait pour Bonelli, la barbouze de l'Élysée. Merci pour l'info.

Maltaverne fulmine à l'intérieur, et Marc regrette que le contre-jour le prive du spectacle de la turgescence de son visage de brute épaisse.

– Fais gaffe à toi, Barthes, tu ne sais pas à qui tu te frottes. Les mauvais quartiers peuvent être dangereux, à Paris comme à Nice. Et dis à ta capitaine de femme que les routes sont des pièges à bagnoles dans l'arrière-pays. Ça ne serait pas facile, handicapée, de s'occuper d'un môme débile.

Pas de chance, sa position menaçante, debout au-dessus de la table, jambes écartées, décide de son sort. Sans se lever, sans lâcher sa tartine, Marc lui décoche un terrible uppercut. Pas au menton, trop haut. Juste entre les jambes, dans les parties, à bonne hauteur. L'autre brute se casse en deux, titube, s'effondre parmi les tables et les chaises en fer et roule au sol en grognant de douleur. Marc calme aussitôt la panique des quelques clients en sortant sa carte.

– Police, tout va bien. Mettez-lui des glaçons dans le pantalon et appelez les secours.

Il paye, quitte le bar et rejoint sa voiture. Sur la route de l'aéroport, il appelle Marion pour la prévenir. Elle est sur répondeur et il lui laisse un message lui recommandant d'être prudente. Puis il ramène la voiture au Car Rental Center, terminal 2, derrière le parking P5. Il va quitter le hangar du loueur quand un mécanicien le rappelle pour un problème.

– Quel problème ?

– Vous avez flingué une jante, là, à l'avant.

– Où ça ?

– Là…

Et comme il se penche pour voir, deux hommes surgissent et le tabassent entre les voitures. Sévère mais pas trop. Juste ce qu'il faut pour qu'il puisse quand même prendre l'avion.

– Bon voyage de la part de qui tu sais, lâche le plus vicieux des deux dans un dernier coup de pied.

CHAPITRE 24

Jour 4
10 h 30 – La Villa Bella

– Alors qui êtes-vous maintenant ? plaisante Cavaillon. Est-ce que je dois vous appeler Madame, ou Capitaine ?

– Appelez-moi Marion, ça suffira le temps que les choses se décantent.

– Ah, Marion, la petite Marion Pagani, quand je pense…

– Cavaillon, épargnez-vous le couplet nostalgique sur ma petite enfance, vous voulez bien ? J'ai joué du Guns N' Roses et du Lynyrd Skynyrd toute la nuit.

– Moi, j'ai toujours été plus Van Halen qu'autre chose. Le solo d'*Eruption*, ça c'est de la guitare.

– Vous touchez la guitare, Cavaillon ?

– Pour rien au monde, moi, mon truc, c'est la batterie. *Toad*, des Cream, *Boogie On* de Ten Years After, *Baby Don't You Do It*, des Who, ça, ça me parle.

Marion éclate de rire et appelle Loïse.

– J'ai trouvé un batteur pour les Trash Puppets, explique-t-elle dans un éclat de rire. Vous partagez notre petit-déjeuner, Cavaillon ?

– Non, merci Marion, j'essaye d'être raisonnable.

– Très bien Cavaillon, si vous ne petit-déjeunez pas, qu'est-ce qui me vaut le plaisir ?

Il prend Marion gentiment par le bras et l'entraîne à l'autre bout de la terrasse, d'un air conspirateur d'acteur de cinéma muet.

– Voilà, Marion, j'ai pensé que vous méritiez quand même d'en être informée. Dans l'affaire de l'assaut contre la bastide abandonnée, il y a peut-être bien du nouveau.

– Ce n'est plus de mon ressort, Cavaillon, maintenant je suis ici en vacances, à titre privé.

– Allons, qui croyez-vous convaincre ? Vous êtes une Pagani, la fille de l'homme le plus entêté des Alpes. Votre père se fracasserait le crâne contre le pire des boucs sans reculer d'un poil. Il ferait capituler la plus obstinée des mules. Et vous êtes de la même trempe.

– Bon, admettons que je m'intéresse encore un petit peu à cette affaire, en amateur, dirons-nous, qu'y aurait-il de nouveau que je devrais savoir ?

– Un véhicule avec trois corps, le tout calciné au fond du ravin de Combalas, à l'est de Guillestre. L'incendie a provoqué un départ de feu en pleine nuit. Nos collègues de la brigade de Guillestre n'ont pu faire les premières constatations que ce matin. Les trois corps sont criblés de balles. Je me suis dit que ça pourrait être ceux des disparus de la bastide.

– Comment avez-vous su pour le véhicule dans le ravin ?

– Après l'affaire de l'assaut, je me suis dit que les types avaient peut-être réussi à s'en sortir mais qu'avec une telle mitraille, il y aurait sûrement des blessés, alors j'ai discrètement demandé à des collègues de vieille date, un peu partout dans la région, de me tenir au courant de tout ce qui pourrait ressembler aux conséquences d'une fusillade.

– Bien joué, Cavaillon. Vous avez prévenu le lieutenant Massot ?

– Oui. Elle m'a dit que la brigade était dessaisie du dossier de la fusillade au profit de la PJ de Nice et que ce n'était plus de notre ressort. C'est pour ça que je me suis senti autorisé à vous en parler.

– Merci, mais à l'avenir, ne vous mettez pas dans les ennuis à cause de moi. Une dernière question, savez-vous s'ils ont pu remonter le véhicule ?

– D'après ce que j'ai compris, ça devrait prendre plusieurs jours. Je crois qu'il leur faut une grue particulière et des câbles spéciaux. Ils ont dû hélitreuiller les corps. Ils seront peut-être aussi obligés de le faire avec la carcasse.

– Encore merci, Cavaillon, je vous revaudrai ça.

Dès que Cavaillon est parti, Marion se retourne vers Loïse qui a déjà tout compris.

– Oui, je m'occupe d'Élias. System of a Down, Nirvana et Metallica ce matin, et petit galop chez l'oncle Michel l'après-midi.

Elle fait tournoyer sa jupe légère et disparaît dans la maison pour préparer le petit-déjeuner d'Élias. Marion compose un numéro sur son portable.

CHAPITRE 25

Jour 4
13 h 20 – Ravin de Combalas

– C'est un peu limite, dit Amandine en surveillant son écran, qu'est-ce que nous cherchons ?

– Je n'en sais rien. Des indices. Tu vois des impacts de balles sur la carrosserie ?

– Non, j'en ai fait plusieurs fois le tour et je n'ai rien vu.

À cent mètres sous eux, le drone qu'Amandine manœuvre depuis l'écran de son téléphone glisse dans l'air autour de la carcasse calcinée et prend des photos.

– Cherche tout ce qui peut identifier la marque et le modèle.

Marion déplace le drone et commente ce qu'elle photographie au fur et à mesure.

– Logo Toyota à gauche de la roue de secours, sur le hayon arrière… Modèle RAV4… Pas de plaque d'immatriculation comme à l'avant… À droite, un petit 4WD.

– Parfait. Est-ce qu'il reste un bout de carrosserie où tu peux deviner la couleur ?

– Oui, j'ai vu un bout d'aile ou de pare-chocs arraché qui a échappé à la fournaise. Je dirais gris. Gris métallisé.

– D'accord. Il me faut juste un petit quelque chose de plus, n'importe quoi, murmure Marion. Je t'en prie, Amandine. Tu peux inspecter le pare-brise ?

Amandine recule le drone et le stabilise à hauteur du pare-brise explosé. Il ne reste que des éclats encore fichés tout autour, retenus par le joint fondu dans la fournaise. Dans le coin droit, la pochette pour l'attestation d'assurance a fondu elle aussi et, de toute évidence, la vignette n'y était plus. Pas de trace non plus de la vignette Crit'Air, arrachée ou partie en fumée.

– Va voir côté conducteur…

Le drone tangue et glisse sur le côté, mais il reste peu d'éclats. Pourtant Marion se concentre sur l'écran.

– Tu peux photographier les éclats sur le capot, bien à la verticale ?

Amandine pivote sa caméra.

– Là ! dit Marion, cet éclat, à droite, tu peux t'approcher ou zoomer dessus ?

– C'est chaud, soupire Amandine, je manœuvre presque à l'aveugle.

– Je t'en prie, cet éclat-là, en haut à droite de l'image, regarde, il y a quelque chose d'écrit à l'envers.

Amandine approche un peu plus le drone.

– Bingo ! susurre Marion, c'est un tatouage d'assurance, du genre couplé avec un traceur. Il n'a pas été dispersé par la chute ou le choc. Peut-être soufflé vers l'extérieur dans l'incendie, ou décroché pendant l'extraction des corps. C'est soit l'immatriculation, soit un numéro d'assurance. Tu peux remonter ton engin, j'ai ce que je voulais.

Amandine extrait avec précaution son drone du fouillis de la forêt puis le remonte jusqu'au chemin forestier, à mi-hauteur du ravin.

– Si ceux qui ont fait ça ont arraché et détruit les vignettes, pourquoi n'ont-ils pas pensé au tatouage ?

– Tu as raison, Amandine, ils ont même sûrement limé tous les numéros de moteur, de série ou d'identification de la voiture, mais ce tatouage-là est souvent caché par le balai des essuie-glaces au repos. Il leur aura échappé.

Amandine récupère la carte vidéo du drone et la transfère sur son ordinateur pour afficher l'image. C'est le chiffre central et les deux dernières lettres d'une immatriculation. Marion exulte, elle a la marque, le modèle, la couleur et les deux tiers de l'immatriculation. Autant dire qu'elle va savoir d'où vient ce véhicule probablement volé, et surtout où et quand il l'a été.

– Tu es géniale, Amandine, fais-moi penser à t'offrir quelque chose pour te remercier.

– Je peux ?

– Je t'en prie.

– Un *gong drum* pour ma batterie.

– Tu joues de la batterie ?

– Oui, c'est ma passion.

– Et tu aimes quoi comme musique ?

– Sisters of Mercy, The Cure, Virgin Prunes, Nick Cave and the Bad Seeds…

– Whaou ! Tout ce que j'aime. Tu joues dans un groupe ?

– Quoi, ici ? Avec qui voudriez-vous que je joue ?

– Ça te dirait de jouer du Black Sabbath avec des foldingues ?

– Je veux, que ça me plairait ! Faudrait juste que je demande à mon prof de me faire répéter un peu.

– C'est qui, ton prof ?

– Monsieur Cavaillon…

Marion éclate de rire, aide Amandine à ranger son drone, et promet de lui offrir son *gong drum* le jour où elles jouent Black Sabbath ensemble. Puis elles remontent en voiture et retournent à La Croix-sur-Roudoule par les routes escarpées des Alpes, toutes fenêtres ouvertes, en hurlant *Cities In Dust* de Siouxie and the Banshees. Encore une fois, Marion se dit que le bonheur ne tient qu'à peu de chose, dans les brèches du temps où il se faufile.

Elles hurlent le refrain quand le téléphone de Marion vibre. Elle décroche et son visage se ferme.

– Quelque chose ne va pas ? s'inquiète Amandine.

– C'est Marc… répond-elle sans en dire plus.

Marion dépose Amandine devant une maison sage et des parents avenants qui la remercient d'un petit geste de la main, et elle se jure de ne plus jamais appeler la gamine Cruella. Puis elle décide de passer par la gendarmerie pour faire part à Bénédicte de sa découverte et lui demander de faire les recherches sur le Toyota, mais le planton lui explique qu'elle est rentrée chez elle en urgence. Le mot *urgence* panique aussitôt Marion qui pense à Élias. Elle fonce chez son frère et les aperçoit de loin. Toute une armada de flics. Une douzaine au moins, trois véhicules, face à quatre ou cinq gendarmes qui semblent leur barrer le chemin. Elle freine en dérapage dans un nuage de poussière et un flic se précipite vers elle pour lui ordonner de dégager.

– Gendarmerie nationale, Affaires Spéciales, hurle-t-elle en montrant sa carte.

Le flic tente quand même de l'arrêter, mais elle se dégage et continue d'avancer. Deux autres flics s'avancent et elle se prépare à les éjecter.

– Capitaine Barthes, je suis le commissaire Maltaverne, si vous faites un pas de plus, je vous arrête.

– C'est bien la première fois que vous auriez le courage de faire quelque chose en face et par vous-même. Au fait, mon mari vous remercie pour le passage à tabac. Pour info, il a griffé un de vos sbires à la main pour récupérer son ADN. Il doit déposer plainte à l'IGPN à l'heure qu'il est.

– Espèce de…

– Commissaire, laissez-la passer.

Elle reconnaît aussitôt l'homme qui vient de recadrer le commissaire. Bonelli, l'homme de l'Élysée.

– Capitaine, ne vous mêlez pas de ça, s'il vous plaît. Le commissaire Maltaverne et ses hommes de la PJ de Nice procèdent à une perquisition sur ordre du procureur.

– Cette perquisition est illégale, Monsieur.

– Colonel.

– Monsieur. Vous êtes lieutenant-colonel de la réserve citoyenne et votre grade n'est valable que dans le cadre précis de votre spécialité et de la mission qui vous est attribuée, c'est-à-dire la sécurité du Président.

– Je n'ai pas la même lecture du règlement que vous, Capitaine.

– Eh bien nous demanderons plus tard à qui de droit de nous départager, Monsieur, mais en attendant il n'en reste pas moins que cette perquisition est illégale.

– Avec un ordre écrit de la procureur ?

– Monsieur, suite à votre intervention sans doute, l'enquête a été saucissonnée en deux. Jusqu'à plus ample informé, la PJ de Nice n'a été saisie que de l'affaire de la fusillade de la bastide. La gendarmerie a été saisie du dossier des trois meurtres.

– Et vous avez été dessaisie de tout.

– Et les Affaires Spéciales ont été dessaisies des deux enquêtes, effectivement. Mais je reste gendarme et officier de police judiciaire habilité à faire respecter la loi avec une compétence nationale.

– Et en quoi cette perquisition serait-elle hors du champ de compétence de la PJ de Nice ?

– Rien ne relie la fusillade aux trois crimes.

– Vous vous apprêtiez pourtant à procéder à une interpellation avec la gendarmerie.

– Oui, suite à l'identification d'un véhicule. Mais nous n'avons trouvé aucun suspect sur place, donc il n'existe aucun élément matériel pouvant lier les deux affaires pour l'instant. Soit madame le procureur s'est méprise sur la loi, soit les informations qu'on lui a données pour obtenir cette perquisition étaient trompeuses. Nous pouvons l'appeler pour nous en assurer, si vous voulez.

– Non, pas la peine, nous allons faire plus efficace. En tant que lieutenant-colonel de la Gendarmerie nationale, je vous ordonne, à vous et aux forces de gendarmerie présentes, de procéder à la perquisition avec le soutien logistique de la PJ de Nice.

– Décidément, vous êtes pitoyable, Monsieur. Premièrement, je ne prends mes ordres que des Affaires Spéciales qui les prennent directement du Ministre…

– Et moi, Capitaine, je les tiens du Président, s'emporte Bonelli.

– Eh bien appelez le Président et parlons-en avec lui, propose Marion. Deuxièmement, comme je vous l'ai rappelé, votre titre de réserve ne vous donne ni pouvoir hiérarchique ni compétence judiciaire dans la situation qui nous préoccupe. Et troisièmement, faire procéder par la gendarmerie à une perquisition dont aurait été saisie la PJ constituerait une faute de procédure qui annulerait les éventuels résultats de la dite saisie.

Ils se regardent longuement sans baisser les yeux ni l'un ni l'autre, puis Marion lui tourne le dos et rejoint le lieutenant Massot et ses gendarmes.

– Capitaine Barthes ! hurle Bonelli hors de lui.

– Restez en dehors de ça, Monsieur le conseiller, laissez donc faire le commissaire Maltaverne, tabasser des flics et tirer dans le dos des suspects sans réfléchir, il sait faire. C'est bien pour ça que vous l'avez choisi pour gérer cette embrouille, non ?

Quand elle rejoint le rang des gendarmes, elle passe à travers et leur demande de la suivre. Sur le pas de la porte, Michel, le bébé dans un bras, filme la scène de l'autre main. Johann et Anaïs, assis de chaque côté sur les marches en bois du perron, s'amusent de la situation.

– Qu'est-ce qu'ils font ? demande Marion sans se retourner.

– Ils remballent leur morgue et leur arrogance et battent en retraite, mon Général ! se réjouit Cavaillon.

Quand elle entre dans la maison, suivie des gendarmes, ils entendent les voitures rugir et cribler l'horizon de gravillons. Le lieutenant Massot, qui ferme la marche, pousse un soupir de soulagement.

– Je sais que ce n'est pas vraiment l'heure et que nous sommes encore de service, mais RinQuinQuin pour tout le monde !

– C'est vrai, tout ce que vous avez dit sur son grade ? s'inquiète Pinson.

– Je crois, oui, mais je n'en suis pas vraiment sûre. L'essentiel, c'est qu'il m'ait suffisamment crue pour douter de lui. Ça nous laisse un répit. Malheureusement, ça va déclencher sa hargne. Ce genre d'homme supporte mal qu'on lui résiste. Surtout des femmes. Il va vouloir laver cet affront par une mauvaise vengeance. Restez sur vos gardes.

– Que va-t-il se passer maintenant ? demande le lieutenant Massot.

Marion réfléchit avant de répondre.

– Ils ont scindé l'affaire en deux. Si nous réfléchissons deux secondes, les trois meurtres devaient attirer notre attention sur l'affaire Poitevin, et l'élimination des probables coupables par un mystérieux commando empêcher que ce dossier ne remonte à la surface. Je ne sais pas qui ils sont, mais Le Guern, Poitevin et Bonelli avaient ou ont encore des liens directs avec l'Élysée. C'est dire si c'est chaud bouillant.

Elle s'arrête pour boire une gorgée de RinQuinQuin et prendre le temps de savoir jusqu'où elle peut leur dévoiler son raisonnement.

– D'un autre côté, ça leur brûle les doigts autant qu'à nous. Un commando paramilitaire qui nettoie des suspects, ce n'est pas rien. Je pense qu'ils vont donc garder ce dossier dans le cadre d'une enquête provisoire, c'est-à-dire sous l'autorité directe de la procureur qui ne rendra de comptes qu'au Ministre à travers sa hiérarchie, histoire de tout contrôler. Pour votre enquête sur les trois meurtres par contre, je verrais bien la nomination d'un juge d'instruction, histoire de compliquer et de ralentir la procédure.

– Mais pourquoi sont-ils venus pour la perquisition, alors ?

– Parce que pour agir dans le cadre d'une enquête préliminaire, il leur faut au moins un suspect identifié et Michel est le premier auquel on peut penser avec le casier judiciaire qu'il trimballe.

Marion se retourne vers son frère.

– Et avec ce qu'ils auraient trouvé dans ton atelier, tu étais bon pour quelques mois de préventive.

– Il faut que je me débarrasse de la térébenthine et du goudron, alors ?

– Surtout pas. S'ils ont choisi de perquisitionner en force chez toi, c'est qu'ils savaient déjà ce qu'ils allaient y trouver. Ils ont dû enquêter auprès de tes fournisseurs comme nous nous préparions à le faire. Quoi qu'il arrive, quoi qu'ils fassent, ne leur cache surtout rien, tu m'entends ? Rien de rien.

– Ça veut dire qu'ils vont revenir ? s'inquiète le lieutenant.

– Oui, mais le cirque d'aujourd'hui va les forcer à établir un lien entre Michel et la fusillade, et a priori, sauf indice matériel le situant sur au moins une des trois scènes de crime, ça ne pourrait se faire que si ce lien existe avec un des assassins disparus. La question reste donc de savoir qui étaient ces assassins, ce qui nous ramène à l'enquête dont vous êtes en charge.

– Nous tournons en rond… murmure Massot.

Marion les regarde tous, son verre de RinQuinQuin à la main, dans le soleil ciré qui inonde le plancher et les murs en bois de la maison. Un conseil de guerre clandestin. Des conspirateurs. Une société secrète en pleine lumière.

– Pas tant que ça, répond-elle comme un professeur qui rassure ses élèves. Lieutenant, ces trois corps carbonisés dans leur véhicule, dans le ravin de Combalas, du côté de Guillestre, je parierais ma première Telecaster que ce sont ceux des assassins que nous recherchons.

– Comment êtes-vous au courant de ça, et comment pouvez-vous en être sûre ?

Marion répond directement à la seconde question pour ne pas embarrasser Cavaillon.

– Un grand classique : les corps disparaissent pour embrouiller une première affaire qui devient une scène de crime sans cadavres, et ils servent à créer une autre affaire, dans une autre juridiction.

– Je n'en vois pas très bien l'utilité.

– Réfléchissez, Lieutenant : trois morts sans assassin dans votre dossier. Une fusillade sans corps dans le dossier de Maltaverne. Trois corps dans un accident de la route. Chaque dossier dans une juridiction et selon une procédure différente.

Croyez-vous vraiment que ça aide à l'enquête ? Mais nous avons un joker, dit Marion en maintenant un court silence de suspense. Vous allez pouvoir remonter les trois enquêtes grâce à ça : l'identification partielle de la voiture accidentée. Toyota RAV4 gris métallisé immatriculé…168 CZ.

Chacun pose son verre et le groupe se contracte autour de Marion.

– Je ne vous demande pas comment vous vous êtes procuré ça, je suppose.

– Non, vous ne me demandez pas.

– Très bien, admet Massot en se saisissant du papier. Quelle est votre ligne d'enquête, alors ?

– Partons du principe que les corps dans la voiture accidentée sont ceux des personnes exécutées par le commando. Elles ont été éliminées pour que l'enquête sur les trois meurtres ne remonte pas jusqu'à elles. Ces trois meurtres avaient pour but une probable vengeance, mais aussi d'attirer l'attention sur la raison de cette vengeance, à savoir le suicide d'Olivier Poitevin. Poitevin ayant eu des liens très resserrés avec l'Élysée et Bonelli, le conseiller sécurité du Président, cherchant à reprendre les enquêtes en main avec l'aide de la PJ, de la préfète et de la proc, je vous laisse en tirer les conclusions.

– Vous croyez vraiment que l'Élysée est impliqué ?

– Oui, d'une manière ou d'une autre, directement ou indirectement, ça ne fait aucun doute pour moi.

De toute évidence, Bonelli est là pour scier les barreaux de l'échelle un à un.

– Que fait-on alors ?

– Moi, officiellement, je ne peux plus rien faire, mais je vais rester une dizaine de jours dans la région. Vous, il faut commencer par identifier le véhicule accidenté pour savoir où et quand il a été volé. Nous avons aussi besoin de savoir où seront autopsiés les corps des trois personnes carbonisées dans l'accident et, d'une façon ou d'une autre, d'avoir accès aux toutes premières constatations. Et surtout, surtout, vous avez tous besoin de faire très attention à vous. Nous avons mis nos bottes dans les marigots de la République, et les prédateurs y sont aussi nombreux que voraces.

– Comment voulez-vous que nous procédions ?

Marion hésite entre plusieurs possibilités.

– Cavaillon, vous me tiendrez au courant officieusement de l'avancée des choses pour ne pas trop impliquer directement le lieutenant Massot. À propos, Pinson n'est pas là ?

– Non, elle était un peu dans la brume, ce matin. Les responsabilités de cette enquête lui pèsent, c'est nouveau pour elle.

– Alors dites-lui de se reprendre et rassurez-la, elle a fait du très bon boulot jusqu'ici et il est indispensable qu'elle garde officiellement la direction de l'enquête pour ne pas prêter flanc à une accusation de conflit d'intérêts. Voilà, que chacun retourne à ses fonctions maintenant.

Ils sortent de la maison pour regagner leurs véhicules, et Marion retient Cavaillon.

– Cavaillon, il y a quelqu'un que j'aimerais bien rencontrer.

Elle lui explique qui, et il lui donne un nom avant de rejoindre les autres. Une fois de retour chez Michel, elle lui demande de visionner le film de la perquisition. Au grand étonnement de son frère, elle survole les images jusqu'au passage où elle prétend que Marc a griffé un de ses agresseurs, puis remercie Michel et le met en garde.

– Fais attention à toi, ils ne te lâcheront pas et tu vas trinquer. Attends-toi à une garde à vue sévère et probablement à une mise en examen.

– Je sais, je m'en doute bien. Mais ce qui me rassure cette fois, c'est que tu seras dans mon camp.

– Logique, frangin, puisque cette fois ce n'est pas toi qui cognes !

CHAPITRE 26

Jour 4
15 h 15 – Castellet-lès-Sausses

C'est un vieil homme, le corps tordu comme un olivier et la main tremblant d'un Parkinson avancé. Mais le regard est conscient et espiègle. L'âge, dit-il avec un soupçon de coquetterie. Il reçoit Marion sur la terrasse de sa maison, la dernière au sud de Castellet-lès-Sausses, le muret en rempart surplombant la vallée vertigineuse du Var.

– Une mauresque ?

Malgré le ciel en fusion à force de soleil, Marion accepte. Jean-Denis Donnadieu revient avec une glacière et deux verres à whisky.

– Ce n'est pas très respectueux de la tradition, mais ce cher Parkinson m'oblige aujourd'hui à utiliser des verres de plus grand diamètre.

Il sort les bouteilles qui surnagent dans les glaçons et dose le sirop d'orgeat à un tiers pour deux tiers de Casanis.

– Noyée ?

– Noyée, approuve Marion en regardant Donnadieu remplir les deux verres d'eau glacée.

– Commençons donc par ça ! dit-il en levant son verre.

Et cette mauresque glacée, en bordure de ce village en rupture d'équilibre dominant la vallée abrupte, scarifiée des terrasses d'une oliveraie centenaire jusqu'aux eaux scintillantes du Var parmi les gravières, est un bonheur inattendu que Marion savoure. Elle ferme les yeux, et quand elle les ouvre à nouveau, il ne fait aucun doute que le vieux Donnadieu a profité de l'instant pour tout imaginer d'elle dans la transparence de sa robe, et Marion s'en amuse.

– Quand l'âge nous interdit les plaisirs, il ne nous reste plus que les souvenirs de ce que nous avons tant aimé… Alors comme ça, vous vous intéressez à l'affaire Poitevin ?

– Oui, confirme-t-elle en reprenant son sérieux.

– Et pourquoi aujourd'hui ?

Elle hésite à lui parler des trois crimes et cherche un autre argument quand il prend les devants.

– À cause de ces trois crimes ?

– Comment êtes-vous au courant ?

– *Quand la pierre roule de la montagne, toute la vallée l'entend*, dit le proverbe. Croyiez-vous vraiment pouvoir cacher si longtemps d'aussi jolis crimes ?

– Jolis ?

– Pour l'ancien localier de *La Provence* que je suis, spécialiste des faits divers, correspondant du *Nouveau Détective*, avouez qu'ils sonnent beau, ces homicides, non ?

– Peut-être, oui, je ne sais pas… Ce qui m'intéresse, ce sont les liens possibles avec le dossier Poitevin.

– Pourquoi croyez-vous qu'il y en ait ?

– Une intuition, confirmée par l'identité de la troisième victime. Madeleine Chopart, une call-girl qui aurait été mêlée au scandale Poitevin à l'époque.

– Oui, oui, bien sûr, Magdalena Chupa comme elle se faisait appeler à l'époque. Chupa Chups, comme nous disions entre nous.

– Nous ?

– Oui, les flics, les journalistes, les paparazzis…

– Justement, la deuxième victime était un paparazzi, François Montiel.

– François ? C'est lui votre victime et vous vous demandez encore s'il y a un lien avec Poitevin ?

– Pourquoi ce serait si évident ?

– Les trois reportages qui ont cloué Poitevin au pilori étaient signés N.F, pour Nicolas Freimont, l'anagramme de François Montiel, le paparazzi vedette de Monique Forain, de l'agence En Images. Ce sont les photos de Freimont qui ont tué Poitevin. Sur vos trois victimes, vous avez donc déjà la fille et le photographe qui ont piégé Poitevin.

– Piégé, vous pouvez prouver ce que vous dites ?

– Si j'avais pu le prouver, j'en aurais déjà fait un livre et je serais allé me planquer quelque part au bout du monde pour profiter de mes droits d'auteur. Mais la logique est là. Attendez…

Il entre dans la maison et en ressort avec un énorme dossier dont il extrait trois exemplaires d'un hebdomadaire à scandale.

– Premier reportage, pratiquement anodin. Une réception dans le cadre du Festival de Cannes. Regardez dans la foule, derrière les stars qui paradent, là, en arrière-plan.

– C'est lui, là, Poitevin ?

– Oui, et la femme à ses côtés, serrée contre lui et qui le tient par la hanche, c'est Magdalena. Vous voyez le regard de Poitevin sur elle ? On croirait à une complicité amoureuse, n'est-ce pas ? En fait, c'est une technique. Il doit exister une trentaine de shoots en rafale de cette scène. Le photographe fait signe à la fille qu'il est prêt, elle s'approche de la cible, se colle à elle une main sur ses hanches, et s'excuse dans un joli sourire d'avoir trébuché. La cible se retourne vers la fille par réflexe, et son expression passe de la stupeur, voire de la colère, à l'étonnement, à la surprise amusée, bref une dizaine d'émotions dont le photographe n'en choisira qu'une seule, pour l'éternité immobile de la photo : celle trahissant une complicité amoureuse dans un geste tendre. Premier piège, dont la force est que Poitevin et Magdalena ne sont pas les personnages principaux de la photo. Un grand classique qui servira à confirmer la deuxième photo quand elle sera contestée. Le deuxième piège, lui, se referme dans un lieu plus privé, pour une occasion plus intime. Le yacht d'un ami politique, probablement complice à son corps défendant. La journée au large, en plein cagnard. On fête l'anniversaire du propriétaire. On fait boire la cible qui n'a pas d'échappatoire et on monte trois belles photos. Il est assis au bord de la piscine, les pieds dans l'eau, quand apparaît Magdalena, en string et les seins bourgeonnant hors d'un mini soutien-gorge. Le reste est bien rodé. Elle arrive derrière lui, superbe et magnifique, deux cocktails à la main, et l'appelle par son prénom en lui tendant un verre. Lui se retourne, surpris, lui sourit par politesse et prend le verre par réflexe. De la rafale, le photographe tirera la photo établissant que ces deux-là se connaissent et se retrouvent en toute discrétion en pleine mer, pour partager un cocktail. Puis Magdalena s'accroupit à ses côtés, les cuisses légèrement écartées dans une position un peu obscène, pose une main sur l'épaule de la cible, et dit quelque chose que la photo ne fixe pas. *Mon Dieu, quand je pense à l'autre jour à Cannes, quand j'ai trébuché dans vos bras, vraiment je suis désolée, j'en ai encore honte. Quelle maladroite je suis !* Et dans le même mouvement elle pose sa tête aux cheveux fous au creux de son épaule comme pour cacher sa gêne. Il a le nez presque dans ses seins, elle le tient contre elle, la tête dans son épaule… Que peut-on conclure d'autre ? Et la troisième photo, comme une mise à mort. Lui est écrasé de chaleur et un peu sonné par l'alcool. Il s'allonge sur un matelas de mousse sur le pont pour somnoler et le photographe en profite. Encore une mise en scène bien réglée. Première photo quand elle est au-dessus de lui, jambes écartées, outrageusement sexy. Puis elle défait son soutien-gorge et libère ses seins magnifiques en même temps qu'elle lui demande si elle peut s'allonger à ses côtés. Que peut-il faire d'autre que se redresser en souriant poliment, son regard aimanté par les seins généreux ? Deuxième rafale. Puis Magdalena s'allonge à plat ventre sur un matelas à côté de lui. Son string a disparu entre ses fesses. Elle ne prête plus attention à Poitevin. Elle fait même mine de s'être endormie, le visage tourné vers lui, et après un long moment, comme un corps alangui dans le rêve d'une sieste, elle pose un bras sur son torse. De la rafale, le photographe n'a pas retenu l'air surpris de Poitevin qui redresse la tête mais, quelques secondes plus tard, le sourire qu'il a à se retrouver dans une telle situation embarrassante avec une fille presque nue qui dort un bras sur lui.

Donnadieu s'interrompt et leur ressert une mauresque. Il ne semble pas pressé de continuer.

– Et la troisième parution ?

– Celle-ci est la plus obscène dans sa conception. Je ne pense pas que Poitevin se soit laissé séduire par Magdalena pour finir comme ça dans un lit d'hôtel. Je connaissais bien cet homme. Il était un brin parpaillot et très fidèle dans son couple. Plutôt du genre père la rigueur question fanfredaines. Je pense qu'ils l'ont piégé. Au GHB probablement. Et dans cette série de photos, Magdalena s'est déchaînée dans l'abject et le pornographique. Il n'est paru dans la presse que cette photo où on la voit qui le chevauche à califourchon, elle de dos, identifiable par un tatouage, et lui, bien reconnaissable sur la photo. Mais très honnêtement, ce ne sont pas ces photos qui les ont tués, sa femme, lui, et son frère. Ce sont toutes les autres, salaces et ordurières, qu'on a dû s'appliquer à leur envoyer de façon anonyme.

– D'accord, François Montiel et Madeleine Chopart se sont amusés à piéger Poitevin, mais pourquoi ?

– Ça, ma petite dame, comme on dit de par chez nous, *là où l'on joue, le diable s'amuse.* La question n'est pas pour quoi, mais pour qui ? C'est donc le diable qu'il faut chercher pour comprendre, et dans ce cas, ce n'est pas bien compliqué.

– Vous pensez à l'autre victime, à Le Guern, c'est ça ?

– À qui d'autre ?

– Et que savez-vous de lui ?

– Oh là, bien trop de choses pour un homme à l'heure de la sieste, mais vous trouverez dans ce dossier Poitevin un sous-dossier Le Guern, pour qui Poitevin a travaillé. Je dors deux heures tous les jours, vous avez tout ce temps pour lire ce dossier et mes notes de l'époque.

Il se lève, siffle le reste de sa mauresque et s'apprête à regagner l'ombre de sa maison quand Marion l'interpelle.

– Monsieur Donnadieu, pour être honnête avec vous, je ne suis pas officiellement chargée de ce dossier. J'en ai même été dessaisie et je n'ai pas vraiment le droit d'enquêter.

– Mais vous n'enquêtez pas, ma petite dame, vous parlez juste avec un vieux journaliste trop heureux d'une jolie visite et vous profitez de sa sieste en rien crapuleuse, sinon peut-être en rêve, pour fouiller dans ses dossiers malencontreusement abandonnés à portée de vos jolies mains. Et puis comme on dit aussi chez nous, *qui ne peut jouer du violon a toujours le droit de siffler*, non ?

Dans la documentation de Donnadieu, Marion retrouve toutes les informations qu'elle avait déjà rassemblées sur Le Guern pendant son enquête. Homme de pouvoir, homme de l'ombre, homme d'appareil. Lobbyiste et homme de réseau surtout. Il faisait partie de ce que les journalistes appellent la *garde noire* du Président, bien avant son élection. Il a de toute évidence été un rouage essentiel à la machinerie qui a porté son candidat à la présidence, et Marion se souvient de l'allusion de Marie-France Le Guern à la nomination d'un prochain nouveau Premier ministre.

Marion s'intéresse particulièrement aux notes de Donnadieu concernant les obsèques privées de Poitevin auxquelles Le Guern a assisté malgré le scandale. Donnadieu semble avoir voulu s'en étonner dans un article auquel il a en fait renoncé. Mais la « carrière » de Poitevin dans l'ombre de Le Guern a été documentée. Poitevin avait été recruté par Le Guern pour intégrer la machine de guerre de la première campagne présidentielle, l'association de financement. Une bande d'énarques et de normaliens partis à la hussarde à l'assaut des milieux financiers. Les Jordan Belfort du financement politique. Seize millions d'euros en un an et cent mille dons. Du jamais vu. Le Guern, qui en a été le secrétaire général, a lui-même contribué le tout premier à hauteur des 7 500 euros maximum autorisés par la loi sur le financement des partis politiques.

Puis une note attire l'attention de Marion, gribouillée dans tous les sens de chiffres, de symboles et de calculs, autour d'une figure représentant un cercle marqué de trois diamètres. Dans le coin en haut à gauche, le nom de Poitevin avec, en dessous, la mention « *Commission de la Croix* ». Ailleurs, un exercice de numérologie élémentaire :

$$E + M = 5 + 13 = 18 = 1 + 8 = 9 = 0$$

Et ceci, noté rapidement dans la marge, de la main de Donnadieu recopiant des citations :

Le zéro est alors l'esprit qui fera naître le 1, et qui se retrouvera dans le cosmos en tant que Lumière éclairant le chaos.

Le zéro est un chiffre parfait. Il est en même temps tout et rien, en même temps l'éternité et le néant, en même temps le début et la fin, en même temps le fini et l'infini.

Personnalité : le nombre 9 est la marque de l'accomplissement final, de l'universel, il permet d'ouvrir les horizons et d'élever les consciences, il est l'amour et le positif ! Associé à une personnalité, il est idéaliste et a le sens de l'absolu.

Un peu plus bas dans la page, un autre exercice, encore plus simple :

24 = 2 + 4 = 6

Le nombre 24 se réduit au chiffre 6. Les axes de la croix à six branches structurent l'espace-temps. Ils figurent le temps hexagonal (60 secondes, 60 minutes…), les six directions de l'espace, mais aussi les trois énergies de l'univers (gravitation, électrique et atomique). C'est pourquoi la croix à six branches peut être considérée comme le symbole archétype de la Création.

La croix à six branches du chiffre 24 représente le « Verbe » et en même temps le « Divin », en action dans les six directions de l'espace, ainsi que la notion de temps hexagonal.

La page ne présente qu'un seul autre calcul approximatif :

(4,6 × 2) + (7,5 × 2) = 24

Mis à part l'ésotérisme de bazar concernant les initiales du Président, Marion ne s'intéresse qu'à la mention du nom de Poitevin en haut de la page et à celle de cette « Commission de la Croix ». Rien dans les notes de Donnadieu ne l'explicite. Ni dans les coupures de presse, ni dans les fac-similés de documents.

Elle hésite puis s'y résout, et compose un numéro de téléphone sur son portable.

– Madame Le Guern ? Capitaine Barthes…

– Capitaine, que me vaut l'honneur ? J'avais cru comprendre que des forces obscures vous avaient éloignée de cette terrible affaire ?

– Qu'est-ce que la Commission de la Croix, Madame Le Guern ?

– …

– Madame Le Guern ?

– Vous en êtes donc là, Capitaine, en solitaire et franc-tireur en plus ? Je crois qu'il vaut mieux pour vous que je ne réponde pas à cette question.

– Votre refus est déjà une réponse, Madame…

– Dans ce cas, vous en savez déjà trop, Capitaine.

Elle raccroche. Marion la rappelle aussitôt et ne laisse pas à Marie-France Le Guern le temps de protester.

– Madame, quelque chose qui a déjà fait au moins six morts en une semaine va exploser sans que personne ne puisse l'en empêcher. Dites-moi ce qu'est la Commission de la Croix et je peux vous donner les moyens de vous y préparer au mieux de vos intérêts.

– Capitaine Barthes, cette proposition est obscène et en dehors de toute déontologie, répond la voix menaçante et froide d'un homme de pouvoir en colère qui raccroche aussitôt.

Marion reste interdite à regarder son téléphone dans sa main, comme pour y deviner le visage de son interlocuteur.

– Tout mon charabia vous a-t-il permis d'avancer dans votre enquête ?

Donnadieu réapparaît sur la terrasse et plonge ses mains dans la glacière pour leur préparer deux mauresques.

– Oui, j'ai appris des choses, mais une information m'échappe toujours. Quel est le sens de cette Commission de la Croix ? Je vois bien qu'il existe un rapport avec le chiffre 24, mais je ne parviens pas à comprendre le sens de l'opération qui donne ce total.

Donnadieu fait signe à Marion qu'il porte leurs mauresques sur le parapet de la terrasse qui domine la vallée du Var. Il en renverse quelques gouttes tremblantes en chemin.

– Saloperies de nigros ! grommelle-t-il.

– Pardon ? s'indigne Marion.

– Cette foutue maladie est la conséquence de la perte de neurones dans le *locus niger*, la matière noire, et d'une atteinte des nigro-striés…

La première nouvelle gorgée de ce sirop anisé glacé est un délice dans l'air poudreux à force d'être brûlant. Ils contemplent la vallée du Var, ce fleuve rebelle à ne jamais traverser le département qui porte son nom. On le devine fort et frais, tout en bas des terrasses sur lesquelles les oliviers se tordent de vieillesse et de chaleur. Colérique à l'occasion, à en croire les gravières qu'il charrie dans ses crues puis abandonne au creux de son lit.

– Pour le 24, dit soudain Donnadieu, je ne l'ai compris que très récemment en écoutant l'analyse, sur France Culture, des documents publiés en 2019 sur le financement de la campagne présidentielle. En fait, les particuliers pouvaient financer cette campagne de deux façons : directement auprès du parti, une fois par an et à hauteur de 7 500 euros maximum, et en même temps auprès d'une association chargée de lever des fonds à hauteur de 4 600 euros par personne et par élection. Le fameux calcul : (4,6 × 2) + (7,5 × 2) = 24. Sur le coup, avec cette pratique des énarques et des banquiers à parler en kiloeuros, je n'avais pas fait le rapprochement. Vingt-quatre, ce sont en fait les 24 000 euros maximum qu'un couple pouvait donner pour financer la campagne.

– Vingt-quatre mille euros de dons ?

– Oui, la campagne a levé seize millions d'euros auprès de cent mille donateurs, mais en fait quatre cent cinquante super-donateurs à 24 000 euros ont suffi pour contribuer aux deux tiers du total.

– Et vous pensez que la Commission de la Croix gérait ces super-donateurs ?

– Elle les gérait, ou mieux encore était dédiée à les identifier, les recruter, les convaincre ou les forcer, je ne sais pas exactement, mais oui, cette commission était très probablement liée à ces super-donateurs.

– Et Poitevin la dirigeait ?

– Non, je n'ai eu qu'un tuyau, une fois, une confidence un peu avinée dans un banquet de sous-préfecture. Un neveu de Poitevin s'est vanté que son oncle y travaillait. Je crois bien que c'est ce neveu qui a mentionné pour la seule et unique fois la Commission de la Croix.

– Vous avez gardé le contact avec ce neveu ?

– Non. Il m'a dit vivre à l'étranger depuis plusieurs années, si je me souviens bien. En Afrique, je crois.

Le téléphone de Marion sonne et elle s'excuse d'un regard auprès de Donnadieu.

– Je vous en prie, dit-il, galant, trop heureux de pouvoir admirer sa silhouette dans le contre-jour de sa robe d'été dès qu'elle lui tourne le dos.

Mais il n'en profite pas longtemps car la conversation est très courte.

– Barthes ?

– Oui.

– Ton type, c'est Fouad. Kamel Fouad. Ne fais pas de connerie.

– Je vais essayer.

– C'est un tordu, Barthes.

– Je le suis pas mal aussi.

Et elle raccroche.

– Je vais devoir y aller, Monsieur Donnadieu, merci pour tout. Cavaillon avait raison, vous êtes la mémoire de ce département.

– Je sais, Dieu m'a laissé choisir, Parkinson ou Alzheimer. En tant que journaliste, j'ai préféré Parkinson.

Ils terminent leur mauresque et, en se cassant la nuque en arrière pour aspirer la dernière goutte, Marion aperçoit un rapace haut dans le ciel. Un rapace d'une belle taille, la tête marron et la gorge blanche, le ventre crème. Des ailes larges au bout carré, resserrées près du corps, les plumes se fonçant jusqu'au noir à leurs extrémités.

– Il niche un peu plus à l'ouest, sur une falaise aride et plein sud. C'est un redoutable prédateur. Ses serres sont terribles, particulièrement celle opposée aux autres griffes, qu'il utilise pour tuer. C'est une dague de quatre centimètres. On le qualifie d'audacieux rapace.

– Un aigle royal ?

– Non, un aigle de Bonelli.

– Bonelli ! soupire Marion en prenant congé de Donnadieu.

Elle redescend du Castellet, blotti comme un fortin sur son éperon rocheux, par la route vertigineuse qui retourne au frais flirter avec le cours du Var. Elle le remonte sur quelques kilomètres par la départementale. Sur sa droite, le fleuve émeraude rigole d'écumes entre ses gravières blanches, et sur sa gauche, le pied de la montagne est tronçonné à même la roche en strates qui s'effritent et deviendront à leur tour, un jour, quand tout le reste aura disparu, du gravier dans la rivière et plus tard encore, du sable dans la mer. Plus le fleuve prend ses aises, plus on a blessé la montagne pour y tailler la route qui l'accompagne.

Elle ne s'en rend compte qu'en approchant du petit viaduc en béton qui prend ses précautions, haut perché pour enjamber d'une seule arche les nombreuses colères du fleuve sournois, sur la droite. Un 4×4 vitres teintées à la sale gueule, derrière elle. Suzuki Jimny gris. Elle comprend quand elle remarque l'immatriculation maculée de boue, illisible, et qu'il s'engage derrière elle sur le pont à peine assez large pour une voiture. Elle se souvient de la route. De l'autre côté, la 316, qui rejoint La Croix-sur-Roudoule. On ne s'y croise pas sans se déporter sur le bas-côté.

Elle ne s'est pas trompée. Dès que la route s'engage dans la forêt, le Suzuki bondit dans sa roue et y reste longtemps, à cinquante centimètres à peine de son pare-chocs arrière. Deux hommes à l'avant. Bonnet et lunettes de soleil. Elle accélère et ils la rejoignent sans difficulté. En redescendant la vallée du Var, à flanc de montagne, la route n'est pas très sinueuse et elle peut conduire vite, mais à deux kilomètres du pont, elle vire à gauche et attaque la montagne. Dès la première ligne droite, le Suzuki force le passage sur sa gauche, à flanc de falaise, et se porte à sa hauteur, la poussant à empiéter sur l'accotement côté ravin. Ils roulent sur plusieurs dizaines de mètres, côte à côte, et le passager du Suzuki descend sa vitre pour la narguer d'un méchant sourire. Mais au premier virage serré, le 4×4 se laisse glisser derrière elle et reprend son petit jeu de touche-touche pour, dès la ligne droite suivante, se porter à nouveau à ses côtés. Ils pourraient la balancer dans les ravins de pierraille à n'importe quel moment, mais elle comprend qu'ils ne le feront pas. Mesure d'intimidation. Alors elle se prépare.

Au-delà du village de Saint-Léger, la route redescend la montagne en lacets, sans laisser d'espace au Suzuki pour se porter à sa hauteur. Derrière elle, le chauffeur s'énerve et les chocs se font plus violents, mais dans le cadre des OPEX, Marion a reçu une formation en conduite d'urgence et ne panique pas. Elle a le souvenir, passé le col de Saint-Léger, d'une longue ligne droite déserte à la sortie du hameau du Villars. Elle les garde sous contrôle jusque-là, et leur ouvre imperceptiblement la porte dès qu'elle s'y engage. Le Suzuki bondit aussitôt sur sa gauche pour se porter à sa hauteur quand Marion se dresse soudain sur les freins. Le Suzuki freine deux secondes plus tard et laisse à Marion le temps de sauter de sa voiture, de s'abriter derrière sa portière ouverte et de dégainer son arme pour tirer sur le 4×4 au moment où il amorce une marche arrière. Elle ne veut tuer personne et ne tire pas à hauteur d'homme. Elle ne veut pas non plus neutraliser le véhicule et se retrouver en pleine nature avec deux ennemis probablement armés, alors elle ne vise pas les pneus non plus. C'est un tir de dissuasion calculé, nourri de tout un chargeur dans la partie carrossée de la porte arrière. Le message est clair pour le Suzuki qui redémarre en trombe et disparaît.

Par prudence, Marion fait demi-tour et remonte jusqu'à Saint-Léger prendre une autre route qui la ramène à La Croix-sur-Roudoule par le nord, d'où elle se rend directement chez son frère Michel.

– Merde alors, tu sais qui c'était ?

– Des hommes de Maltaverne ou de Bonelli, qui d'autre !

CHAPITRE 27

Paris
Cercle Galilée – Au téléphone

– Cette gendarme n'a rien lâché, et le scandale va nous emporter, Vénus.

– Vous vous trompez, Orion, il emportera peut-être Jupiter, il emportera peut-être la République, peut-être même la démocratie, mais nous, il ne nous emportera pas.

– J'aimerais vous croire !

– Savez-vous comment on manœuvre un kayak en eaux vives, Orion ?

– Non, mais je suppose que vous le savez, si vous posez la question.

– Oui, Noguera Pallaresa, Wainui River, les gorges de la Daille, le saut du Doubs, je les ai tous descendus. L'unique moyen de maîtriser un rapide, c'est de pagayer plus vite que le courant.

– C'est une image sportive qui ne me rassure guère.

– Ce n'est pas un titre de *L'Équipe*, Orion, c'est une allégorie philosophique. C'est l'essence même de la pensée du Cercle. Anticiper l'Histoire pour en maîtriser le cours.

– On ne maîtrise pas un cours d'eau, Vénus, on le chevauche, on le vainc, on s'y noie, mais on ne le maîtrise pas.

– Mais l'Histoire, ce n'est pas la rivière, pauvre idiot que vous êtes, l'Histoire, c'est le kayak !

– Vénus, je ne vois pas en quoi ce charabia ésotérico-sportif pourrait m'éclairer sur la crise que nous traversons. Jupiter est sur le point de provoquer le chaos et d'anéantir tout ce que nous avons patiemment construit.

– Vous avez raison sur ce point, Orion, il va précipiter le pays dans des torrents furieux et des cascades vertigineuses, c'est vrai. Mais dans les pires écumes, il existe toujours un moment où la seule façon de passer l'obstacle, c'est de se placer techniquement dans la meilleure trajectoire, et de soudain lever les bras, pagaie en l'air, et de laisser faire le chaos d'eau qui vous aspire dans le seul passage possible.

– Et nous en serions là ?

– Oui. À la force tranquille du fleuve, Jupiter a préféré le passage en force du torrent. Il va en payer le prix et le pays aussi. À nous de voir au-delà des chutes dans lesquelles il nous entraîne.

– Nous allons le laisser tomber ?

– Nous allons l'empêcher de nous noyer avec lui.

– Ne me dites pas que vous envisagez de l'éliminer.

– Orion, ne vous faites pas plus bête que vous ne l'êtes. Vous êtes trop bien placé pour savoir que d'autres s'en sont déjà convaincus et qu'ils s'y préparent.

– Comment savez-vous ça ?

– Quoi, vous croyez être notre seul Galiléen à l'Élysée ? Nous sommes légions, Orion, légions !

– Vous allez vraiment laisser ourdir un attentat contre Jupiter ?

– Qu'allez-vous imaginer, Orion ? Il suffit juste de lui faire perdre la prochaine élection comme nous lui avons fait gagner la précédente.

– Mais il n'abandonnera jamais.

– Bien entendu qu'il n'abandonnera pas. Il nous est tellement redevable. Il sait que nous pouvons lui pourrir son retour à la vie civile pour nous avoir trahis après tout ce que nous avons fait pour lui. Il sait que sa seule chance de survie, c'est un autre mandat.

– Il a un parti et des élus qui dépendent de lui.

– Nous financerons la réélection de ceux qui l'abandonneront.

– Il a les moyens de l'État.

– Nous en avons mille fois plus. Les banques et les médias sont à nous.

– Il a aussi les services de l'État.

– Très juste, mais nous, nous avons mieux que ça : nous avons cette petite gendarme qui s'acharne dans ce qui deviendra le dossier Poitevin.

– Cette gendarme est une Galiléenne ?

– Non, et c'est là la beauté de la chose. Il nous suffit de lui laisser faire le sale boulot.

CHAPITRE 28

Jour 5
13 h 00 – Guillestre

– Et alors, dedans ou dehors ?

Le Dedans Dehors est caché dans une ruelle du vieux village de Guillestre, derrière l'église, sous des pignons et des balcons assaillis de vigne vierge. Quelques tables sous parasol, dans une cour pavée, une salle arc-boutée sous des voûtes de pierres, une autre protégée par des poutres qui auraient pu servir de béliers à démolir des remparts.

– Dehors, avec ce temps, choisit le capitaine Richaud.

Ils prennent place à la terrasse, et Cavaillon commande deux mauresques au Casanis.

– Tu vois que je m'en souviens !

– Ton appel m'a surpris, avoue Richaud, ça fait quand même un bail.

– Oui, ça fait longtemps que je ne suis pas monté aussi loin au nord, mais j'avais quelqu'un à voir, ment Cavaillon, alors je me suis dit…

– Qui tu es venu voir ici ?

– Eh, ne fais pas ton gendarme, Richaud !

La serveuse arrive à point nommé avec les mauresques et la carte. Cavaillon commande comme un seigneur. Tartine de rouget en entrée et magret rosé aux panais. Rouget et pavé de cerf pour Richaud. Cavaillon trinque et fait savoir que l'addition est pour lui, en laissant comprendre à Richaud qu'il est plutôt dans une bonne passe, financièrement comme amoureusement et qu'il se pourrait bien que…

– Quoi, tu as une connaissance ici ? s'intéresse Richaud.

– Que veux-tu, il n'est jamais trop tard pour mieux vivre, comme on dit.

Richaud a toujours été un envieux. Les collègues l'ont surnommé le furet, et il croit que c'est en hommage à sa vivacité d'esprit. En fait son vrai surnom, c'est le furet.com, parce qu'il est toujours à comparer ce que les autres ont par rapport à lui. Alors Cavaillon sait comment l'appâter avec sa dégaine à la Galabru qui se la ramène.

À chaque sujet de conversation qu'il jette sur la table comme des amorces pour la pêche, Richaud commence ses réponses par « Eh bien moi, je… », et ça réjouit Cavaillon qui le taquine du bout de sa ligne. Il ne pose aucune question sur son métier. Il le laisse se vanter de tout et de rien. Il attend juste le bon moment qui arrive avec le dessert.

Nougat glacé pour Richaud et pêche en fusion pour Cavaillon qui le ferre.

– Ah, je ne t'ai pas dit, je suis allé à Paris pour une affaire dont nous sommes saisis. Un gros dossier avec trois homicides, géré par les Affaires Spéciales.

– Eh bien moi aussi, je…

– Et alors ? demande Marion.

– Alors il m'a tout étalé, explique Cavaillon fier de son effet. Et moi aussi j'ai une affaire avec trois homicides, et moi j'ai trois cadavres criblés de balles dans une voiture sans aucun impact, et moi ce n'est pas moi qui suis allé à Paris mais Paris qui est venu à moi, et moi c'est l'Élysée direct qui suit l'affaire…

– Bon, bref, Cavaillon, à part ce que nous savons déjà, qu'avez-vous appris de nouveau ?

– Que les corps qui devaient être autopsiés à l'IML de Grenoble ont été transférés dans la nuit à celui de Nice par une ambulance escortée d'une voiture banalisée de la PJ.

– Chez Kinsky ?

– Oui, chez Kinsky.

– Vous avez appelé l'IML de Grenoble ?

– Oui, et griotte sur la forêt-noire, ils m'ont pris pour quelqu'un de l'enquête et m'ont demandé ce qu'ils devaient faire des premiers échantillons prélevés sur les victimes.

– Quoi, il leur reste des échantillons que la PJ n'a pas embarqués ?

– C'était de nuit, l'IML était géré en équipe restreinte. Le légiste n'était pas là et les flics étaient nerveux et pressés apparemment. Ils ont embarqué les corps, les effets personnels, les dossiers médicaux de premières constatations et les dossiers administratifs, mais ils ont oublié trois prélèvements qui avaient été sélectionnés pour une recherche d'ADN.

– Cavaillon, vous avez intérêt à me donner la bonne réponse à ma prochaine question.

– Mais bien sûr que j'ai demandé que les résultats me soient envoyés d'urgence à n'importe quelle heure du jour et de la nuit sur ma messagerie à la gendarmerie, et je leur ai joué le grand jeu de l'affaire secret défense avec interdiction de parler des prélèvements à qui que ce soit d'autre que moi.

– Bien joué, Cavaillon, parce que je vous garantis que tout ce qui touche à ces trois cadavres va vite disparaître dans la grande nébuleuse des affaires d'État.

– Et vous, Capitaine, on dit que vous avez eu du grabuge en revenant de chez mon ami Donnadieu ?

– Oui, tentative d'intimidation, rien de grave, mais demandez quand même à vos connaissances dans les brigades aux alentours s'ils entendent parler d'un Suzuki Jimny gris avec cinq ou six impacts dans la portière arrière. Et à propos de véhicule, vous savez si le lieutenant a eu des informations sur le RAV4 ?

– Oui, c'est un véhicule qui a été déclaré volé à Menton.

Marion se cache les yeux dans sa main, avant de la descendre jusqu'à sa bouche comme si elle cherchait à arracher le masque de sa fatigue.

– Vous devriez rentrer chez Loïse, Capitaine, et prendre un peu de repos avec votre garçon.

– Avec Élias ? Depuis qu'il est là-bas, il joue de la guitare jusqu'au milieu de la nuit ! Non, ne vous inquiétez pas, je ne suis pas si fatiguée que ça. Je réfléchis…

Cavaillon n'ose pas lui demander à quoi et garde le silence.

– Hypothèse, Cavaillon : quelqu'un, à Paris, apprend que notre enquête va nous conduire au dossier Poitevin. Ce quelqu'un est puissant, avec des capacités et des moyens d'enquête qui lui permettent de nous devancer. Il apprend que nous avons localisé trois suspects. Il monte un commando et descend éliminer et faire disparaître les suspects. Problème : nous avons repéré le véhicule des suspects grâce au drone en début d'après-midi, la veille de l'intervention prévue. Le commando pouvait-il descendre de Paris pour être opérationnel dans la nuit ?

– Difficile, admet Cavaillon.

– Autre hypothèse, dans ce cas : ce quelqu'un prend le premier vol pour Nice, soit avec son équipe, soit seul et une équipe l'attend sur place avec les véhicules nécessaires au transport du commando.

– C'est plus logique, admet Cavaillon.

– Quand exactement le RAV4 a-t-il été volé ?

– La veille de l'assaut, en fin d'après-midi, selon le lieutenant.

– Bingo. Donc notre quelqu'un de Paris demande à un contact à Nice de lui préparer une équipe et des véhicules. Ils montent jusqu'à la bastide, l'attaquent et la nettoient dans la nuit et embarquent les corps.

– Deux véhicules ?

– Ils savaient qu'ils allaient affronter les suspects de trois homicides, alors même en jouant sur l'effet de surprise, ils se devaient d'être en surnombre. Je dirais au moins six. À deux véhicules, après s'être débarrassés du RAV4, cela voudrait dire qu'ils seraient rentrés à Nice à six dans une seule voiture avec l'armement et le matériel. Alors je dirais plutôt trois véhicules. Après l'assaut, un véhicule rentre avec deux hommes pour remettre le « quelqu'un de Paris » dans le premier avion. Les autres chargent les trois corps dans le RAV4 piloté par un seul homme. Les trois autres suivent dans le troisième véhicule. Ils se débarrassent du véhicule avec les trois corps dedans puis récupèrent le chauffeur du RAV4.

– Sauf que ça les fait redescendre vers Nice autour de l'heure à laquelle nous avons prévu l'interpellation, avec des mouvements de gendarmes partout. Et eux dans un véhicule bourré d'armes d'assaut, c'était un peu risqué, non ?

– Oui, vous avez raison, alors disons qu'ils embarquent les armes dans le premier véhicule qui ramène à Nice celui qui a organisé l'équipe. C'est plus sûr et plus logique.

– Et comment rentrent-ils ?

– Les premiers aussitôt après l'assaut, de nuit, avant même que nous soyons déployés. Les autres prennent peut-être le risque dès le lendemain. Ils n'ont plus aucune arme avec eux, mais ils roulent avec un véhicule volé. Alors peut-être qu'ils se mettent au vert un jour ou deux, se débarrassent du véhicule et attendent qu'un complice vienne les rechercher. Ils sont quatre, plus le complice, une grosse berline fait l'affaire.

– Ça se tient, ce ne sont que des hypothèses, mais ça se tient. Donc nous cherchons un ou deux autres véhicules volés à Menton et ses environs le même jour que le RAV4, plutôt 4×4 ou petit fourgon, et dont un pourrait avoir été retrouvé abandonné du côté de Guillestre.

Marion le regarde en souriant.

– Vous m'étonnez, Cavaillon, mais vous oubliez une chose : il faut le connaître, le ravin de Combalas, pour décider d'aller y balancer trois corps et un véhicule.

– N'importe quel Niçois qui fait du ski.

– Ou un Niçois qui y a des attaches : origine, famille, ex-job.

– Vous voulez vérifier le pedigree de chaque habitant de Nice et de sa région ?

– Ne faites pas semblant de ne pas comprendre, Cavaillon, vous savez bien quelle est mon hypothèse sur ce coup-là.

– Bien sûr, mon Capitaine, mais je ne veux pas y croire.

– C'est notre boulot de croire aux hypothèses tant qu'elles ne sont pas contredites par les faits, Cavaillon. Et que vous le vouliez ou non, celle d'un commando d'hommes de Maltaverne sous le commandement de Bonelli reste ouverte.

– Bou Diou ! Vous imaginez les conséquences si nous enquêtons sur la PJ de Nice, son commissaire et un conseiller de l'Élysée et que nous nous trompons ?

– Et vous imaginez les conséquences si nous avons raison ?

– Bien sûr que je les imagine, et c'est ce qui m'effraie, car elles seront les mêmes pour nous. Affaire d'État ou pas, nous en serons les lampistes et c'est nous qui allons trinquer !

– Vous me lâchez alors, Cavaillon ?

– Quoi, est-ce que j'ai une *trougnon* de lâcheur ? Je vais vous le trouver, votre quidam de Guillestre de la PJ niçoise !

– Merci Cavaillon, mais restez sur vos gardes quand même.

Elle le laisse, et la fatigue lui tombe sur les épaules. Elle décide de rentrer à la Villa Bella et de s'abandonner à un long bain chaud. Mais sur la route, un appel la retient.

– Qu’est-ce que tu as encore fait à ton frère ! pleure sa mère. Ton père est furieux, il va tuer tout le monde !

– Que s’est-il passé ?

– Ils ont arrêté Michel, devant l’école. Tu te rends compte, ils l’ont menotté et malmené devant les enfants et tout le monde, et ils l’ont embarqué sans dire où ils l’emmenaient. Ils ont laissé Johann et Anaïs en pleurs à l’école, et ils ont même abandonné Mathias dans son siège auto.

– J’arrive, maman, je t’en prie, calme papa. Je n’y suis pour rien, cette fois. Ces types, ce ne sont pas des gendarmes, c’est la PJ de Nice. Ne vous inquiétez pas, Michel savait qu’ils s’en prendraient à lui. Hier déjà, j’ai empêché une perquisition chez lui. Je suis de son côté cette fois, explique-le bien à papa et dis-lui que j’arrive, qu’il ne fasse pas l’idiot. La moindre bêtise de sa part causerait de gros ennuis à Michel.

Elle appelle Massot, mais le lieutenant a déjà récupéré les enfants. Elle est en route pour chez elle. Marion est d’accord que Maltaverne et sa bande devraient enchaîner avec la perquisition de leur domicile.

– Lieutenant, souvenez-vous que Maltaverne agit dans le cadre d’une enquête préliminaire. À défaut de l’assentiment express de Michel, écrit et signé de sa main, il ne peut procéder à la perquisition que si elle est autorisée, de façon écrite et motivée, par le juge des libertés et de la détention sur requête du procureur. Et surtout, si l'intéressé n'est pas présent, elle doit être effectuée en présence de deux témoins qui ne peuvent pas être des membres du personnel sous les ordres de l'officier de police judiciaire.

– Que cherchez-vous à me dire, Marion ?

– Est-ce qu'il y a quelqu'un chez vous ?

– Non.

– Alors arrangez-vous pour ne pas pouvoir être témoin vous non plus. Maltaverne est assez bourrin pour ne pas connaître dans le détail la procédure d'enquête préliminaire, ou pour vouloir passer en force.

– Mais Michel sera sur place, et ils n'auront pas besoin de témoins.

– Non. J'en ai parlé avec lui, après la première tentative de perquisition. Il s'arrangera pour ne pas être présent.

– Comment ? s'inquiète le lieutenant.

– Je lui fais confiance. Peut-être même bien qu'il n'aura rien à faire et que Maltaverne l'enverra directement à la PJ de Nice pour pouvoir perquisitionner tranquillement. Je vous laisse. Je dois prévenir Loïse pour qu'elle s'occupe d'Élias. Il faut que j'aille à La Croix-sur-Roudoule empêcher mon père de faire une bêtise.

– Je m'occupe de prévenir Loïse, occupez-vous de votre père.

– Il a récupéré ses armes ?

– Non, par chance, elles sont toujours à la gendarmerie.

– C'est déjà ça.

C'est à nouveau la cuisine de son enfance. La vraie pièce. Celle où toute chose importante se nouait et se dénouait. Les chambres étaient les antres des secrets. Dans celle des parents, on y pleurait en silence ou on y gémissait de pâles et fugaces jouissances. Dans celle des enfants, à l'étage, on pleurait aussi, d'être punis souvent, d'incompréhensibles tristesses, puis de ce drôle de spleen qui plombe les cœurs adolescents. On y chuchotait beaucoup, dans le noir, d'une porte entrouverte à l'autre, on riait sous cape, et plus tard, on fermait la porte et on s'y caressait d'émois suffocants et attendus. Mais la vie de tous les jours, c'était dans la cuisine, autour de la table, un bol de café à la main.

– Comment peuvent-ils accuser mon Michel de ces horribles meurtres ? gémit sa mère, les yeux rougis par les larmes.

– Je te l'ai expliqué, maman, ils n'ont aucun élément contre lui. Leur enquête piétine, et ils ont besoin d'un suspect pour calmer les choses. Michel le savait, je l'avais prévenu.

– Et tu les as laissés faire, grogne son père.

C'est une constatation. Marion l'a trouvé vidé de toute colère et s'en inquiète. Ces grands abandons sont souvent le prélude à de brusques résignations.

De celles qui conduisent, parfois, à des actes irréparables.

– Papa, ces gens-là sont de la police, pas de la gendarmerie, je n'ai rien à voir avec eux. Pour l'instant, Michel fait un coupable idéal pour eux, mais Massot et moi travaillons à l'innocenter.

– Je ne comprends pas, dit sa mère, un coupable idéal pour quoi ?

– C'est compliqué, maman, les trois morts dont vous avez sûrement entendu parler sont probablement liées à un vieux dossier que des gens veulent garder enterré. C'est mon hypothèse. Détourner l'enquête vers des crimes anti-chasseurs, c'est la stratégie de ceux qui veulent garder ce vieux dossier secret. Et question violence anti-chasseurs, Michel est en première ligne avec son casier judiciaire.

– J'espère que tu as honte de ce que tu lui as fait.

– Je n'ai honte de rien, papa, je n'ai fait que l'arrêter parce que c'était mon métier. Je ne l'ai ni accusé, ni inculpé, ni jugé. Il serait temps que tu l'acceptes, parce que Michel et moi en avons parlé et qu'il a compris, lui.

Le père ne sait pas quoi répondre. Bousculé dans ses certitudes, il préfère bougonner en touche.

– Et c'est quoi ce dossier pourri qui lui vaut cette arrestation arbitraire ?

– Une vieille affaire. Le suicide d'un certain Olivier Poitevin, un type qui…

– Je sais qui est Poitevin, sa famille était d'ici, la dernière maison de la rue du Bout de ville. Et en quoi cet écrasé de traviole justifie les ennuis de Michel ?

– Il ne les justifie pas, papa, il les explique. Et pourquoi parles-tu d'un écrasé de traviole ?

– Quoi, tu travailles sur ce dossier et tu n'es pas au courant ? Le Poitevin, il s'est écrasé depuis le pont de la Reine Jeanne, du côté de Saint-Benoît, fracassé sur les galets un été de canicule où le Coulomp était presque à sec.

– Ça je le sais, mais pourquoi *de traviole* ?

– Parce que c'est comme ça qu'on l'a retrouvé, dans la gravière, de traviole par rapport au pont. Tu parles d'un saut de la mort !

– Qu'est-ce que tu veux dire ?

– Je veux dire qu'on ne tombe pas d'un pont comme ça quand on en saute soi-même.

– Tu dis n'importe quoi, papa.

– Je sais ce que je dis, des fellaghas morts en bas d'un pont, j'en ai vu quelques-uns en Algérie, et je te garantis que ceux qui sautaient ne sont pas morts pareil que ceux qu'on poussait.

Marion ne répond pas et le fixe longtemps avant de sortir son téléphone et de composer un numéro.

– Monsieur Donnadieu, c'est le capitaine Barthes… oui, Marion, c'est ça. J'ai oublié de vous demander quelque chose concernant Poitevin, vous auriez une photo du corps à l'époque ? Oui, j'ai bien vu celle dans le journal, mais je cherche une photo avec le pont en perspective, vous avez ça dans vos archives ? Oui, sur mon portable, génial, merci Monsieur Donnadieu.

– Tu préfères croire un journaleux que ton père, maintenant.

– Je crois ce que je vois, alors j'attends de voir. En attendant, ne fais pas de bêtises, ne va pas m'empêcher de tirer Michel de là, compris ?

Il ne dit rien, mais quand elle passe la porte elle croit bien l'entendre bredouiller dans sa barbe un « compris » bourru.

Elle passe par chez Michel et s'engage dans le chemin qui mène à la maison, mais s'arrête à bonne distance. Les hommes de Maltaverne s'affairent dans tous les sens et embarquent toutes sortes de choses. Elle s'assure qu'un flic la voie et qu'il prévienne Maltaverne. Il se retourne vers elle et elle attend un long moment avant de faire marche arrière. Il faut laisser les cons croire à des victoires à la con.

Quand elle rejoint la Villa Bella, elle reconnaît la voiture de Massot. Elle la retrouve sur la terrasse en compagnie de Loïse, une Terres Blanches au frais dans un seau à glace.

– Alors ?

– Ils sont encore chez vous à jouer les Katrina. Ils vont vous laisser la maison comme la case de l'oncle Tom après un ouragan de catégorie 5.

– Et Michel ?

– Il n'avait pas l'air sur les lieux. Ils ont dû l'embarquer direct sur Nice. Je peux boire avec vous ? J'en ai vraiment besoin.

Elles boivent, comme trois jeunes veuves à la terrasse d'un *palazzo* abandonné. Elles se sourient sans oser rire encore. Le vin dénoue leurs angoisses. Les cépages provençaux brouillent leurs pensées et calment leurs peurs. Rolle, grenache blanc, ugni blanc, clairette, marsanne, roussanne… Des réminiscences comme des danses légères.

– Et vos enfants ? demande Marion.

– Chez l'instit. On se connaît bien et elle a compris la situation.

– Et Élias ?

– Dans la chambre de musique, répond Loïse. Cavaillon a aidé Amandine à installer sa batterie. Ils répètent Black Sabbath.

– Cavaillon est avec eux ?

– Non, il est parti à la pêche aux infos à la gendarmerie. Il attendait des courriels.

Marion hésite à expliquer à Massot le coup tordu des prélèvements sur les corps du ravin de Combalas, mais trois notifications sonnent sur son téléphone. Elle le consulte et son air soucieux inquiète le lieutenant.

– Encore des problèmes ?

Elle tend l'appareil à Massot qui observe à son tour les trois photos.

– Un nouveau crime ?

– Non, celui-ci est vieux. Vous ne remarquez rien ?

– C'est le pont de la Reine Jeanne, on dirait, celui de Saint-Benoît…

Les photos montrent un corps dans la gravière de la rivière.

– La troisième photo, celle prise depuis le haut du pont, précise Marion.

– Non, je ne vois pas. La voûte est à douze mètres au plus haut. Est-ce que le type s'en est sorti ?

– Non, il est mort. C'était Olivier Poitevin. Officiellement, il s'est suicidé.

– Poitevin, mais pourquoi « officiellement », vous en doutez ?

– Observez bien la position du corps.

Massot se concentre, s'applique, et soudain comprend.

– Nom de Dieu !

– Qu'est-ce qu'il y a ? demande Loïse en s'emparant du téléphone.

– Il y a, répond Massot, qu'un type qui saute d'un pont s'écrase rarement parallèlement au pont.

– Vous voulez dire…

– Oui, il est plus probable que Poitevin a été roulé par-dessus le parapet pour s'écraser de la sorte.

– Donc pas un suicide…

– Attendez, dit Loïse. Douze mètres, environ quatre étages, il aurait pu survivre quelque temps et se déplacer avant de mourir.

– Peut-être. Il faudrait avoir accès au dossier du légiste pour être sûres. Mais on peut aussi envisager qu'on l'a balancé mort depuis le parapet et que son corps s'est bien écrasé comme on l'a retrouvé, réfléchit Marion. Qui ont été les premiers à marcher sur cette affaire ?

– La brigade d'Entrevaux. Si je me souviens bien, ils ont enquêté deux jours avant que les Affaires Spéciales ne reprennent le dossier.

– Vous y connaissez quelqu'un de confiance ?

– Il vaudrait mieux demander à Cavaillon.

– Il ne doit pas venir répéter Black Sabbath avec vous ce soir ? dit Loïse.

– Oui, ça tombe bien. Allez, on oublie tout ça. Je passe embrasser Élias et je rapporte une autre bouteille.

Elle revient dans la maison, traverse les salons d'un pas allégé de sa douce ivresse. De la chambre de musique monte le riff lourd de Tony Iommi et le rythme fracassé du batteur Bill Ward. Elle pousse la porte de la chambre en attrapant au passage les paroles : *Is this the end, my friend? Satan's coming 'round the bend*... Et le diable l'emporte quand elle découvre Élias, son Élias, son petit Élias, embrassant à pleine bouche Amandine dont le regard se terrifie en la voyant. Quand Élias se tourne vers la porte, un bonheur sans nom illumine son visage.

– Maman, Élias aime Amandine. J'ai la permission d'aimer Amandine ? Ce n'est pas grave d'aimer Amandine, hein ?

– Élias, répond Marion de la voix la plus douce et la plus contrôlée possible, ce n'est pas à moi qu'il faut demander la permission, c'est à Amandine.

Elle devine trop tard que sa réponse le trouble et éteint son bonheur.

– Permission : *acte par lequel on permet à quelqu'un de faire ce qu'il a demandé*. Élias a demandé à Amandine.

– C'est bien alors, c'est très bien, Élias, si Amandine a donné son accord.

– Amandine a donné son accord.

– Je te crois, Élias, dit-elle en cherchant du regard la réponse d'Amandine.

– Amandine a donné son accord, Amandine a donné son accord…

– C'est vrai, Madame, Élias a demandé s'il pouvait m'embrasser, et je lui ai dit oui.

– Très bien alors, mais de là à parler d'amour…

– Amour : *inclination envers une personne, le plus souvent à caractère passionnel, fondée sur l'instinct sexuel, mais entraînant des comportements variés.*

– Élias, écoute-moi et comprends bien que je ne te gronde pas, d'accord ?

– Je comprends que tu ne me grondes pas.

– Tu n'as que quatorze ans, Élias, alors je veux bien que tu embrasses Amandine, mais seulement si elle en est d'accord et sans que tu la forces d'aucune façon, tu as bien compris ?

– J'ai bien compris que tu ne me grondes pas.

– Mais surtout, Élias, je ne veux pas qu'Amandine et toi fassiez quoi que ce soit d'autre que vous embrasser, et encore une fois uniquement si vous en êtes tous les deux d'accord, c'est bien compris ?

– J'ai bien compris que tu ne me grondes pas.

– Élias, je veux que tu comprennes aussi tout ce que je viens de te dire d'autre.

– J'ai bien compris tout ce que tu viens de me dire d'autre. J'ai le droit d'embrasser Amandine si elle est d'accord, mais je n'ai pas le droit de caresser ses seins, de la déshabiller et de…

Marion croit qu'Amandine est rouge de honte avant de comprendre que la jeune fille se retient d'exploser d'un fou rire qui la gagne elle aussi. Elle se maîtrise pour retrouver sa voix d'adulte responsable.

– Oui, c'est exactement ça, Élias, nous sommes bien d'accord ?

– Nous sommes bien d'accord. Même si Amandine me le demande ?

– Même si Amandine te le demande.

– Même si je le demande et qu'Amandine le veut bien ?

– Même si tu le demandes et qu'Amandine le veut bien. Et maintenant, va chercher une bouteille de vin blanc frais dans la cave à vin et porte-la à

Loïse et au lieutenant. Amandine te rejoint dans cinq minutes.

– Amandine me rejoint dans cinq minutes, répète-t-il en partant.

Quand il est sorti, Marion ferme la porte pour parler à la jeune fille qui la devance.

– Ce n'est pas ce que vous croyez, Madame, il ne m'a pas forcée. Il m'a demandé et j'en avais envie aussi.

– Écoute, Amandine, ce sont des jeux de votre âge et je comprends très bien, mais Élias est un peu particulier, tu t'en es aperçu, non ?

– Oui, mais c'est pour ça que je l'aime bien, justement, Madame. Ça me fait plaisir d'être avec lui. Un plaisir auquel je ne m'attendais pas.

– Amandine, s'inquiète aussitôt Marion, tu n'es pas en train de tomber amoureuse d'Élias, j'espère !

– Tomber : *être entraîné par son propre poids d'un point plus élevé vers un point moins élevé, sous l'effet d'influences de toutes natures.*

Elles se retournent et Élias est là, tout sourire. Il entre dans la pièce, marche droit vers Amandine, l'embrasse sur la bouche, puis se place à côté d'elle, un bras sur ses épaules, face à Marion qui le regarde en écarquillant les yeux.

– Élias, qu'est-ce qu'on a dit ? Jamais sans qu'Amandine soit d'accord.

Il se sent pris en faute et ne trouve pas d'excuse, alors il se réfugie dans sa manie.

– Tomber : *la vitesse terminale d'un objet qui tombe est celle qu'il atteint lorsque la résistance de l'atmosphère dans laquelle il se meut compense son poids. Son accélération devenant alors nulle, sa vitesse n'évolue plus. Un homme ne peut pas tomber à plus de 300 km/h.*

Amandine regarde Élias avec des yeux ébahis d'amour, et Marion s'étonne.

– D'où tiens-tu cette définition, Élias ?

– *Dynamic Collapse*, un site qui s'amuse à te faire tomber d'où tu veux.

– Comment ça : te faire tomber ?

– Oui, je connais, Madame, explique Amandine, j'y joue aussi de temps en temps.

– Tu y joues ?

– Oui, on rentre toutes nos mensurations et ils nous modélisent. Comme ils ont aussi modélisé des milliers de ponts, de falaises ou d'édifices du monde entier, on positionne notre avatar là où on veut et on se regarde tomber.

– Et celui qui gagne est celui qui survit ?

– Non, on meurt toujours, Madame.

– Mais où est le plaisir, alors ?

– Ben… la chute ! répond Amandine comme une évidence.

– Chute : *mouvement vertical d'un corps…*

– Élias, je sais ce que c'est qu'une chute, mon ange.

– Ange : *être céleste intermédiaire…*

– Un ange aussi, Élias. Bon, allez plutôt prendre quelque chose à boire dans la cuisine et retrouvez-nous sur la terrasse pour attendre Cavaillon.

Marion rejoint la terrasse et se sert un grand verre de blanc. Loïse s'amuse de son joli front plissé par la contrariété.

– Tu les as vus se bécoter, c'est ça ?

– Bécoter ? Élias embrassait la pauvre gamine si goulûment que j'ai bien cru qu'il allait l'avaler !

– Ils ont fait ça toute la journée, s'amuse Loïse.

– Et tu les as laissés faire ? Élias n'a que quatorze ans, Loïse.

– Marion, tu m'as dit que ses problèmes venaient d'une altération de la communication et des interactions sociales, non ?

– Oui…

– Alors tu devrais être contente, parce que pour de l'interaction sociale, c'est de l'interaction sociale !

Marion ne peut pas répondre à ça. Elle se souvient de tous ces délicieux émois, de ses victoires sur la honte, son corps et les interdits, de ses abandons frissonnants sous les baisers et les caresses de ses amours, quand elle était à peine plus âgée à l'époque qu'Amandine aujourd'hui. Mais elle ne parvient pas à imaginer les mêmes affolements divins, les mêmes délicieux tourments, les mêmes saisissements de jouissance chez son petit garçon.

Même s'il a grandi. Même s'il bande déjà. Seigneur Dieu, Élias bande et embrasse les filles !

– Loïse, ce ne sont que des gamins. Tu sais ce que je viens d'apprendre ? Ils jouent à un jeu qui consiste à jeter leurs avatars du haut de n'importe quoi pour les voir s'écraser au sol !

– *Dynamic Collapse* ? Ils jouent à ça, eux aussi ?

– Tu connais ? s'affole Marion.

– Oui, j'y ai joué longtemps. Je l'ai sur ma tablette.

– Mais Loïse, c'est complètement ridicule !

– Marion, c'est l'air du temps, et c'est addictif, je te jure. Je suis sûr qu'ils jouent à *Plague* aussi.

– Je ne veux pas savoir… se méfie Marion.

– Un jeu de stratégie sur un virus qui cherche à contaminer la population mondiale avant qu'un vaccin ne le détruise.

– Ne me dis pas que…

– Si, le but est bien de faire gagner le virus sur le vaccin. Le gagnant est celui dont le virus réussit à exterminer l'humanité.

– Seigneur Dieu !

Elles sursautent toutes les trois en devinant la présence d'Élias et Amandine dans leur dos.

– Vous savez, Madame, tous ces jeux s'appuient sur des algorithmes scientifiques et démontrés. *Plague* a compilé toutes les études historiques et épidémiologiques connues et toutes les projections concernant les pandémies à venir. Et *Dynamic Collapse* a modélisé toutes les études militaires, scientifiques et médico-légales américaines concernant la chute d'un corps. Quand on est tombé, on voit exactement comment on sera une fois mort.

– Mais qu'est-ce que vous recherchez avec ce genre de jeux ?

– Le frisson, Madame. Le frisson de savoir que tout le monde est mort. Le frisson de savoir qu'on est mort exactement comme ça, dans telle position, avec tels dégâts…

Marion se lève si brusquement qu'elle en bouscule la table.

– Tu as ce jeu ? Loïse, est-ce que tu as ce jeu ? Tu m'as dit avoir ce jeu sur ta tablette, alors montre-moi ça tout de suite, je t'en prie.

Pendant que Loïse va chercher sa tablette, Marion compose un numéro sur son téléphone.

– Papa ? C'est moi… Non, rien de nouveau encore pour Michel… Papa, je voulais te demander, toi qui as bien connu Poitevin, tu pourrais estimer à peu près sa taille et son poids, quand il s'est jeté du pont… Non, papa, ce n'est pas plus important que Michel, mais c'est plus urgent. Je t'en prie… Merci, papa, je te rappelle dès que j'ai du nouveau.

Quand Loïse revient, Marion lui fait signe de se presser.

– Un mètre soixante-quinze et quatre-vingts kilos, dit-elle.

– Quoi ?

– Crée un avatar avec ces mensurations et fais-le tomber d'une hauteur de douze mètres. Tu peux faire ça ?

– D'un toit, d'une terrasse, d'un avion, d'un arbre ?

– D'un pont, Loïse, d'un vieux pont en pierres si tu as.

Loïse s'attaque à l'avatar mais Élias lui prend la tablette des mains et le modélise deux fois plus vite. Il entre les informations au fur et à mesure qu'il les demande à Marion : sexe, âge, handicap, type de vêtements, revêtement de réception, saison, pluie, vents. Marion répond comme elle peut puis s'impatiente :

– On s'en moque, Élias, balance-le ! Balance-le !

Tous se regroupent autour de l'écran et regardent l'avatar de Poitevin s'écraser sur les pierres, le corps pratiquement perpendiculaire au pont.

– Whaouu, la chute, admirent Élias et Amandine.

– Bel impact, confirme Loïse, regardez l'indice de létalité : 96 %.

– Tu peux recommencer ? s'impatiente Marion.

Élias rebalance l'avatar du haut du pont. Trois fois la même chute, trois fois le même impact, trois fois la même position du corps.

– Il tombe toujours comme ça ?

– Ça peut dépendre des conditions.

Marion lui fait rebalancer le corps avec plusieurs forces de vent de différentes directions, de la neige, de la pluie, pour un résultat pratiquement identique.

Elle est fascinée par le réalisme de l'image et de la chute. Amandine lui explique qu'on peut la suivre depuis plusieurs caméras et Élias lui montre les différents angles de vue. Y compris en « *real live* », avec ce que voit en temps réel le désespéré qui tombe.

– Quand tu y joues en modélisant ton propre visage sur ton avatar, là, ça te fait vraiment flipper, murmure Loïse les yeux rivés sur l'écran.

Les autres approuvent, sauf Massot qui n'en revient pas qu'un tel jeu puisse exister. Marion, elle, s'en moque et suit son idée.

– Est-ce que tu peux le faire sauter de différentes positions ?

Aussitôt le pauvre avatar de Poitevin est balancé depuis le parapet, debout, assis, avec ou sans élan, en avant, en arrière, droit, plongeant, mais même quand son corps a le temps de se retourner pendant la chute, il s'écrase toujours dans un axe presque perpendiculaire au pont.

– Et tu peux l'allonger sur le parapet et le faire rouler de côté ?

Cette fois, Poitevin s'écrase au sol à peu près dans la position où on l'a réellement retrouvé.

– Ça ne prouve rien de façon définitive. Il a pu choisir de se jeter de cette façon. Et ce n'est qu'un jeu.

– Je vous l'ai dit, Madame, intervient Amandine, c'est vraiment basé sur des études scientifiques américaines. On en parle beaucoup dans les *chats* et les commentaires.

– Elle a raison, confirme Loïse, comme j'étais un peu honteuse de mon attrait morbide pour ce jeu, je me suis documentée et tout est basé sur des lois physiques et mécaniques et les plus récentes études d'accidentologie à partir de plus d'un millier de rapports de médecine légale à travers le monde.

– Bénédicte, vous pouvez vérifier ça, dès demain matin, avec l'IRCGN ?

– Qui donc a besoin des lumières de l'Institut de recherches scientifiques de la Gendarmerie nationale ? tonne la voix rigolarde de Cavaillon.

– Marion voudrait confirmer la fiabilité des profils de chutes dans *Dynamic Collapse*, explique le lieutenant sans savoir si elle doit en rire ou en pleurer.

– Ah bon, vous jouez à ça, vous aussi ?

Le reste de la soirée est un violent concert pendant lequel chacun se lâche. Amandine et Cavaillon se partagent la batterie, et Élias passe de la basse de Marion à la guitare lead de Loïse avec une facilité qui stupéfie tout le monde. Il apprend les riffs dans la seconde et son corps tout entier semble habité par la musique. C'est lui qui prend l'ascendant sur le groupe. Il fait durer Black Sabbath jusqu'à ce que chacun en devienne possédé. Quand la fusion s'opère, ils sont chacun au meilleur d'eux-mêmes, sans plus avoir à se repérer, la tête dans leur instrument, et personne ne prête attention au lieutenant Massot. Quand sa voix étonnamment grave et éraillée surgit des amplis, c'est si beau, si juste dans la musique, si puissant dans le tempo qu'Élias en pleure de joie et que Marion pleure de le voir pleurer, libéré de toutes ses chaînes et ses invisibles entraves. Elle ne sait pas pourquoi elle pense à ça, mais Élias est comme l'albatros du poème de son enfance, à l'école. Il vole enfin, majestueux, dégagé de ce qui le rendait infirme au regard des autres. Puis elle l'imagine tombant du haut du ciel comme dans *Dynamic Collapse*…

CHAPITRE 29

Jour 6
07 h 00 – La Villa Bella

Son réveil est un chantier. Une dizaine d'engins creusent et martèlent sa tête. Un chantier dans un hangar où tout résonne quand tombent des roches dans des bennes vides en acier. Et il tombe une roche par battement de cœur. Ses yeux se blessent à la lumière d'un miel brûlant qui la torture. Marion se traîne jusqu'à la salle de bains et laisse la douche glacée lui scier la nuque puis lui cingler le visage.

Elle retourne dans la chambre pour s'habiller et la soirée de la veille lui revient par fragments dispersés. *Dynamic Collapse,* Élias qui embrasse Amandine, Black Sabbath, le lieutenant qui rentre chez elle, Cavaillon qui raccompagne Amandine, la théorie du suicide de Poitevin…

Dans la cuisine, elle fait couler trois capsules d'expresso dans un bol, prend du pain et du fromage, et traîne des pieds jusque sur la terrasse. La table est encore encombrée de verres et dc bouteilles. Loïse n'est pas là. Marion suppose qu'elle est quelque part à récupérer de leur ivresse à sa manière.

Le téléphone dringue comme un marteau-piqueur dans un seau en fer. C'est le lieutenant. En pleurs.

– Que se passe-t-il, Bénédicte, c'est Michel ?

– Non, non, sanglote Massot, je suis désolée, je n'aurais pas dû vous appeler si tôt.

– Dites-moi ce qui se passe…

– C'est la maison. Hier je suis passée chez l'instit pour récupérer les petits, mais ils dormaient si bien et j'étais dans un tel état qu'elle m'a gardée chez elle. J'ai dormi sur le canapé, et je viens de rentrer chez nous.

Des sanglots l'étouffent et elle reprend sa respiration comme une noyée qui suffoque.

– Marion, ils ont tout cassé. Tout est brisé, renversé, ils n'ont rien épargné, même pas les jouets des enfants. Et ils ont laissé s'enfuir tous les chevaux. Je craque, Marion. Je n'arrête pas de pleurer et les enfants aussi…

– Ne bougez pas, j'appelle Cavaillon et nous allons venir vous donner un coup de main. Reprenez-vous, qu'il ne voie pas son lieutenant pleurer. J'amène aussi Loïse et Élias et nous passerons prendre Amandine. Occupez-vous de distraire les enfants, nous faisons le plus vite possible.

Quand elle arrive chez Bénédicte avec Élias, Cavaillon est déjà là. Les hommes de Maltaverne se sont comportés comme les mauvais flics d'un mauvais film. La maison n'est qu'un chaos dans lequel ils se sont appliqués à violer autant que faire se peut l'intimité des propriétaires. Le sol est jonché du contenu de tous les meubles, tiroirs et étagères. Les sous-vêtements de Michel et la lingerie de Bénédicte sont scrupuleusement exposés. Dans la cuisine, chaque sachet est éventré sur la paillasse, chaque pot vidé dans l'évier. Pareil dehors. Parterres piétinés, jouets des gosses renversés, linge arraché et piétiné. Et c'est pire dans les écuries. Tout y a été rageusement saccagé. Et bien entendu tous les produits incriminants ont disparu : térébenthine, goudron, solvants… Marion console Bénédicte dans ses bras puis prend les choses en main. D'abord tout photographier et tout filmer, puis tout ranger. Elle et Cavaillon dans la maison, Bénédicte et Élias pour récupérer les chevaux et les ramener à l'écurie. Ils travaillent depuis une heure en silence quand Loïse les rejoint, bientôt suivie des trois gamins en enduro avec Amandine en passagère de la première moto. C'est elle qui a battu le rappel.

– Des nouvelles des prélèvements d'ADN de la brigade de Guillestre ? demande Marion en repliant soigneusement la lingerie du lieutenant.

– Oui, les résultats me sont parvenus, mais j'ai préféré ne pas lancer de recherche pour l'instant pour ne pas alerter les autres services.

– Et pour le dossier Poitevin ?

– Pinson s'est mise en contact avec la brigade d'Entrevaux. Elle doit y être en ce moment et ne devrait pas tarder à nous donner des nouvelles.

– D'accord. Il faut aussi qu'elle se renseigne sur la perquisition. Elle n'a pu être menée que parce que la procureur a jugé qu'il existait un lien entre Michel et la fusillade. Il faut que nous sachions la nature de ce lien.

Ils travaillent toute la matinée et Pinson les rejoint. Sur les conseils de Cavaillon, elle a apporté des casse-croûte et des bières pour tout le monde. Elle donne à Marion les photocopies des premières constatations dans le dossier préliminaire de la mort d'Olivier Poitevin. Elle a aussi reçu une réponse à sa question aux spécialistes de l'IRCGN.

Tout le monde mange en silence, croquant à pleines dents dans les sandwichs, et Marion en profite pour lire les documents.

Soudain, elle pose sa bière et compose un numéro sur son portable.

– Kinsky ? Barthes. Vous vous souvenez d'un dossier Olivier Poitevin, il y a quelques années : suicide depuis le pont de la Reine Jeanne à Saint-Benoît ?

– Ça dépend de ce que vous voulez me demander.

– Par exemple si toutes les blessures correspondaient bien à celles provoquées par une chute de douze mètres.

– Alors dans ce cas, je ne m'en souviendrais pas…

– Et si la mort était bien due à une de ces blessures.

– Là c'est sûr, je ne me souviendrais de rien du tout.

– Très bien, dans ce cas une dernière question, Kinsky.

– Je vous en prie.

– Pourquoi tenez-vous tant que ça à perdre votre job ?

Et elle raccroche sans lui laisser le temps de répondre.

– Alors ? demande Pinson.

– Alors nous marchons vraiment sur des charbons ardents !

Marion fait signe au lieutenant et à Cavaillon de les rejoindre.

– Cavaillon, il faut faire parler ces prélèvements dans le cadre de l'enquête pour laquelle la brigade est compétente, mais sans alerter ceux qui nous surveillent. Il faut donner à cette recherche un caractère de routine, sans qu'elle concerne les suspects.

– Dans ce cas, dit Pinson, je peux, en tant que responsable de l'enquête, demander cette recherche à l'IRCGN pour confirmation de l'identité des victimes. Ce serait parfaitement justifié puisque dans deux cas sur trois elles ont été défigurées.

– Parfait, c'est tout à fait compatible avec la routine d'identification des victimes et ça ne devrait alerter personne. Faites la requête et insistez sur l'urgence en prétextant trois victimes et la possibilité d'un tueur en série. Ils ont récemment breveté des méthodes ultrarapides.

– On peut savoir ce que vous avez en tête, Capitaine ?

– Non, pas pour l'instant. Nous travaillons officieusement sur le possible meurtre maquillé en suicide d'un des responsables du financement de la campagne électorale du Président. Nous jouons maintenant dans la cour des très méchants, de ceux qui ont beaucoup à perdre à voir ressurgir des fantômes, surtout si ce sont eux qui les ont aidés à passer *ad patres*. Alors je ne veux prendre aucun risque de vous entraîner en terrain miné sans certitude.

Cavaillon va répondre qu'ils sont prêts à la suivre quel que soit le danger quand un véhicule se présente au bout du chemin qui mène à la maison. Un seul homme à l'intérieur. Quand il s'arrête à hauteur du portail et que le conducteur en descend, Marion reconnaît Danglade.

– Barthes, on peut se parler en privé ?

– Surtout pas, avec toi, plus il y aura de témoins, mieux ça vaudra.

– Mesdames et Messieurs, s'il vous plaît, vous voulez bien nous laisser ?

Personne ne bouge, pas même les gamins.

– Comme tu voudras, Barthes. Je suis venu te chercher. On veut te voir à Paris. Ordre du colonel.

– J'ai démissionné, Danglade, le colonel a oublié de te le dire ?

– Démissionner par téléphone ? Des Affaires Spéciales ? Tu plaisantes, j'espère.

– J'en ai l'air ? Je l'ai dit au colonel, je récupère une dizaine de jours sur le solde de mes permissions et je rentrerai régulariser tout ça à Paris en temps voulu.

– Qu'est-ce que tu fais ici avec la gendarmerie locale alors, si tu n'enquêtes plus ?

– Je l'ai dit au colonel, je rends visite à ma famille. C'est chez mon frère, ici, tu le sais bien, non ?

– Et pourquoi la moitié de la brigade est avec toi ?

– Parce que le lieutenant Massot est la compagne de mon frère et la mère de ses enfants, ce que tu sais aussi, et que nous sommes venus réparer les dégâts de la perquisition menée à la mercenaire par les hommes de Maltaverne, dont tu es également au courant.

– Je ne suis pas au courant des agissements de la PJ de Nice.

– Eh bien tu auras droit à une séance de rattrapage quand les photos de cette mise à sac seront sur les réseaux sociaux.

– Ne t'amuse pas à ça, Barthes.

– Parce que tu crois que je m'amuse ? Vous avez embastillé mon frère et saccagé sa maison, tu crois vraiment que ça m'amuse ?

– Il est le principal suspect dans cette affaire. Les deux tiers des produits nécessaires à la fabrication du gluau ont été trouvés dans son atelier.

– Tiens, je croyais que tu n'étais pas au courant des agissements de la PJ de Nice. Comment tu connais le résultat de leur perquisition, alors ?

– Peu importe comment je le sais, Barthes, mais je le sais, et plus tu interféreras avec ces enquêtes, plus ton frangin en souffrira.

– Eh bien voilà, nous y sommes, tu es en mission d'intimidation, mon frère contre l'abandon de l'enquête, au moins c'est clair.

– Si c'est clair, alors laisse tomber et rentre à Paris t'expliquer avec le colonel.

– Danglade, je te répète que j'ai laissé tomber depuis longtemps. Plus personne ne s'intéresse à nos trois macchabées. Ni la gendarmerie, ni les Affaires Spéciales, ni la PJ de Nice, ni Bonelli avec son Ministre et l'Élysée derrière. Le seul dossier pour lequel tout le monde se tire dans les pattes, dorénavant, c'est le tien, mon pauvre Danglade.

– Comment ça, le mien ?

– La mort d'Olivier Poitevin, Danglade, tu as oublié ? Son assassinat maquillé en suicide que tu as couvert quand tu étais directeur d'enquête de la cellule spéciale chargée du dossier.

– Fais gaffe à ce que tu dis, Barthes, rugit Danglade.

– Mais si je le dis et le redis devant autant de témoins, Danglade, c'est que j'ai récupéré des preuves. Des preuves matérielles et irréfutables.

– C'est toi qui te suicides professionnellement, Barthes, tu n'as aucune idée de ceux que tu vas affronter.

– Bien sûr que si : les faux-culs des Affaires Spéciales, les ripoux de la bande à Maltaverne, la barbouze de l'Élysée, et le Ministre et le Président qui les couvrent. Et puis toi, bien sûr, bien assis le cul au chaud sur le couvercle. J'ai oublié quelqu'un ?

– Bon, d'accord, il y en a marre maintenant. Si tu veux la jouer comme ça, j'ai reçu l'ordre de t'arrêter.

Il sort son arme et dans la seconde, Pinson et Cavaillon dégainent.

– Restez en dehors de ça, les De Funès. Ordre du Ministre !

– Il a raison, aboie le lieutenant, Pinson, Cavaillon, rangez vos armes.

Et pendant que Danglade, satisfait, surveille les deux gendarmes qui rengainent à contrecœur, le lieutenant se glisse dans le dos de Marion et lui passe les menottes.

– À la bonne heure, approuve Danglade en rangeant son arme à son tour.

– Marion Barthes, vous êtes en état d'arrestation pour enlèvement et éloignement abusif d'enfant du foyer familial sur plainte de votre mari Marc Barthes.

– Qu'est-ce que c'est que ce cirque ? proteste Danglade.

– Danglade, si vous voulez récupérer Barthes, il vous faudra obtenir un transfert sur présentation d'une requête écrite en bonne et due forme. Enfin, pas tout de suite tout de suite…

Et sur un signe du lieutenant, Pinson et Cavaillon s'emparent de Danglade et lui passent les menottes.

– Monsieur, vous avez pénétré sur une propriété privée sans y avoir été autorisé, sans vous être identifié, sans afficher de signe distinctif de votre appartenance à un corps d'officier judiciaire et vous avez dégainé sans sommation une arme en menaçant un groupe de personnes. Il est 13 h 05 et vous êtes en garde à vue. Pinson et Cavaillon, informez-le de ses droits et emmenez-le à la brigade, puis rejoignez-nous pour en terminer ici.

Dès que Cavaillon et Pinson ont emmené Danglade, le lieutenant libère Marion et les gosses applaudissent.

– Jolie ruse, reconnaît Marion, il s'est laissé prendre comme un bleu.

– Je me moque de lui et ce n'était pas une ruse pour le prendre. Il va juste être très intéressant de savoir qui il va prévenir en premier pour le sortir de là, et surtout quelle autorité va se mouiller pour obtenir votre transfert et dans le cadre de quelle enquête.

Marion va la féliciter une nouvelle fois, mais son téléphone sonne. Dany. En pleurs. Marion l'écoute en secouant la tête à chaque phrase. Quand elle raccroche, ses épaules s'affaissent comme si elle portait une enclume dans chaque main.

– C'est Marc, explique-t-elle au lieutenant. Ils lui ont fracturé deux côtes quand ils l'ont tabassé et cet idiot n'est pas passé par la case hôpital. Les côtes ont fait du dégât à l'intérieur et il se fait opérer en urgence d'un hémothorax.

– Hémothorax : *épanchement de sang dans la plèvre d'origine traumatique.*

– Je sais, Élias, je sais…

Elle s'assied sur les marches, les larmes aux yeux.

– Je me suis réveillée en pleine nuit il y a cinq jours en croyant être au creux le plus profond de ma vie. Je n'aurais jamais cru pouvoir m'y enfoncer encore plus chaque jour depuis.

– Vous n'avez pas le droit de craquer comme ça, Capitaine, c'est mon jour de mouise, pas le vôtre.

La remarque n'arrache qu'un triste sourire à Marion, mais vu l'implosion latente et permanente de sa propre vie, elle sait gré au lieutenant de ses maladroites consolations.

– Vous rendez-vous compte, Capitaine, que vous n'avez plus le droit d'enquêter sur une affaire dont vous connaissez déjà les coupables, alors qu'on me force à enquêter sur un dossier dont tout le monde se fiche des victimes ?

– Je ne connais pas les coupables, Lieutenant, je me doute seulement de qui ils sont.

– Dites-moi une chose, Capitaine, pour tuer une poupée russe, doit-on éliminer celle qui contient toutes les autres, ou celle que toutes les autres cachent ?

Marion s'étonne de la question et la regarde.

– Je suppose que la plus petite est celle qui donne la réponse, puisqu'elle est la seule à ne rien cacher.

– Alors qu'importe si nous laissons toutes les autres ouvertes, du moment que nous parvenons à atteindre la plus petite.

Marion l'observe à nouveau, pour vérifier qu'elle ne plaisante pas.

– Mon Dieu, Lieutenant, vous parlez comme un maître de kung-fu de série télévisée et je suis trop concassée par les événements pour apprécier la finesse de votre analyse.

– La plus petite des poupées, Capitaine, c'est le mobile de l'assassinat de Poitevin. Le trouver, c'est résoudre du même coup mes trois meurtres, la fusillade et l'énigme des trois cadavres de Combalas.

– Mais ça ne nous dit pas qui a fait quoi.

– Nous avons déjà tous les protagonistes, Capitaine. Mes trois cadavres, les trois morts de Combalas, les Affaires Spéciales, Bonelli, le Ministre, le Président. Trouvons pourquoi on a suicidé Poitevin, et chacun retombera tout seul dans sa case : commanditaires, hommes de main, ripoux…

– Oui, ça se tient, mais j'avoue ne plus avoir la tête à ça aujourd'hui.

– Moi non plus, je dois l'admettre.

– À moins que…

Marion compose un rappel automatique sur son téléphone.

– Monsieur Donnadieu, capitaine Barthes… Votre sieste ? Oui, c'est vrai, désolée, j'aurais dû m'en souvenir. Monsieur Donnadieu, quand je suis passée vous voir, il me semble que vous avez mentionné un neveu d'Olivier Poitevin. C'est ça, celui-là même qui vous a parlé de la Commission de la Croix. Il vivrait en Afrique, si je me souviens de ce que vous m'avez dit. Monsieur Donnadieu, je peux me permettre de vous poser deux autres questions ?

Marion écoute les réponses de Donnadieu et le remercie. Elle raccroche et se tourne vers le lieutenant qui revient de la cuisine une bouteille de Figuière et trois verres à la main.

– Ces salopards ont poussé la provocation jusqu'à embarquer nos meilleures bouteilles.

– Un Figuière fera très bien l'affaire, dit Marion.

Le lieutenant fait signe à Loïse de les rejoindre.

– Poitevin avait un neveu et une nièce, les enfants de son frère qui s'est suicidé une semaine après sa mort. Le garçon travaillerait en Afrique depuis plusieurs années pour des ONG. Donnadieu ne sait pas ce qu'est devenue la sœur. Il faut les retrouver, ce sont les seuls témoins directs qui pourraient nous parler de Poitevin.

– C'est quoi, cette Commission de la Croix que vous avez mentionnée dans votre conversation avec Donnadieu ?

– Justement, ce serait le nom d'une commission dédiée aux principaux donateurs de l'association de financement qui a géré les fonds de la campagne présidentielle. Personne d'autre que le neveu ne pourra nous parler de cette commission. Il faut le retrouver.

– Je vais voir ce que je peux faire, mais si je devine bien votre raisonnement, il pourrait être un des trois assassins vengeurs de Poitevin, et donc une des trois victimes de la fusillade, ce qui veut dire un des trois corps de Combalas.

– Vous avez raison, lâche Marion, et sa sœur aussi, mais c'est une piste. Admettons qu'ils soient les vengeurs, ça veut dire qu'ils avaient des certitudes sur l'assassinat de leur oncle, peut-être même des preuves matérielles, des documents. Il faut fouiller de ce côté-là, Lieutenant.

Cavaillon et Pinson reviennent de la gendarmerie et, avec l'autorisation tacite du lieutenant, acceptent volontiers un verre de Figuière pendant que Marion leur explique ses dernières hypothèses.

– Je ne sais pas ce qu'ils vont trouver aux vins, maintenant, des goûts de kumquat ou de fleurs blanches, mais un rosé est tout simplement bon quand il a le goût de la soif, un point c'est tout, constate Cavaillon. Quant à vos hypothèses, elles me font penser à quelque chose qui me turlupine. D'abord, nos trois crimes sont le résultat d'une mise en scène dont le but était, de toute évidence, d'attirer notre attention. Des crimes bien préparés et méticuleusement exécutés. Pour moi, un acte de militaires ou de grands chasseurs. Mais ce qui m'a toujours intrigué, c'est l'énigme incompréhensible de l'arbre et du chien.

– Buvez moins vite, Cavaillon, on ne vous comprend déjà plus.

– Capitaine, croyez-vous vraiment qu'après avoir organisé trois crimes aussi sophistiqués et spectaculaires, leurs auteurs seraient allés en cacher le sens dans une énigme à deux balles autour du nom de l'arbre dans lequel a été engluée la première victime et de la race supposée des chiens qui ont dévoré la seconde ?

– Pourquoi pas ? s'étonne le lieutenant. C'était un peu tiré par les cheveux, mais ça nous a conduits là où nous en sommes, au cœur de l'affaire Poitevin.

– Lieutenant, il n'y a aucune logique. Si on veut construire une charade, soit on reste dans l'évidence, soit on reste dans la même référence : trois arbres ou trois chiens ou trois signes ou trois symboles. Là, nous avons l'olivier comme élément de décor passif de la première scène de crime, le chien comme arme par destination active du deuxième meurtre, et rien concernant le troisième crime. Je crois que nous sommes tombés sur le lien avec Poitevin par hasard, ou par chance, grâce ou à cause de Pinson et Élias.

Chacun encaisse la justesse de ce raisonnement et ses conséquences.

– Cavaillon, ce raisonnement ne peut déboucher que sur deux conclusions…

– Exact, Capitaine. Soit le lien qui devait servir à remonter jusqu'au dossier Poitevin n'est pas celui que nous avons suivi, et dans ce cas il faut tout reprendre pour l'identifier…

– Soit, murmure Marion, la seule et unique volonté des assassins était de venger Poitevin et c'est le landerneau politique qui a paniqué et créé lui-même tout ce cirque.

Et le même silence stupéfait les garde immobiles un long moment.

– Mon Dieu, dit Marion, est-ce qu'il existe encore quelque part une crique d'eau glacée, un torrent d'eau vive caché au fond d'une gorge dans la garrigue, où je pourrais plonger et nager pour oublier tout ça ?

– Moi, je connais un endroit, dit Amandine. Élias vous accompagne ?

– Élias t'accompagne ? demande Élias.

– Bien sûr, voyons.

– Alors je peux venir aussi ? demande Amandine. J'emporte mon drone, on fera des photos aériennes.

Ils partent, et Loïse se sent abandonnée.

CHAPITRE 30

Jour 6
10 h 00 – Rivière la Roudoule

La roche est rouge et l'eau est vive. Elle bondit entre le treillis vert des taillis épais. Bleue de glace quand elle est profonde, rousse quand affleurent au soleil les galets ronds. Elle tombe de vasque en vasque dans un roulement d'écumes blanches et légères. Elle mérite son nom. Celle d'une rivière qui dégringole et caracole et, dans les pires jours d'orage, emporte tout dans un torrent de pierres et de boues. Marion a toujours entendu dire qu'elle a, dans le passé, déboulé ses crues jusqu'à Puget-Théniers et emporté le pont romain. Elle ne se souvient plus quand exactement.

– En 1525, précise Amandine qui se déshabille sur un rocher, découvrant, dans un mouvement de son maillot par-dessus sa tête, deux seins magnifiques, blancs et lisses, fermes…

Marion n'en revient pas du naturel de cette nudité adolescente. Élias non plus, qui reste interdit sur la berge, avant de sauter en bombe dans l'eau pour cacher son émoi. Alors Amandine saute à son tour et ils s'éclaboussent dans un éblouissement d'écume. Elle les laisse jouer, sans confiance dans son propre corps, mais Élias l'asperge d'embruns glacés en criant son nom. Alors elle cède, dégrafe son soutien-gorge et glisse en culotte dans l'eau froide qui lui creuse le ventre de surprise. Puis elle joue plus d'une heure comme une ado avec les gamins heureux. Quand elle sort de l'eau pour s'allonger sur une roche chaude, elle devine qu'Élias demande à Amandine si elle veut bien, et comme la jeune fille accepte d'un sourire, elle les regarde s'embrasser au milieu de l'eau qui retrouve son calme autour d'eux, beaux, jeunes et heureux, et elle ne trouve rien à y redire, ferme les yeux sur ce petit bonheur fugace et inespéré, et s'endort au soleil.

– Madame ! Madame !

– Maman !

Elle émerge de sa sieste profonde et Amandine et Élias sont à genoux près d'elle, à la secouer par les épaules, l'air inquiet.

– Que se passe-t-il ?

– Regardez, dit Amandine en montrant l'écran de contrôle de son drone. Je l'ai sorti pour faire des photos aériennes, mais en montant au-delà du ravin, je les ai vus.

Sur l'écran vidéo, deux hommes fracassent avec application la voiture de location de Marion. Toutes les vitres et les phares sont déjà brisés, et ils enfoncent une à une chaque tôle à grands coups de barre de fer. Portières, toit, capot…

Marion reprend aussitôt ses esprits.

– Essaye de repérer leur voiture, ils ne sont pas venus ici à pied.

Le drone s'élève brusquement, la vue s'élargit, et ils devinent le petit 4×4 à l'entrée du chemin que Marion avait descendu pour laisser la voiture à l'abri des regards et du soleil. Le même petit Suzuki Jimny gris que la dernière fois.

– Reviens vers eux, essaye de prendre en photo leur visage.

Le drone redescend vers ce qui n'est plus maintenant qu'une épave, et se stabilise à distance à hauteur d'homme. Amandine filme les deux individus. Ils ont ouvert les portières et défoncent le tableau de bord. Sur l'écran, on les devine un peu, de profil. Ils ne sont pas masqués. L'un porte des lunettes noires, l'autre pas. Puis soudain ils décident qu'ils ont fini, arrêtent leur carnage, et dans le silence qui suit, devinent le vrombissement du drone en vol stationnaire. Ils se tournent face à la caméra, repèrent l'engin à cinq mètres d'eux, et la suite ne fait aucun doute pour Marion.

– Dégage ! hurle-t-elle à Amandine.

La dernière image qu'ils captent, c'est un des hommes qui dégaine une arme et tire sur le drone qu'Amandine jette derrière les arbres, profitant de la pente pour le cacher au tireur. Trois autres coups de feu claquent au hasard, dans la direction de l'engin. Marion récupère alors son arme et tire à son tour deux fois dans la direction des coups de feu. Sans qu'elle le lui demande, Amandine redonne de la hauteur au drone et laisse Marion suivre la débandade des deux hommes jusqu'à leur voiture et leur fuite.

– Lieutenant, je vais avoir besoin d'un véhicule, le mien vient d'être vandalisé dans une embuscade. Les agresseurs ont fui dans le même Suzuki Jimny gris que la dernière fois. La portière arrière doit toujours être marquée d'impacts… Non, nous n'avons rien, tout le monde est sain et sauf, mais si vous les interceptez, dites aux collègues d'être prudents. Ils sont armés et ont fait feu.

Marion donne leur position et le temps qu'ils s'habillent, qu'ils remontent jusqu'à la voiture, qu'ils récupèrent leurs affaires et qu'ils reprennent leurs esprits, Cavaillon est là. Il les ramène directement à la gendarmerie. Ils y croisent Danglade, que Pinson vient de libérer de sa garde à vue.

– Ordre de la proc, s'excuse-t-elle.

Danglade se précipite aussitôt, un doigt pointé sur Marion qui le prend de court.

– Ferme-la, Danglade, tu n'as aucune compétence ici. Déjà que tu n'étais que directeur opérationnel sans pouvoir d'enquête, maintenant que la cellule a été dessaisie et dissoute, tu n'es plus rien.

– Toi non plus, tu n'es plus rien, Barthes.

– Oui, je sais, mais je me fous de la procédure maintenant, Danglade, je suis en roue libre. Marc est sur le billard pour un hémothorax après avoir été tabassé par les hommes de Maltaverne, et il y a une heure à peine on a tiré sur Élias et une gamine qui nous accompagnait. Alors si ton univers de petit comploteur politico-barbouzard t'amuse, vas-y, continue, mais je te préviens, à partir de maintenant, moi, je dézingue tout ce qui bouge.

Danglade perd aussitôt de sa superbe.

– On t'a tiré dessus ? Hey, je n'ai rien à voir avec tout ça, tu entends ? Ni avec le passage à tabac, ni avec ces coups de feu, ne va pas chercher à me mettre ça sur le dos.

– Rassure-toi, pour ce qui te concerne, j'ai bien mieux : le magouillage de l'enquête sur le faux suicide de Poitevin. J'ai les preuves maintenant, Danglade, et dans ce dossier, c'était bien toi le directeur d'enquête, donc le responsable direct.

– Quelles preuves ? Il n'y a pas de preuve et il n'y en aura jamais. Pauvre idiote, de qui crois-tu que je prenais mes ordres à l'époque ?

– Mauvaise question, Danglade. La bonne, c'est : qui s'est arrangé à l'époque pour que tu portes le chapeau au cas où le maquillage de la mort de Poitevin viendrait à être mis à jour ?

– Les mêmes que ceux qui me protègent aujourd'hui, Barthes, et contre lesquels tu ne fais pas le poids.

– Parce que tu penses le faire, toi, le poids contre eux, quand l'affaire sera rendue publique ? Allez, dégage, va faire ton rapport à notre hiérarchie, et n'oublie pas de prévenir Bonelli. Je veux qu'il sache à quoi s'attendre, lui aussi.

Une fois Danglade parti, le lieutenant propose à Marion d'enregistrer une plainte officielle pour garder une trace de l'agression et satisfaire les exigences des assurances. Quand elles s'isolent dans un bureau, Pinson frappe et demande la permission d'entrer.

– Pinson, c'est juste une plainte contre X pour agression, ça n'a rien à voir avec l'enquête dont vous restez la seule responsable.

– Lieutenant, après la fusillade d'aujourd'hui, je crois que nous avons un peu dépassé ces subtilités de procédure.

– Pas du tout, Pinson, il faut au contraire que tout soit carré dans ce dossier.

– D'accord, admet Pinson qui appelle Cavaillon et le fait venir dans le bureau.

– Cavaillon, voici le dossier récupéré à la brigade d'Entrevaux concernant l'affaire Poitevin, dit-elle à haute voix. Par chance, la cellule d'enquête des Affaires Spéciales n'est arrivée que deux jours après la découverte du corps, ce qui a laissé quelques documents dans les archives. Notamment les premières constatations du légiste sur place, puis le compte rendu d'autopsie du lendemain. On y trouve aussi un certain nombre de rapports, dont le résultat des recherches sur l'ADN. Autant d'éléments qui ont été joints au dossier des Affaires Spéciales mais dont la brigade a prudemment gardé des copies.

Cavaillon, d'abord surpris par cet exposé public, comprend la ruse de Pinson et réagit avec complicité.

– Eh bien moi aussi, Pinson, j'ai reçu des résultats de recherches ADN. Ceux des trois prélèvements de la brigade de Guillestre.

– Vous savez, dit alors Marion à Massot devant Cavaillon et Pinson, si vous étiez en charge de cette enquête, je vous recommanderais de comparer ces ADN. Étant donné les suspicions de vengeance dans cette affaire, il pourrait s'agir de proches de la famille.

Cavaillon et Pinson sortent en souriant.

– Et pour le véhicule ? demande Marion.

– Je vais m'occuper de faire rapatrier le vôtre. En attendant, prenez le mien. Je demanderai à Cavaillon de jouer les chauffeurs.

– Attendez, je voudrais que vous fassiez circuler la photo de nos agresseurs. Amandine, tu peux mettre la carte de ton drone sur un des ordinateurs ?

– Connecte-la sur l'écran de conférence, suggère le lieutenant, l'image sera plus nette.

Une minute plus tard, sur le grand écran que tout le monde regarde, s'affiche une vue aérienne des eaux joyeuses de la Roudoule qui se chamaillent entre les cailloux et glissent en jouant dans une vasque de roche cuivrée. Et sur une large pierre plate, endormie, Marion presque nue, les seins libres, et la toison bombée de son sexe sous le tissu mouillé de sa culotte.

– Amandine ! supplie Marion en levant les yeux au ciel sous l'œil amusé des gendarmes.

Mais déjà l'image s'agite quand le drone prend de la hauteur à travers les taillis, jusqu'à ce qu'il débouche au-dessus des arbres et leur fasse découvrir l'incroyable scène du saccage de la voiture. Par réflexe, tous les gendarmes s'approchent de l'écran pour essayer d'identifier les deux casseurs qui ne se cachent pas vraiment. Et soudain un des deux hommes fait face à la caméra, dégaine son arme, tire, et l'image défile à nouveau quand le drone se réfugie dans le ravin derrière les arbres. Amandine revient en arrière et fixe l'image où on voit les deux hommes, surpris par le drone, faire face à la caméra.

– Celui qui tire, je le reconnais, dit le lieutenant, il faisait partie de la bande de la PJ de Nice qui a tout saccagé chez moi pendant la perquise.

– C'est qui ? demande Pinson.

– Kamel Fouad, un des adjoints de Maltaverne à la PJ de Nice, répond Marion. Quand j'ai prétendu, devant Maltaverne et ses hommes, que Marc avait griffé au poignet un de ses agresseurs, celui-là a aussitôt regardé sa main. Je l'ai vérifié en visionnant le film que Michel a tourné pendant la confrontation et je me suis renseignée.

– On va le chercher, propose le lieutenant.

– Non, gardons ça en réserve, comme une botte secrète, propose Marion.

Elle fait signe à Amandine de récupérer sa carte, et ils retournent à la Villa Bella où Marion se laisse tomber dans un sofa.

– Quand même, Madame, qu'est-ce que vous êtes belle, vous avez un corps de ouf sur cette vidéo ! murmure Amandine.

– Va plutôt faire de la musique avec Élias, lâche Marion sans sourire, autant flattée que vexée.

Quand ils sont partis en courant, la main dans la main comme des gamins, elle sent une vague de désespoir la submerger. Une lame de fond. Un tsunami qui enfle plus elle y pense. Un débordement de fatigue, de vieillesse, de nullité, de mépris, de résignation dont elle prend soudain conscience et qu'interrompt la sonnerie de son téléphone.

– Capitaine Barthes, c'est Kinsky.

– C'est écrit sur l'écran de mon téléphone, Kinsky.

– Capitaine, je n’ai pas cessé de penser à vous et à notre dernière conversation…

– Kinsky, que vous pensiez à moi, c’est déjà presque une insulte, alors essayez de faire le plus court possible.

– Je peux vraiment perdre mon poste comme vous m’en avez menacé ?

– Kinsky, vous connaissez votre job, vous connaissez les procédures, vous connaissez la déontologie, et malgré votre pédanterie et votre vénalité vous n’êtes pas vraiment un imbécile, alors vous devriez pouvoir répondre tout seul à cette question.

– Ce que je voudrais savoir, Capitaine, c’est si les circonstances sont telles que cela pourrait arriver.

– Elles le sont, Kinsky, le château de cartes va bientôt s’écrouler.

– Et quel est le scandale qui risquerait de m’emporter et pour lequel vous aimeriez avoir des réponses ?

– Vous marchandez quoi, ma clémence ? Kinsky, dans cette affaire, mon mari est à l’hosto avec un hémothorax suite à un passage à tabac, des hommes de main ont essayé de me balancer dans un ravin, et il y a quelques heures à peine ils ont tiré sur mon fils et sa copine. Vous croyez que je suis dans un état d’esprit à pardonner à quiconque ?

– Je suis désolé, Capitaine, je savais pour votre mari, mais pas pour le reste.

– Comment avez-vous su pour Marc ?

– J'ai entendu le commissaire Maltaverne en parler avec un de ses hommes tout à l'heure.

– Que faisaient-ils à parler de ça chez vous ?

– Ils venaient récupérer les trois corps de Combalas. Ils vont les rapatrier sur l'IML de Paris.

– Et tout le dossier qui va avec, je suppose.

– Oui.

Elle se décide sans vraiment réfléchir.

– Kinsky, je vous aide à sauver vos fesses à une condition.

– Vous voulez une copie du dossier de Combalas, c'est ça ?

– Je me fous du dossier de Combalas, Kinsky. Je veux une copie du dossier Olivier Poitevin. Dans deux heures, au bar du Negresco, déposez-le à mon nom à la réception, et rejoignez-moi au restaurant, j'aurai réservé pour nous deux.

Kinsky accepte et raccroche sous le regard de Maltaverne qui a écouté la conversation par-dessus son épaule.

– Décidément, il va falloir qu'elle comprenne, celle-là !

– C'est pourtant pas faute d'avoir essayé, grogne son adjoint.

– Tu ferais mieux de la fermer sur ce coup-là, Fouad ! Cette fois, on ne cogne pas, on piège.

Quand Marion a raccroché, elle appelle le lieutenant pour qu'elle envoie quelqu'un surveiller Élias et Amandine pendant quelques heures. Puis elle appelle Loïse.

– Fais-toi belle, je t’emmène à Nice. On part dans un quart d’heure.

Puis elle compose un numéro sur son téléphone.

– Le Negresco ? Bonjour, c’est pour réserver une table, s’il vous plaît… Ah, et une chambre aussi.

CHAPITRE 31

Jour 6
19 h 45 – Nice – Hôtel Negresco

Le palace est une meringue de pierre blanche. Meringué à l'intérieur aussi, d'un luxe trop sucré, parsemé de pépites d'art contemporain pour faire moins vieux. Marion entre dans le hall et se dirige vers la réception. Les pauvres flics de Maltaverne sont là, discrets comme des boutons d'acné sur le visage d'un Botticelli.

– On a dû déposer deux choses pour moi. Une pochette Dior que vous pouvez garder pour l'instant, et un dossier que j'ai besoin de consulter.

– Mais bien sûr, Madame, dit le réceptionniste.

Il cherche et lui tend une chemise cartonnée fermée par des élastiques.

– Ça y est, murmure un des hommes à son col de veste, elle a le dossier, on la serre ?

– Mais vous êtes cons ou quoi ? Personne ne bouge sans mon signal.

Marion ouvre le dossier, consulte quelques pages, puis le referme et le rend au réceptionniste.

– Soyez gentil, glissez-le discrètement dans la pochette Dior, dit-elle en rendant le dossier au réceptionniste. Une jeune femme va venir la prendre d'ici peu, donnez-la-lui ainsi qu'un double de la clé de ma chambre.

L'homme s'exécute et Marion lui demande la direction du Chantecler, le restaurant étoilé du palace.

– Merde, patron, elle n'a pas embarqué le dossier.

– Il est toujours à la réception ?

– Oui.

– Alors on continue comme on a dit, on ne la serre qu'en flag avec le dossier sur elle. Je suppose qu'elle le prendra en sortant du restaurant. Un homme reste à surveiller que personne ne le récupère pour elle. Les autres, vous sécurisez les accès au restaurant.

Marion fait un joli demi-tour qui fait valser sa robe et attire les regards sur le galbe de ses jambes. Elle se dirige vers le restaurant quand le groom en uniforme ouvre la porte à Loïse, un sac de voyage à la main. Elle échange quelques mots avec le réceptionniste qui lui tend une clé et lui remet la pochette Dior. Un valet se précipite pour porter son bagage et l'accompagne jusqu'à la chambre. Le flic qui surveille le hall se dit que toutes les clientes des palaces sont décidément salement baisables.

– Qu'est-ce qu'elle fout ? s'inquiète Fouad.

– Où est-elle ? Quelqu'un la voit au restaurant ?

– Elle est au bar. Elle vient de commander un pisco sour.

– C'est quoi, ce truc ?

– Un cocktail à base de blanc d'œufs. Le temps que le barman le prépare, Kinsky en sera déjà au dessert.

– Rien de spécial dans le hall ?

– Que des belles gonzesses avec de jolis culs.

– D'accord, alors on ne change rien au dispositif. On attend qu'elle sorte avec le dossier.

Dans la chambre, Loïse scanne les quarante pages du dossier Poitevin avec une appli de son téléphone. Puis elle remet les documents dans la chemise, la chemise dans une autre pochette, rouge cette fois, siglée Kenzo, et appelle la conciergerie. Quand le valet se présente, elle lui tend la pochette et lui demande de bien vouloir la déposer à la réception en prenant soin de garder discrètement le dossier à disposition de madame Barthes. Puis elle descend rejoindre Marion.

– Attention, ça bouge, elle sort du bar.

– Surveillez le hall, elle pourrait se tirer avec le dossier en plantant Kinsky.

– Négatif, elle se dirige vers le resto.

– Alors on laisse venir et on voit.

Kinsky s'est apprêté comme un vieux beau de la Riviera, moitié capitaine de yacht, moitié *bwana* tropical. Le restaurant est d'un luxe dont le mauvais goût confine à l'art pompier. Le service feutré et compassé, un tantinet hautain. Quand il aperçoit Marion, Kinsky se lève, surpris qu'elle soit si désirable malgré son goût exclusif des hommes. Elle vient vers lui entre les tables qui se taisent et le personnel qui se courbe. Elle lui sourit et il lui sourit en retour, flatté de l'attention qu'elle soulève à son passage. Il se courbe à son tour pour l'accueillir et prend sa main en pleine figure. Une gifle si forte qu'il en perd l'équilibre et trébuche contre la table voisine.

– Qu'est-ce qu'on fait, patron, qu'est-ce qu'on fait ?

– Putain, qu'est-ce que j'en sais ! On maintient le dispositif, on ne s'expose pas. Dans le hall, rien n'a changé pour le dossier ?

– Rien depuis qu'elle l'a consulté sur place, patron.

– Alors on ne bouge pas et on attend de voir ce qui se passe.

Marion s'assied pendant que Kinsky se relève, la joue cramoisie, des larmes de honte à ses yeux perdus. Il tire sa chaise par le dossier pour s'asseoir lui aussi, mais Marion le fige dans un mouvement ridicule, moitié assis, moitié debout.

– N'y pensez pas une seule seconde, Kinsky, vous dégagez ou je vous en remets une.

– Mais ils m'ont forcé, Capitaine, ils m'ont piégé comme ils sont en train de vous piéger.

– Et vous croyez que je ne sais pas de quelle engeance vous êtes, vous comme eux ? Vous pensez que je me suis laissée prendre à votre piège minable ?

Elle parle à voix basse, pour ne pas aggraver le scandale, mais sans se cacher. Des yeux, elle fait le tour de la salle et arrête son regard sur la table d'où deux des hommes de Maltaverne la surveillent.

– Merde, patron, elle nous a repérés. Putain, elle me fait signe de venir !

– Mais qu'est-ce que cette salope a encore dans la tête ? Allez voir, au point où on en est.

– Attendez, non, ce n'est pas moi qu'elle veut voir, c'est Fouad, patron.

– Eh bien que Fouad y aille, il a peur des gonzesses ou quoi ?

Fouad se lève, sous le regard inquiet et amusé à la fois de toute la salle, et rejoint la table de Kinsky. Marion ne se lève pas, et quand le flic se penche, elle l'attrape par le revers de sa veste pour lui parler à l'oreille et dans son oreillette à la fois.

– Maltaverne, dites à votre équipe de bouseux de me débarrasser de cette serpillière de Kinsky, et remballez votre dossier. J'ai eu accès à tout le dossier Poitevin par une autre source bien plus fiable et bien plus haut placée que vous. On dirait que les plus gros rats quittent le navire, Maltaverne, et que les marionnettistes coupent les fils et vous laissent choir. Quant à toi, Fouad, je vais revenir t'arracher le foie pour ce que tu as fait à ma famille.

– On décroche, vocifère Maltaverne dans les oreillettes, on se regroupe dehors. Quelqu'un récupère le dossier à la réception et on dégage.

– Et Kinsky, panique Fouad, qu'est-ce qu'on en fait ?

– Que ce con se démerde tout seul, on n'a plus besoin de lui !

Loïse regarde les hommes de Maltaverne se débiner en débandade, dans le frou-frou inquiet de la clientèle, et rejoint la table de Marion, frôlée par le regard feutré des hommes. Puis Marion sort son téléphone.

– Kinsky ? Vous avez droit à une ultime chance de pardon et d'oubli. Où êtes-vous ?

Elle raccroche et fait signe à Loïse qu'elles s'en vont.

– Cet idiot est resté ici, il lave sa honte au bar dans du whisky. Rejoignons-le avant qu'il ne s'y noie.

Kinsky les attend sans hargne ni colère. Tout en lui s'en est soudain remis à la fatalité. Son regard pâle, ses épaules fatiguées, son sourire résigné. Un homme qui vient de perdre et qui le reconnaît.

– Que m'avez-vous fait là ? murmure-t-il comme on admire, surpris, la fente fatale d'un fleurettiste qui vous touche.

– Ce que vous avez bien mérité, Kinsky, rien de plus, avouez-le.

– Et ce pardon, alors ?

– Expliquez-nous le dossier Poitevin et je vous épargne autant que faire se peut.

– La question est de savoir ce que vous pouvez encore faire pour m'épargner.

– Non, Kinsky, la question est de savoir ce que je peux encore faire pour vous charger.

– Très bien, que voulez-vous savoir ?

– Suicide ou pas ?

– Un mort peut-il vraiment mettre fin à sa vie ?

– Poitevin était déjà mort avant de tomber ?

– Je l'ai précisé dans mon rapport préliminaire. Des nombreuses fractures qui ont brisé son corps, une n'était pas compatible avec le résultat d'une chute. Une fracture par torsion au niveau des vertèbres C1/C2 qui a probablement entraîné un arrêt cardiaque réflexe en touchant les centres bulbaires de commande cardio-respiratoire. J'ai noté aussi un traumatisme crânien au niveau de l'occiput incompatible avec les dégâts causés par un impact face la première. Et puis certaines lividités cadavériques sur le côté pouvaient faire penser à une mort une heure au moins avant la chute.

– Un meurtre, donc.

– Oui. Contrairement à tout ce que l'on peut voir dans les films, briser une nuque d'un coup sec est pratiquement impossible sur un corps qui résiste. On peut donc penser qu'on a d'abord assommé Poitevin, qu'on lui a brisé la nuque, puis qu'on l'a transporté jusqu'au pont de la Reine Jeanne, probablement en chien de fusil, dans le coffre d'une voiture.

– Pourquoi tout ceci n'apparaît pas dans le dossier ?

– Ce type, le conseiller personnel du Président, est venu en personne récupérer mes conclusions. Il les a lues devant moi, s'est assis à mon bureau, et lcs a rédigées à sa manière.

– Et vous les avez signées ?

Kinsky hoche la tête et soupire.

– Il est colonel de gendarmerie et conseiller du Président. Certains prétendent même…

– Oubliez les ragots, et dites-moi ce que vous me cachez encore, insiste Marion.

Kinsky ne répond pas. Il saisit juste à son revers la rosette de la légion d'honneur, l'arrache et la jette dans son whisky en pleurant.

– Franchement, Kinsky, tout ça pour ça ?

– Je sais, murmure-t-il en cachant ses larmes de ses deux mains.

– Vous êtes inexcusable de veulerie et de couardise, Kinsky, mais chose promise, chose due, voici la chance de mériter votre pardon.

Il relève la tête et examine les documents que lui tend Marion.

– Même famille, dit-il, parents proches, filiation par le père pour la fille et un des deux garçons. Filiation par la mère pour les trois.

– Celui-là, c'est Olivier Poitevin. Il serait donc le père de ces deux-là, qui seraient de leur côté liés au troisième par la même mère.

– C'est ce que dit l'ADN.

– Mais Poitevin n'avait pas d'enfant.

– Cachés, peut-être.

– Plusieurs, dont deux avec la même mère ?

– Difficile à croire, je vous l'accorde…

Loïse pose sa main sur celle de Marion pour attirer son attention.

– Écoute, je ne sais pas si cela peut avoir une influence quelconque sur les résultats, mais Poitevin avait un jumeau…

– Un jumeau ? Son frère était son jumeau ? Tu en es certaine ?

– Des jumeaux parfaits, on s'en amusait quand ils venaient déjeuner ou dîner à la Villa Bella. Je crois qu'il s'appelait Jacques.

– Oui, Donnadieu m'a parlé d'un Jacques Poitevin, et il a aussi parlé d'un neveu d'Olivier qu'il aurait rencontré. Celui-là même qui aurait mentionné la Commission de la Croix. Qu'en pensez-vous, Kinsky ?

– Qu'est-ce que c'est que cette Commission de la Croix ?

– Oubliez ça, Kinsky, et répondez à ma question.

– Oui, en cas de gémellité, la concordance de l'ADN peut en effet correspondre au lien entre un oncle et ses neveux et nièce.

– Et pour la correspondance avec la mère ?

– Peut-être que la femme de son jumeau était déjà mère avant d'avoir des enfants avec Jacques Poitevin.

– Peut-être… admet Marion. Bon, votre pénitence à présent, Kinsky, et ensuite nous serons quittes.

Elle prend le verre où baigne la rosette et le lui tend.

– Votre légion d'honneur. Cul sec !

Elles le regardent boire d'un trait et l'abandonnent à sa solitude de médecin légiste en perdition.

CHAPITRE 32

Jour 7
10 h 00 – Paris – Bureau du ministre de l'Intérieur

La Croix-sur-Roudoule 1/5 : Perquisition sauvage de la PJ de Nice chez une gendarme de la brigade de Puget-Théniers. Lors d'une perquisition au domicile du lieutenant Massot, les hommes du commissaire Maltaverne, de la police judiciaire de Nice, se sont livrés à un véritable saccage comme en témoignent ces images. Meubles renversés, objets brisés, les policiers semblent s'être particulièrement acharnés sur la lingerie et les sous-vêtements de la gendarme qui ont tous été déchirés, ainsi que sur la cave dont les meilleures bouteilles ont disparu. Par ailleurs, tous les chevaux ont été délibérément sortis de leur écurie et effrayés pour qu'ils s'enfuient. Comme en témoignent certains enregistrements, le commissaire Maltaverne a affirmé avoir agi sur ordres de la procureur. On se demande bien quel genre d'ordre peut justifier un tel vandalisme policier.

– Vingt-trois mille vues en une heure sur les réseaux sociaux : qu'est-ce que c'est que ce foutoir, Bonelli ? hurle le Ministre. Où vous croyez-vous, au temps du SAC ?

– C'est Maltaverne, Monsieur…

– Maltaverne, mon cul ! Maltaverne est un sale con de la BAC du 93 pourri jusqu'à la moelle et qui aurait dû être rayé des cadres depuis longtemps sans la pression de son syndicat de fachos. Et c'est lui que vous choisissez pour ce genre de dossier ?

– Je vais redescendre à Nice arranger ça.

– Comment ça, « redescendre », parce que vous y êtes déjà allé ? Vous vous êtes directement exposé dans ce dossier ? Mais vous êtes aussi con que Maltaverne, ma parole !

– Il le fallait bien, s'emporte Bonelli sans aucune considération pour le titre et la position de Chastaing, il fallait bien que quelqu'un aille patauger dans la merde de cette affaire pour protéger le Président, et ce n'est sûrement pas vous qui vous seriez sacrifié.

– Quel sacrifice, pauvre con, vous ne faites depuis le début de cette affaire que protéger votre cul pour avoir eu la connerie d'éliminer Poitevin.

Bonelli encaisse le coup sans pouvoir réagir.

– Quoi, vous pensiez peut-être que le ministre de l'Intérieur que je suis n'était pas au courant ? Trente ans, à peine cinq ou six petites années de magouilles électorales, une proximité douteuse avec le Président, et vous pensiez m'en remontrer ? J'ai cinquante-cinq ans, pauvre petit con, cinq postes ministériels à mon tableau, douze campagnes électorales et votre âge en carrière politique, et vous pensiez que je ne me serais pas inquiété d'un mignon du Président ?

– J'ai toute la confiance du Président et de sa femme !

– Peut-être, mais vous avez définitivement perdu la mienne et celle des forces de police. Vous avez vingt-quatre heures pour proposer une porte de sortie à ce putain de piège que vous avez vous-même armé. Après, je vous jette à la meute sans attendre le cinquième message !

– Quel cinquième message ?

– « La Croix-sur-Roudoule 1/5 », ça ne vous dit rien ? C'est pour nous prévenir qu'il y en aura au moins quatre autres. Et si ceux qui font ça sont futés, ils vont y aller crescendo, alors n'attendez pas que le pire arrive, bougez-vous le cul !

CHAPITRE 33

Jour 7
10 h 00 – La Villa Bella

Quand Loïse se réveille, Marion est déjà sur la terrasse, un café à la main.

– Les choses se compliquent, dit-elle en lui montrant la publication sur son téléphone.

– Qu'est-ce qui complique quoi ?

– Quelqu'un prend la main sur le dossier et je n'aime pas ça.

Loïse lit le post et rend le téléphone à Marion.

– Mais ça ne révèle rien de plus que ce que tu sais déjà. Une violence policière, c'est anecdotique de nos jours.

– Oui, mais ce message rend le dossier public. Ce n'est pas trop grave pour la violence de la perquisition, mais ça le sera peut-être beaucoup plus pour les prochains. Nous sommes à nouveau dans la vengeance, comme pour les trois premiers crimes, sauf que celle-ci ressemble au début d'un lynchage.

– Tu dramatises. Nous avons le temps de petit-déjeuner, quand même.

– Toi si tu veux, moi j'y vais. Et puis Élias est là-bas…

Marion conduit vite, jusqu'à la maison de son frère où le lieutenant Massot l'attend.

– Vous avez vu sur les réseaux sociaux ? s'inquiète Massot.

– Oui, sacré coup de pied dans la fourmilière. Vous avez une idée de qui ça peut être ?

– Non, pas encore, j'en ai parlé avec Cavaillon et nous ne savons même plus à quel dossier rattacher ça. Et vous ?

– Belle salade niçoise, nous avons confirmation de toutes nos hypothèses. Nos trois victimes ont, d'après les concordances ADN, été tuées par au moins un neveu et une nièce d'Olivier Poitevin, plus un autre homme lié à eux par la mère des neveux. Ce qui confirme par la même occasion que les trois assassins sont les trois morts de Combalas. Je pense que dans le volet de l'enquête qui revient à votre brigade, le juge d'instruction va enfin pouvoir bouger. Reste à établir qui composait le commando qui les a éliminés, mais même si l'enquête n'est pas de votre ressort, je pense que vous conviendrez que tout nous mène toujours et encore à Bonelli et Maltaverne.

– Et l'affaire Poitevin ?

– Suicide maquillé, Kinsky a avoué en impliquant Bonelli. Nous avons les preuves pour le meurtre, mais rien de matériel encore contre Bonelli.

Elle se rend compte que le lieutenant lui a servi un bol de café et reprend soudain conscience d'où elle est.

– Et vous, ça va mieux ?

– Oui. Notre avocat a pu voir Michel. Vous ne m'aviez pas dit qu'il s'était amoché.

– Oui, je sais, désolée, je n'étais pas certaine qu'il l'avait fait. Il fallait éviter qu'il soit le témoin de la perquisition pour les pousser à la faute de procédure. Il a dû se blesser lui-même pour forcer Maltaverne à le déférer au plus vite à la PJ de Nice.

– Quoi qu'il en soit, ça a fonctionné. L'avocat dit que la perquisition sera annulée pour vice de procédure et que rien de ce qu'ils auront trouvé ne pourra servir de pièce à conviction.

– C'est bien, ça va vider le dossier à charge qu'ils montaient contre lui, murmure Marion qui se sent à nouveau épuisée, vidée de toute force, soudain échouée par cette vague de violences misérables. Et Élias ?

– Ils dorment à côté.

– Comment ça, « ils dorment » ?

Elle se lève, pousse la porte d'une chambre, et Élias est là dans la pénombre striée de rais de lumière à travers les persiennes, empêtré dans le drap défait, dans les bras d'Amandine. Nue. Et il émane de ces deux enfants embrassés tant de bonheur innocent, tant d'amour paisible, qu'elle en sourit d'abord avant d'en pleurer en refermant la porte sans bruit. Bénédicte la serre contre elle et la laisse pleurer sans honte, puis la pousse à s'asseoir à la table à nouveau.

– Ils sont beaux, n'est-ce pas ?

– Ces petits cons, sourit Marion, ils ne savent pas la chance qu'ils ont et ce qu'il m'en coûte de le reconnaître. Comme j'aimerais être à leur place, revenir à leur âge…

– Et moi donc ! Revenir en arrière, rencontrer Michel avant d'être militaire, et croire en tous ses rêves avec lui.

– Il est donc si bien que ça, le frangin ?

– Et vous ? demande le lieutenant sans répondre.

– Moi, je voudrais n'avoir jamais fait la guerre, n'avoir jamais porté d'arme, et avoir vécu avec Élias par ici, avec des chevaux et des plongeons dans la Roudoule, réconciliée avec mon père et heureuse près de ma mère. Je peux me reposer quelque part en attendant qu'ils se réveillent ?

Quand Marion sort d'une sieste de pierre, Élias et Amandine sont déjà partis.

– La garde à vue de Michel a été levée, dit le lieutenant, il est rentré en taxi et il est déjà à s'occuper des chevaux avec eux.

– À la bonne heure. Premier résultat du coup de pied dans la fourmilière.

– Pendant que vous dormiez, j'ai demandé à Cavaillon et Pinson de récupérer tout ce qu'ils pouvaient sur le frère et les neveux de Poitevin. Je les ai invités à dîner pour faire le point. J'ai invité vos parents aussi, et je me suis permis d'inviter Loïse.

– Vous avez bien fait, elle le mérite après le rôle qu'elle a tenu hier soir.

– Vous nous raconterez.

C'est un repas d'été, une réunion de famille. Michel remercie tout le monde d'avoir aidé Bénédicte. Chacun lève son verre et oublie de parler de l'affaire jusqu'à l'appel de Marc.

– Marc, comment vas-tu ? Tu es tiré d'affaire ? Dis-moi vite.

– Oui, je survivrai, plaisante-t-il, alors dis-moi, c'est toi tout ça ?

– Tout ça, quoi ?

– Regarde la télé, ils ne parlent que de ça !

Marion demande à Michel d'allumer la télé et tous rentrent se regrouper devant le poste.

... des images bien entendu scandaleuses qui posent beaucoup de questions sur le comportement de ce commissaire de Nice qui n'a pas voulu répondre à nos questions, pas plus que la procureur en charge de cette affaire. Le ministère de l'Intérieur a annoncé une enquête interne et un point presse pour demain 10 heures, juste avant le Conseil des

ministres. Mathias Loumay, en direct du ministère, nous en dit plus.

– Écoutez Claire, il est possible que les choses se précipitent, ou se compliquent pour Christophe Chastaing, le ministre de l'Intérieur, puisqu'une nouvelle vidéo vient d'être mise en ligne à l'instant même sur les réseaux, avec cette fois l'implication d'un personnage de l'environnement immédiat du Président. Voilà, j'affiche cette vidéo sur mon portable pour que notre cameraman puisse la relayer et je vous lis le texte qui l'accompagne.

« La Croix-sur-Roudoule 2/5 : Mais qui est cet homme, qui se dit conseiller en sécurité du Président et colonel de gendarmerie, qui supervise la perquisition du commissaire Maltaverne et de ses sbires ? Cet homme ne serait en fait que colonel de la réserve citoyenne de la gendarmerie, c'est-à-dire sans aucune autorité hiérarchique ou légale pour diriger une opération de police judiciaire. Qui, du préfet, de la procureur, de la gendarmerie ou du ministère de l'Intérieur a toléré, autorisé ou organisé sa présence ? À quelle police de l'ombre appartient-il ? »

– Voilà Claire, deuxième message, sur les cinq annoncés, et que le Ministre a probablement visionné puisque toute communication à la presse vient d'être suspendue jusqu'à demain 10 heures.

– Merci Mathias, bien entendu nos services politique et police ont réagi comme doit savoir le

faire une chaîne d'information et nous sommes fiers de pouvoir d'ores et déjà mettre un nom sur l'homme en question. Il s'agit d'Alexis Bonelli, 35 ans, ancien gendarme de la réserve opérationnelle, qui a réintégré la réserve, citoyenne cette fois, il y a un an avec le grade surprenant de lieutenant-colonel. Il est aujourd'hui le conseiller en sécurité du Président, et responsable d'une cellule de protection rapprochée. Un portrait complet dans notre prochaine édition...

– Alors là, proclame Cavaillon, moi je ressors boire à ça !

Dans le brouhaha qui suit, Marion s'isole pour dire à Marc qu'elle n'y est pour rien et prendre des nouvelles plus précises de sa santé. Elle le conjure de prendre soin de lui, et il répond que Dany est à ses côtés et qu'elle n'a pas quitté l'hôpital depuis son admission aux urgences.

– Embrasse-la pour moi et ne faites pas de bêtises, tu n'es pas encore en état, dit-elle tendrement, je te passe Élias.

– Papa, je suis amoureux d'Amandine et on a fait l'amour !

Marion préfère laisser son portable à Élias et s'écarte en souriant.

– Qui peut faire ça ? demande le lieutenant.

– Quelqu'un de proche de l'enquête, qui connaît bien le dossier, a accès aux images, et se prépare à être démasqué.

– Pourquoi dites-vous ça ?

– Les images sont apparemment mises sur les réseaux sans précaution particulière. On va remonter à son ordinateur par son adresse IP et lui mettre la main dessus. C'est écrit.

– Mais ça n'a pas de sens !

– Bien au contraire. Cette personne considère qu'à son dernier message, sa vengeance, quelle qu'elle soit, sera assouvie et que son sort ne dépendra plus d'elle.

– Vous avez quand même bien conscience qu'il y a de fortes chances que cette personne soit des nôtres ?

– Oui, c'est probable. Nous pourrions recenser tous ceux qui ont filmé ces deux scènes ou qui ont eu accès aux images.

– Pourquoi ce conditionnel ? s'inquiète soudain Massot.

– Parce que cette personne fait le boulot à notre place avec des armes dont nous n'avons pas le droit de nous servir, et que c'est efficace. Elle a dessoudé Maltaverne, elle vient de déglinguer Bonelli, pourquoi irions-nous l'empêcher de continuer ?

– Parce que nous sommes des gendarmes, Marion ! proteste le lieutenant.

– Justement, est-ce que quelqu'un vous a saisie de cette affaire ? Est-ce que la procureur a appelé pour vous saisir et donner des ordres ? Cette affaire de vidéos ne nous concerne pas, Bénédicte, et d'ailleurs leur diffusion ne constitue pas un crime. Vous verrez bien si Maltaverne, Bonelli, le ministère de l'Intérieur ou l'Élysée osent porter plainte pour diffamation. Mais en attendant cet éventuel dépôt de plainte, aucune raison d'enquêter. Contentons-nous d'attendre la diffusion du troisième message avec jubilation et allons boire avec les autres.

Le repas s'éternise, il s'anime et devient une fête champêtre quand les guirlandes italiennes s'allument. Au souvenir des crimes et des messages, Marion se dit que ça ressemble à une *riunione di famiglia* à la sicilienne, moitié police, moitié mafia. Quand elle voit Amandine prendre Élias par la main pour s'éclipser, Marion le rattrape par son maillot.

– Vous prenez vos précautions, au moins ?

Le bonheur d'Élias est inestimable. Ses blocages semblent s'être envolés avec le rire d'Amandine. Il n'a donné aucune définition depuis plusieurs jours.

– Ils sont mignons, dit Pinson en regardant les deux enfants disparaître dans la nuit, qu'ils en profitent. Le reste du monde est si pourri !

– Oui, soupire Marion dans un sourire résigné, c'est le début d'une autre vie pour eux autant que pour moi.

– Évitez de trop y penser à chaud, et écoutez plutôt ce que nous avons trouvé sur la famille Poitevin.

Pinson prend Marion par le bras et l'entraîne un peu à l'écart de la table.

– Jacques Poitevin avait deux enfants. Jules, l'aîné, 31 ans, a fait des études de médecine, mais la plupart de sa carrière, il l'a faite comme *French doctor* en Afrique pour différentes ONG. Il travaille depuis deux ans pour Global Human Relief, une organisation caritative suisse, en Casamance, au Sénégal.

– Vous l'avez localisé là-bas ?

– Non, il n'a pas encore repris son poste. Il s'était mis en disponibilité pendant un mois. Il a envoyé un message au siège de l'organisation à Zurich pour annoncer son retour mais il n'est pas encore arrivé là-bas. Il aurait dû être en poste depuis deux jours.

– De quand, le message ?

– Oui, j'y ai pensé aussi : de la veille de la fusillade.

– Et l'autre ?

– C'est une fille, Laura, 29 ans. En sortant de Polytechnique, elle a monté une start-up dans les nouvelles technologies militaires. Elle a laissé les rênes de sa boîte pour prendre une année sabbatique. Personne ne sait où la joindre. Elle n'a envoyé qu'un seul message, depuis la Casamance, où elle est passée rendre visite à son frère.

– Est-ce que Jules a exercé dans des zones de guerre ? Est-ce qu'il a été en contact avec des forces militaires ?

– Angola, Soudan, Cameroun, je dirais que c'est la raison d'être de l'ONG pour laquelle il travaille.

– Et la troisième personne, celle liée à Jules et Laura par leur mère ?

– Denis de Sargnac, fils d'un premier mariage de Marie-Louise Blandin, épouse Poitevin. De Sargnac était député et Denis son assistant parlementaire à l'Assemblée. Jusqu'à la mort de son père dans un accident d'hélicoptère. Deux ans plus tard, Marie-Louise de Sargnac épouse Jacques Poitevin en secondes noces. Denis s'engage dans l'armée pour cinq ans, puis devient un temps reporter de guerre indépendant, puis photojournaliste, essaye de monter son agence, et finit photographe people, pour ne pas dire paparazzi.

– Un lien avec Montiel, notre deuxième victime.

– Probable. Dans son book sur les réseaux sociaux, on voit des photos disponibles à l'agence En Images de Monique Forain.

– On peut le trouver où ?

– Chez En Images, on dit qu'il est injoignable, en planque sur un gros coup. Eux-mêmes n'en savent pas plus.

– Donc trois personnes dont deux avec une expérience de la guerre, et toutes les trois dans la nature. Je pense que ça conforte nos soupçons, non ?

– Cavaillon et moi le pensons aussi.

– Et Marie-Louise Poitevin, l'ex madame de Sargnac ?

– Décédée il y a deux ans. Thrombose.

– Les enfants ont assisté aux obsèques ?

– Bien sûr, pourquoi ?

– L'occasion de se retrouver tous les trois, d'apprendre des choses, de découvrir un testament…

– Je peux chercher dans cette direction, oui.

– Plus tard, Pinson, Cavaillon et vous avez déjà fait du très bon boulot. Allons boire à ça et n'y pensons plus jusqu'à demain.

– Avec plaisir, Capitaine. Et les répétitions, ça marche bien ?

– Compliqué : ma batteuse couche avec mon bassiste !

– Un vrai groupe, quoi !

CHAPITRE 34

Jour 7
Paris

– Ce rendez-vous me déplaît beaucoup, dit-elle.

– Le Président n'a pas vraiment le choix, donc vous non plus.

– C'est plutôt vous qui ne l'avez pas. La première dame ne me l'aurait pas demandé en personne, j'aurais refusé de vous voir. Vous êtes un homme mort, Bonelli. Politiquement c'est déjà fait, et physiquement ça vous pend au nez.

– Je gère, ne vous en faites pas.

– Six morts, une fusillade, des corps disparus, la bande de bras cassés d'un commissaire ripou, et vous appelez ça gérer ?

– Je gère la sécurité et la réputation du Président. Je suis son dernier rempart quand tous les lécheurs de cul comme vous se préparent à le trahir un jour ou l'autre.

– Une vie, Bonelli, c'est profiter du passage au pouvoir de cinq ou six présidents sans en pâtir. Il faut vous faire une raison, le vôtre n'est pas plus éternel que les autres. Pas plus fiable non plus. Il vous lâchera à la meute si elle s'approche trop de lui.

– Ce n'est pas encore le cas et n'oubliez pas que vous lui êtes redevable.

– Je ne lui suis redevable de rien. Je le sers par amitié pour la première dame que je connais depuis vingt ans.

– Vous voulez dire la personne qui a branché vos paparazzis sur les galipettes et les croissants adultérins du prédécesseur de son mari pour le discréditer auprès de l'opinion et des électeurs ? Voulez-vous que je vous fasse la liste des bons coups lucratifs dont nous avons alimenté votre agence ?

– Autant de coups qui ne servaient qu'à la préparation de la campagne, rien de généreux ou d'amical là-dedans.

– Mais qui vous ont bien enrichie à force d'exclusivités et de missions de conseil. Ce que le Président vous demande aujourd'hui n'est qu'un juste retour des choses.

– Soyons clair, Bonelli, je suis aussi fidèle à la première dame que vous prétendez l'être envers le Président, et nous tirons tous les deux avantage de cette fidélité intéressée. Alors dites-moi ce que vous voulez et finissons-en.

Bonelli tend à Monique Forain une enveloppe qu'elle ouvre. Elle contient une douzaine de tirages papier grand format.

– C'est quoi, ces photos ?

– Les personnages marqués d'une croix, il faut qu'ils apparaissent assez proches sur deux ou trois photos. Vous trouverez dans l'enveloppe une clé USB avec des dizaines de photos de chacun d'eux, et des liens vers des sites où vous pourrez en trouver d'autres.

– Merci, réplique Forain, je connais mon métier, je sais encore où trouver des photos. Je suppose que je ne peux pas demander pourquoi.

– Vous ne pouvez pas, en effet.

Elle regarde d'un œil professionnel les deux hommes et la femme sur les photos.

– Il va me falloir leur nom pour remonter d'autres clichés.

– Ils sont sur un fichier dans la clé USB.

– D'accord, mais je préviens la première dame que c'est la dernière fois que j'ai affaire à vous. Vous êtes désormais toxique, Bonelli.

– Aussi toxique que vous et la première dame êtes vénéneuses, je sais, merci. Ah, j'allais oublier, il me faut ça pour demain, je dois prendre l'avion avec à 18 heures.

– Vous les aurez, dit-elle avant de s'adresser au chauffeur. Jimmy, on le dépose à la prochaine sortie.

La 508 Peugeot quitte le périphérique à la porte de Châtillon, laisse Bonelli en haut de la bretelle et fonce reprendre la voie express de l'autre côté du carrefour. La moto qui l'avait déposé au point de rendez-vous récupère Bonelli et rentre dans Paris.

CHAPITRE 35

Jour 8
07 h 30 – La Villa Bella

Le vin et l'euphorie du repas ont eu raison de Marion qui est restée dormir chez son frère. Un peu gênée de s'être imposée, elle se lève tôt et appelle Marc.

– Comment vont tes côtes ?

– Ça va, rafistolées à la ferraille, je sonne aux portiques des aéroports maintenant…

– Tu vas prendre l'avion ?

– C'est fait, et ça a déjà sonné !

– Où es-tu ?

– À Nice.

– Qu'est-ce que tu viens faire à Nice ?

– Villégiature. Les collègues se sont cotisés pour m'offrir une semaine de repos. D'ailleurs ils m'ont accompagné pour en profiter.

– Marc, ne fais pas l'idiot, laisse tomber Maltaverne, tout va lui péter à la gueule, tu n'as pas besoin de t'en mêler.

– Mais il est hors de question que je m'en mêle, Marion, je suis en convalescence, je te l'ai dit.

– Alors ne fais pas le malin, raisonne tes copains et viens plutôt voir comme Élias est heureux ici.

– Je viendrai, Marion, je viendrai, mais je te laisse, une belle infirmière à la Tex Avery entre dans ma chambre…

– Dany est avec toi ?

Mais il raccroche sans répondre et elle se demande quoi faire pour sortir Marc de ce mauvais plan quand une alerte fait vibrer son téléphone.

La Croix-sur-Roudoule 3/5 : Qui est cet homme qui a cherché à pousser une enquêtrice de la gendarmerie dans un ravin avec un 4×4 Suzuki, a vandalisé et détruit son véhicule le lendemain, et a fait feu sur elle et sa famille ? La réponse se trouve dans une des deux vidéos précédentes.

Suivent trois photos : le Suzuki, la voiture de Marion saccagée, et le visage de Kamel Fouad plein cadre quand il tire sur le drone.

Marion rappelle aussitôt Marc.

– Tu as vu la dernière vidéo ? Marc, Fouad va devenir chaud bouillant, et tous ceux qui vont s'en approcher vont s'y brûler les ailes. Laisse tomber, je t'en prie.

– Je viens de regarder et ça ne parle pas de mon passage à tabac. Ça devrait plutôt motiver mes camarades, mais rassure-toi, ils ne sont pas venus pour Fouad. Nous avons déjà trouvé l'ami que nous étions venus voir.

– Arrête ça, Marc, je t'en prie.

Mais il raccroche à nouveau et la laisse en suspens.

– C'était papa ?

Élias est là, en caleçon, la tignasse en coup de pétard.

– Oui.

– Il va venir voir Amandine ?

– Il va essayer. Tu veux ton petit-déjeuner ?

– Non, je vais préparer celui d'Amandine et lui porter dans la chambre. On n'a pas fini.

– Vous n'avez pas fini quoi ?

– Maman ! se vexe Élias en passant dans la cuisine.

Quand il dit bonjour au lieutenant, Marion se rend compte que Benédicte était là, dans un sofa du salon, silencieuse, un bol de café à la main.

– Bien dormi ?

– Pas beaucoup, avoue-t-elle en levant vers Marion des yeux cernés d'une heureuse fatigue.

– Décidément, encore un matin à la Bridget Jones, soupire Marion, vous avec mon frère, Marc avec ma sœur, Amandine avec mon fils, et moi toute seule !

– Que ça ne vous empêche pas de partager un café avec moi.

Marion accepte et s'assied face au lieutenant.

– Je me sens tellement seule et ridicule que ça ne m'étonnerait pas d'apprendre que Pinson et Cavaillon sont ensemble.

– Quoi, Cavaillon et moi ?

Elles se retournent et Pinson les regarde, les yeux plissés de suspicion.

– Café, Pinson ? propose Marion pour couper court à toute explication.

Et sans attendre la réponse, elle se lève et prépare un bol d'expresso.

– Oui, Pinson ? demande Bénédicte qui devine qu'elle n'est pas venue pour le café.

– Lieutenant, je voulais vous demander quelque chose. Maintenant que votre mari n'est plus suspecté, il n'y a plus de conflit d'intérêts justifiant de vous écarter de l'enquête, n'est-ce pas ?

– A priori…

– Alors je voudrais que vous en repreniez la direction et que vous m'accordiez une semaine de permission, Lieutenant, toute cette affaire m'a épuisée nerveusement. Je suis moins solide que je ne le pensais. Moins que vous et le capitaine, en tout cas. Je voudrais décrocher quelques jours.

– C'est-à-dire que rien n'est vraiment terminé et que tout peut encore changer d'une seconde à l'autre.

– Je vous en prie, Lieutenant, j'en ai vraiment besoin, je suis à bout.

– Décidément, tout le monde se met au vert. Vous n'allez pas démissionner comme le capitaine, j'espère.

– Je n'en sais rien, pour l'instant je veux juste me reposer. Prendre ma moto et me vider la tête. Je crois que je ne suis pas vraiment faite pour le commandement. Et puis je vous laisse Cavaillon !

– Ah, si vous me laissez Cavaillon, alors c'est d'accord. Mais passez la journée à mettre de l'ordre dans ce dossier, que j'y comprenne quelque chose.

– Merci, Lieutenant, dit Pinson qui les salue et sort.

Puis elles aspirent leur café bouillant à petites gorgées bruyantes.

– Pinson fait de la moto ? demande Marion quand la gendarme est repartie.

– Elle en faisait beaucoup avec son mari. Ils avaient intégré l'escadron départemental de sécurité routière ensemble. Lui est mort il y a huit ans pendant une intervention, traîné sur plus de cent mètres par un chauffard à 2,3 grammes.

– Merde, murmure Marion, pauvre fille…

– Elle a demandé à changer d'affectation. Elle n'a jamais vraiment refait de route depuis. De temps en temps, elle fait un peu d'enduro dans la garrigue. Les gamins que vous avez mis en garde à vue pour le saccage de la première scène de crime disent que c'est une vraie championne.

– Vous savez où elle veut aller ?

– Les gorges de Daluis, c'est superbe à moto. Sinon, nous ne sommes qu'à cinquante kilomètres des Alpes italiennes. Ou elle peut faire la Riviera aussi, et la côte italienne jusqu'aux Cinq Terres…

– Je devrais faire de la moto… soupire Marion.

Elle finit son café et ramasse le bol du lieutenant.

– Je vais descendre à Nice, je crois que mon ex est sur le point de faire des bêtises.

– Oui, c'est ce que j'ai cru comprendre.

– Est-ce qu'Amandine et Élias…

– Bien sûr qu'ils peuvent rester, frangine, dit Michel à la place de Bénédicte qui s'en amuse.

Il entre dans la cuisine dans le même état qu'Élias, ce qui fait tomber un demi-siècle supplémentaire sur les épaules de Marion.

– Ils vont venir avec moi chercher les enfants chez les parents. Enfin, quand ils auront fini…

CHAPITRE 36

Jour 8
10 h 00 – Nice

Marion se rend directement au Airbnb dont Marc lui avait parlé, dans le quartier du port, au-dessus de la confiserie Florian. Quand elle frappe, il entrebâille la porte, à moitié nu, le torse bandé, et la fait entrer furtivement comme un bourgeois sa concubine.

– Qu'est-ce que tu fais là ?

Il est seul, mais le petit appartement est jonché de sacs de voyage. De l'équipement pour quatre ou cinq hommes en tout, juge Marion.

– Arrête tes conneries, Marc, qu'est-ce que c'est que ce commando de vengeurs ?

– Des vengeurs, Marion, tu l'as dit. Pour ce qu'ils m'ont fait, et depuis la dernière vidéo, pour ce qu'ils ont essayé de vous faire à Élias et à toi.

– Marc, je t'en prie, reste en dehors de tout ça. Cette affaire, c'est une usine à gaz avec un joint qui fuit et des types qui se baladent la clope au bec. Tout va péter.

– Tu veux un café ? Il y a des calissons à la rose ou à la violette qui viennent d'en bas.

Il lui prépare un café et quelques gourmandises et débarrasse un coin de table.

– Marion, si tout explose, ce sont encore les lampistes qui vont trinquer, alors autant que ce soit moi qui leur présente l'addition, au moins je suis certain que personne ne leur fera de ristourne. Et d'ailleurs, qu'est-ce que tu fais là, toi, sinon la même chose que moi ?

Marion ne répond pas. Elle boit son café, mange un calisson de chaque, et se dit qu'elle préfère la violette avant de se reconcentrer sur ce qu'elle va dire.

– Marc, laisse-moi Fouad, j'ai besoin de lui faire dire deux ou trois trucs.

– Quoi, par exemple ?

– Le nom des hommes du commando qui a éliminé mes coupables.

– Je peux le faire pour toi.

– Tu as vu dans quel état tu es ?

– Je ne suis pas seul. Mes potes sont déjà en repérage sur le terrain.

– Tu m'as dit que tu ne t'intéressais qu'à Maltaverne, alors occupe-toi de lui et laisse-moi Fouad.

Il soupire parce qu'il la connaît, qu'ils ont vécu un bon bout de temps ensemble et qu'ils ont fait un enfant.

– Comment va Élias, il a vraiment baisé cette gamine ?

Elle n'aime pas la pointe de fierté dans ses paroles. Elle lui rappelle toutes les aventures et les fanfaronnades sexuelles de Marc, jusqu'à celle avec sa sœur Dany.

– Il ne l'a pas baisée, Marc, il a juste découvert l'amour, et ne change pas de sujet.

De toute façon elle ne lâchera rien, alors il cède et elle en profite pour lui demander si ses copains l'ont logé.

– Non, après l'histoire de la vidéo, il s'est évanoui dans la nature.

– Marc, je sais quand tu me mens, je l'ai toujours su. Je savais à chaque fois que tu me trompais.

– Sauf pour Dany…

La gifle claque comme un fouet, et le geste qu'il tente pour l'éviter le déchire de douleur et il se retient à la table.

– Désolé, c'était idiot.

– Regarde-toi, le Vengeur bandé !

Mais quand elle se rend compte du sous-entendu involontaire, ils éclatent de rire et la douleur électrise Marc à nouveau.

– D'accord, Marion, mais sois prudente, ce type est aux abois. On pense qu'il peut se planquer chez une ex-tapineuse reconvertie comme fleuriste qu'il aurait installée dans les collines, sur la route de Villefranche, pour s'en faire une sorte de régulière. Un cabanon et quelques serres sur le devant, villa et piscine à l'arrière. Isolé et facile à repérer sur Google. À deux cents mètres d'un genre de guinguette dans les bois.

– Tu en es sûr ?

– Parole de tapineuse : lit de bois, lit de fer, si je mens, je me laisse faire.

– Franchement, Marc, dit-elle en quittant l'appartement, comment peux-tu être aussi con dans des moments pareils !

Sur le GPS de sa voiture, elle repère la route de Villefranche et la guinguette dont parlait Marc, un snack italien, et un peu plus loin, les serres, le cabanon, la villa et la piscine. Elle cherche alors l'hôtel le plus proche sur une appli et trouve le Panoramic, à dix minutes et 157 euros la nuit de là. Elle téléphone et y réserve une chambre. Une de ces constructions blanches à flanc de colline, comme plusieurs maisons de plain-pied empilées, avec une terrasse à balustrades tout en haut pour apercevoir la mer au loin. Elle s'y installe pour une nuit, chambre avec vue, bougainvilliers, parasols en coco, volets bleus et rideau de perles. Elle repère à nouveau les lieux sur son ordinateur portable et décide d'aller les reconnaître sur place en déjeunant chez l'italien.

Le Panoramic n'est qu'à deux kilomètres à vol d'oiseau du snack italien, mais le chemin est un embrouillamini de lacets et de circonvolutions à flanc de colline. Une route étroite qui cache de belles villas, mais bordée de tout et de n'importe quoi. Clôtures, cabanons, grillages, maisons de ciment. Le restaurant est un bâtiment en crépi beige, fenêtres en cadres d'aluminium, recouvert d'un toit du même vert joyeux que celui du drapeau italien. Marion commande des pâtes au *ragu bianco* et un Campari avec des glaçons pour patienter.

Elle a repéré les lieux en s'arrêtant pour demander son chemin, au prétexte de chercher le restaurant. De l'italien au repaire de Fouad, trois cents mètres à peine à travers un épais taillis. L'idéal. Elle gare sa voiture sur le parking du restaurant, comme une cliente, mais coupe à travers bois, traverse la route étroite qui revient en épingle à cheveux, et passe le grillage. Elle n'a remarqué aucune trace de chien. Pas de panneau, pas de niche. Une fois de l'autre côté du grillage, les serres et le cabanon la masqueront à la vue des voitures de passage. Elle revient par le même chemin et rejoint le restaurant.

Comme l'endroit est frais et la serveuse accorte, le patron jovial et le Campari généreux, elle s'accorde une *panna cotta* au café nappée, délicieuse hérésie, de crème anglaise, un *ristretto*, et le *limoncello* offert. Puis elle rentre au Panoramic et s'autorise une sieste sous la tonnelle avant de regagner sa chambre et de se préparer pour le soir.

CHAPITRE 37

Jour 8
20 h 30 – Nice – Quartier de Malgarach

La femme a été belle. Quelque chose d'arabe ou d'ibérique dans l'opulence généreuse de son corps. Mais la terreur dans ses yeux et le sang sur son visage déforment ses traits qui n'ont plus rien d'humain. Elle n'est plus qu'une chair blessée, défaite. Un portrait à la Soutine. Le rimmel de ses yeux trop peints a coulé dans le sang qui la macule. Elle ne dit rien. Elle gémit d'incompréhensibles borborygmes. Des suppliques horrifiées. Des lamentations. Assise contre le mur, indécente, la robe remontée jusqu'à sa culotte dont le satin bleu devient obscène dans la lumière crue de la lampe torche, elle se repousse des talons. Elle voudrait entrer dans le mur à reculons, passer à travers, se réfugier dans la pièce derrière et se protéger de toute cette horreur. Ou au moins se relever, ne pas mourir assise, vautrée par terre, ne pas mourir du tout, crier pitié, hurler pardon, même si elle ne sait pas de quoi. Mais le corps ensanglanté de Fouad pèse dans ses bras et sur ses jambes, sa tête percée de part en part entre ses seins, et elle reste clouée au sol, implorante et en pleurs, à la merci de l'arme pointée sur elle.

– Calmez-vous, dit Marion, la voix feutrée par la laine de sa cagoule, calmez-vous. Que s'est-il passé ?

La femme couine et cache sa tête contre le visage mort de Fouad.

– Qu'est-ce que vous voulez ? Qu'est-ce que vous voulez encore ? Vous l'avez tué ! Vous l'avez tué ! Tué ! Tué ! Tué !

Marion la gifle pour la calmer et la soulève par le bras. Quand la tête de Fouad roule contre le carrelage, la femme hurle de désespoir et se laisse retomber sur lui. Marion la relève à nouveau et la force à s'asseoir sur une chaise à la table encore servie du dîner.

– Que s'est-il passé ?

– Vous l'avez tué ! C'est vous, vous l'avez tué ! Vous l'avez tué devant moi !

– Qui ça, nous ?

– Vous ! Vous ! Vous l'avez forcé à donner des noms et après vous l'avez tué quand même, abattu comme un chien ! Pire qu'un chien !

– Des noms ? Quels noms ?

– Des noms, vous l'avez forcé à les écrire sur le carnet du téléphone et aussitôt vous lui avez tiré dans la tête et il est mort. Putain vous l'avez tué, vous avez tué mon Kamel !

Elle devient une furie, une harpie, une sorcière vengeresse et se jette sur Marion qui tente de la maîtriser, mais doit se résoudre à l'assommer d'un coup de poing au menton. La femme s'affaisse au sol dans un abandon d'ivrogne.

Malgré la surprise de l'exécution de Fouad et la présence de sa compagne, Marion sait qu'elle ne doit pas paniquer. Elle attrape le carnet, arrache les fils du téléphone fixe, repère le portable de Fouad sur la table et l'empoche, fouille la femme pour récupérer aussi le sien, pense aux traces qu'elle aurait pu laisser, et décroche. Avant de sortir des taillis, en face du parking de l'italien, elle attend le moment propice, enlève sa cagoule et sort du bois pour récupérer sa voiture.

Elle se retient de rouler trop vite sur la route étroite, et malgré les nombreux virages en épingle à cheveux et les quelques voitures qu'elle croise, appelle Marc.

– Marc, dis-moi que ce n'est pas vous !

– Marion…

– Putain Marc, Fouad s'est fait descendre, une balle en pleine tête à bout touchant, une véritable exécution. Dis-moi que ce n'est pas toi, Marc, dis-le-moi, je t'en supplie !

– Ce n'est pas lui, Capitaine Barthes.

Marion saute sur les freins et le camping-car qui la suivait la dépasse en chavirant d'un bord à l'autre avant de reprendre sa trajectoire, le klaxon bloqué sur une centaine de décibels furieux.

– Qui êtes-vous ?

– Le meilleur alibi de votre mari, Capitaine, puisque j'ai l'œil sur lui depuis plusieurs heures déjà.

– Passez-le-moi.

– Il est sur haut-parleur, il vous entend.

– C'est Bonelli, Marion, il est remonté jusqu'à moi.

– Bonelli, si vous touchez un cheveu…

– Capitaine, ne dites pas des choses que vous pourriez regretter. Dejà que je dispose désormais d'un enregistrement vous situant sur une scène de crime…

– Je n'ai tué personne, Bonelli, et j'ai pris toutes les précautions pour le prouver, ment-elle, je suis une vraie gendarme, pas un colonel d'opérette comme vous. Laissez Marc en dehors de tout ça.

– Tout à fait d'accord, Capitaine, d'ailleurs je ne suis pas là pour lui mais pour vous.

– Je ne veux rien avoir à faire avec vous, Bonelli, vous pouvez remettre vos embrouilles dans votre musette et dégager. Vous allez tomber et pour rien au monde je ne voudrais manquer ça.

– Même au prix de quinze ans de réclusion pour votre frère ?

– Qu'est-ce que ça veut dire, Bonelli ?

– Vérifiez votre messagerie, je viens de vous envoyer deux photos.

– …

– …

– C’est quoi, ça ?

– De quoi marchander la liberté de votre frère. Je vous l’expliquerai de vive voix quand nous nous rencontrerons.

– D’accord, mais nous deux, seuls, dans un endroit public.

– La grande roue, place Massena ?

– Non, une femme en est déjà tombée.

– C’était un suicide, il me semble, non ?

– Oui, mais vous vous y connaissez trop en suicides arrangés pour que je vous fasse confiance.

– Demain douze heures au bar du Negresco, puisque vous semblez aimer cet endroit.

Ils raccrochent, et Bonelli se tourne vers Marc.

– Lieutenant, tenez votre femme, elle a tout à perdre à vouloir m’affronter.

– On ne tient pas les femmes, Bonelli, ni les gens, ni le pouvoir, on ne tient rien. Tenir, c’est accepter l’idée de devoir lâcher un jour, vous allez bientôt vous en rendre compte.

Mais Bonelli ne l’écoute plus. Il quitte l’appartement, un sourire satisfait sur sa face de premier faux-cul de la classe. Dans l’escalier, il compose le numéro de Maltaverne.

– Demain douze heures au bar du Negresco, je rencontre la petite conne des Affaires Spéciales. Soyez là.

CHAPITRE 38

Jour 9
10 h 00 – Nice – Route de la moyenne corniche

C'est un chemin de craie blanche qui plonge dans la pente depuis la moyenne corniche en surplomb d'Èze. La Mercedes-AMG GT coupé sport argent s'y est engagée la première, suivie de deux Duster noirs. Le second, conduit par un seul homme, s'arrête à l'entrée du chemin pour en bloquer l'accès. Le premier, avec deux hommes à bord, reste dans la poussière de la Mercedes jusqu'à ce qu'elle s'arrête hors de vue de la corniche, le nez face au vide abrupt qui tombe en falaise presque jusqu'à la mer. Le conducteur de la Mercedes descend, une arme à la main, et ouvre la portière arrière à un autre homme qui pousse Maltaverne hors du véhicule. Trois hommes restent à l'écart pendant que le quatrième va chercher une pelle et une barre à mine dans le coffre du Duster. Il revient vers Maltaverne et jette les outils à ses pieds.

– Soit tu creuses ta tombe, soit tu défonces ta caisse.

Maltaverne ne bouge pas, même si sa superbe n'est que de façade.

– Je sais ce que tu te dis et je te comprends, c'est une caisse à cent quatre-vingt mille balles et tu as dû beaucoup magouiller pour te l'offrir avec ta paye de commissaire, tes deux pensions alimentaires et ta casbah dans les beaux quartiers, mais il n'y a qu'une seule bonne question à te poser en la circonstance : est-ce que ta vie vaut plus ou moins que cent quatre-vingt mille balles ?

– Vous allez me dézinguer de toute façon.

– Non, Commissaire, c'est la tombe ou la caisse. Nous, on est réglos.

– Alors je prends la caisse et si vous tenez votre parole, je prendrai le temps qu'il faudra pour vous retrouver tous, un par un.

– Tope là, camarade, nous avons un deal.

Maltaverne se saisit de la barre à mine en surveillant du regard l'homme dont la main se crispe sur son arme.

– Et proprement, d'accord, avec méthode et application : les vitres, le pare-brise, la lunette arrière, les phares, toute la carrosserie et ensuite le tableau de bord, comme tes sbires ont laissé la voiture de notre amie.

Maltaverne hésite un long moment, la barre à la main, puis saisi d'une sorte de frénésie, de rage contre lui-même de s'être laissé prendre comme un bleu, détruit la Mercedes, fracassant chaque bout de tôle, saccageant tout l'intérieur. Il y met toutes ses forces, toute sa hargne et sa colère, le visage dégoulinant de sueur et de larmes de rage, la chemise défaite, hors de sa ceinture.

– Tout sauf les pneus, dit l'homme au bras armé, elle doit pouvoir encore rouler.

– Quoi ? grogne Maltaverne.

L'homme ne répond pas mais lui fait signe de s'écarter. Il pousse le levier de vitesse en position neutre, enclenche le moteur et desserre les freins.

– Allez, dis au revoir à tes cent quatre-vingt mille patates de ripou et pousse-la.

Maltaverne, essoufflé comme un buffle, le cou congestionné par l'effort, hésite à comprendre.

– Balance-la, ordonne l'homme.

Alors Maltaverne, grommelant des jurons contre le ventre de toutes les femmes de leurs familles, pose ses mains de brute sur le coffre défoncé et pousse la Mercedes dans le précipice.

– Parfait, dit l'homme qui passe son arme à un autre, ça, c'était pour la voiture de la femme de notre ami, et maintenant, ça, c'est pour notre ami…

Le crochet au foie casse Maltaverne par surprise. La douleur à double détente lui coupe le souffle puis irradie tout son corps. Il est incapable de rester debout, incapable de se défendre. Il roule sous les coups. La poussière a le goût de son sang et de sa sueur dans la craie. Il encaisse sans chercher à rendre et comprend bientôt que c'est un tabassage, pas une mise à mort. Ils vont l'esquinter, le casser, le briser, mais pas le tuer. Alors il laisse faire jusqu'à ce qu'il perde conscience.

Quand il reprend connaissance, il n'est plus qu'une douleur, meurtri de toute part, incapable de se relever, le regard dans le vide où son AMG GT a basculé. Quand son téléphone sonne, il le cherche des yeux et chaque mouvement de sa tête est un supplice. Il tend le bras pour le repérer dans la poussière, et c'est pire encore. Mais il arrive à décrocher dans la douleur et à coller son oreille à l'appareil.

– Vous devriez déjà être au bar du Negresco.

– Ça va pas être possible, Bonelli…

– Maltaverne, on risque notre peau sur ce coup-là, alors vous vous bougez et vous me rejoignez.

– Je ne peux pas, je vous dis…

– Et pourquoi ça ?

– Parce que…

Mais une détonation met fin à la communication.

CHAPITRE 39

Jour 9
12 h 00 – Nice – Bar du Negresco

– À quoi vous jouez, Capitaine ?

C'est le genre d'arrogance dont elle a horreur. La barbe bien faite, le cheveu gominé, les mains manucurées. Blazer orné d'un écusson et fermé d'un bouton doré pour bien souligner la musculature, pantalon à plis, Weston vintage à pampilles. Cravate bleue et lunettes fines. Garmin Fenix 5 au poignet. La caricature du garde du corps parvenu.

– Le seul qui joue ici, Bonelli, et à des jeux dangereux, voire mortels, c'est vous.

– Je n'ai pas éliminé Kamel Fouad.

– Moi non plus.

– Ni Maltaverne.

– Maltaverne a éliminé Fouad ou Maltaverne a été éliminé ?

– Maltaverne a disparu, explique Bonelli.

– Je n'ai rien à voir avec ça.

– J'ai du mal à vous croire.

– De la part de quelqu'un que plus personne ne croit, c'est presque normal.

– Le Président me croit.

– Je vous en prie, arrêtez avec votre Président, ça n'impressionne vraiment personne à part quelques prétentieux arrivistes.

– Vous devriez vous méfier, ils sont plus nombreux que vous ne le pensez.

– Ils tourneront tous leur veste après les prochaines élections, ne vous faites pas d'illusion, votre temps de pouvoir sera vite passé. Parlons plutôt de ces photos. Qu'est-ce que c'est encore que cette magouille ?

– Je sais où en sont vos enquêtes, Capitaine, et je sais ce que vous voulez prouver : un lien entre les trois meurtres et le dossier Olivier Poitevin. Vous êtes sur le point d'établir l'identité des meurtriers comme étant les neveux et la nièce de Poitevin. Peut-être est-ce même déjà fait.

– Quel rapport avec les photos ?

Bonelli glisse face à Marion une première photo.

– Ici, avec votre frère Michel, c'est Jules Poitevin, celui qui travaille en Afrique, en Casamance plus exactement, pour Global Human Relief.

Sur la photo, on reconnaît Michel, un verre à la main, au milieu d'un groupe de personnes écoutant attentivement Jules Poitevin. Bonelli glisse un autre cliché sous les yeux de Marion.

– Là, c'est votre frère Michel bras dessus, bras dessous avec Laura Poitevin…

– D'accord, j'ai compris, c'est quoi l'idée ?

– C'est tout simple : si les enquêtes n'établissent pas l'identité des assassins, ces documents ne feront pas de votre frère un de leurs complices. On ne saura jamais qui étaient les assassins de Le Guern et compagnie, et personne n'aura à savoir que votre frère en était si proche.

Marion repousse les photos vers Bonelli et se lève.

– Je vous renvoie aux mots d'Audiard sur les cons qui osent tout, dit-elle en quittant le bar sans payer.

– Dans vingt-quatre heures, ces photos seront sur les réseaux, Capitaine.

– Vous serez politiquement mort bien avant, Bonelli, et votre Président vous aura déjà lâché !

CHAPITRE 40

Jour 10
09 h 00 – Paris – Élysée – Bureau du Président

La colère du Président les sidère. C'est un incompréhensible caprice, une folie furieuse.

– Écoute, c'est fini, la pièce est jouée, si tu ne te décides pas tout de suite, cette affaire va tous nous emporter. Il faut agir maintenant !

– Non, réplique le Président d'une voix blanche, je ne le lâcherai pas, trouvez une autre solution.

– Mais il a monté un commando de flics ripoux pour tuer trois personnes, il a usurpé des fonctions et des compétences, il a menacé des gendarmes, c'est un fou furieux, il se croit intouchable ! Il est devenu dangereux et incontrôlable !

– On ne le touche pas, et je ne le lâcherai pas. S'il a descendu ces gens, montez une affaire de terrorisme. Un assaut contre une planque. Politisez l'affaire des trois crimes. Les ultras anti-chasse, c'est très bien.

– Tu ne te rends pas compte, nous sommes bien au-delà de ça. Tout va se savoir très vite. Les vidéos sur les réseaux ont mis tous les médias sur l'affaire.

– Les médias, je les tiens, j'ai payé assez cher pour ça. Place ça sous le secret défense, une intervention d'un commando de la police ou de la gendarmerie.

– Ça ne tiendra jamais, si tu fais ce genre de mouvement et que la prochaine vidéo nous prend à contre-pied, tu deviendras le premier président de la République à être destitué.

– Conneries !

– Monsieur le Président, intervient le garde des Sceaux venu prêter main-forte au ministre de l'Intérieur, l'article 68 issu de la révision constitutionnelle de 2007 stipule clairement que le processus de destitution peut être déclenché « *en cas de manquement du chef de l'État à ses devoirs manifestement incompatible avec l'exercice de son mandat* », et que ce manquement peut concerner le comportement politique, mais aussi privé, du Président, à condition que ses actes aient porté atteinte à la dignité de sa fonction.

– Je n'ai porté atteinte à rien du tout. Bonelli a réglé un problème de sécurité intérieure et je n'ai commis aucune infraction !

Il hurle comme un gamin et ça les sidère encore.

– Monsieur le Président, la procédure de destitution peut être déclenchée en dehors de toute infraction pénale. Elle constitue une sanction politique dont l'immunité pénale ne vous protège pas.

Le Président hésite, fulmine en silence, puis se calme soudain et retourne s'asseoir à son bureau.

– Je ne sacrificrai pas Bonelli. Il n'a fait qu'essayer de me protéger. Si vous n'êtes pas d'accord avec ça, présentez-moi votre démission et je l'accepterai.

– Comment oses-tu dire des choses comme ça, répond Chastaing, c'est nous qui te protégeons en t'alertant ! Cette affaire Poitevin n'en est une que parce que ton Bonelli a joué les barbouzes en l'assassinant, et pour quoi, je te le demande ? Pour le listing des principaux donateurs de ta campagne ? Mais ces noms figurent déjà dans le dossier de la commission des comptes de campagne. Médiapart et le *Canard* les ont publiés, toute la presse les a commentés.

– Écoute, écoutez-moi bien tous les deux, je vous le dis et vous le redis, personne ne se débarrassera de Bonelli.

– Tu n'y survivras pas...

– Bien sûr que si. J'ai l'immunité pénale, une majorité absolue, et les médias à ma botte. Je m'en sortirai comme tous mes prédécesseurs s'en sont sortis jusqu'à présent. On éclate l'affaire en une multitude de dossiers, on joue sur les conflits et les jalousies de compétences des parquets et des polices, on actionne l'inertie de tous les services de l'État impliqués, on mine et on sabote les procédures, voilà ce que je vais faire, avec ou sans vous.

– Ça ne suffira pas. Ça va te coûter ta réélection.

– Non, ça va faire du bruit et ça va tanguer, c'est tout. L'essentiel est que ça dure, deux ou trois ans au moins, que nous nous retranchions derrière les leitmotivs de base, « la justice est saisie », « l'instruction est en cours », « la présomption d'innocence », « la séparation des pouvoirs »…

– Mais dans quel but, Monsieur le Président ? s'inquiète le garde des Sceaux, qui connaît pourtant déjà la réponse.

– Laisser du temps au temps, dépassionner l'affaire, sortir des dossiers de circonstance sur les grandes gueules de l'opposition, organiser des fuites sur quelques failles du dossier et les monter en épingle, et surtout, surtout, attendre que la nature humaine fasse son job et que l'opinion publique se passionne pour autre chose : foot, incendie, inondations, attentats, mort d'idole, dopage, n'importe quoi. Vous savez très bien tous les deux que ça s'est toujours passé comme ça, et que tous mes prédécesseurs s'en sont sortis de cette façon. Est-ce qu'un président ou un ministre gaulliste est tombé à cause du SAC ? Est-ce que Mitterrand est tombé à cause des écoutes ou de sa fille cachée ? Est-ce qu'un ministre socialiste est tombé pour toutes les carambouilles du PS et de son financement ? Est-ce que Hollande est tombé à cause de ses galipettes ? Est-ce que porter les croissants en scooter à sa maîtresse ne portait pas atteinte à la dignité de sa fonction ? Alors on ne touche pas à Bonelli, on met le couvercle sur l'affaire de la fusillade et on fait le dos rond.

Le garde des Sceaux soupire, les yeux fermés et les sourcils écarquillés, pendant que Chastaing consulte son téléphone.

– Si ma stratégie ne t'intéresse pas, je te rappelle que j'accepterai ta démission, se vexe le Président.

– J'ai peur que ce soit trop tard, répond le ministre de l'Intérieur en faisant glisser son portable sur le bureau du Président.

La Croix-sur-Roudoule 4/5 : Que faisait Alexis Bonelli, conseiller à l'Élysée en charge de la coordination de la protection du Président et lieutenant-colonel de la réserve citoyenne de la gendarmerie, c'est-à-dire sans aucune compétence judiciaire, sur la scène de crime d'un assaut paramilitaire contre de présumés coupables de meurtres en relation avec l'affaire Poitevin, et dont ni les victimes, ni les assaillants n'ont été retrouvés ? Question subsidiaire : pourquoi était-il accompagné, dans le même hélicoptère de la Gendarmerie nationale, d'une procureur de la République, de la préfète des Alpes-de-Haute-Provence et du commissaire Maltaverne de la police judiciaire de Nice ?

Au grand désespoir des deux ministres, le Président reste étrangement calme à la lecture de ce nouveau message.

– Alors les dés sont jetés. Il ne nous reste plus qu'à faire comme j'ai dit. On enlise et on bétonne toutes les procédures. Je ferai une déclaration à la presse demain en invoquant un raid antiterroriste.

– La presse vous demandera des précisions et le parquet antiterroriste se saisira de l'affaire.

– La presse dira ce qu'on lui dira de dire, et l'assaut sera classé secret défense, ça devrait suffire.

– Mais il faudrait pour cela que le commando ait agi au nom de l'État ou d'une force publique.

– Eh bien qu'il en soit ainsi. Je communiquerai demain sur le thème d'une action de nos services secrets pour éliminer une menace terroriste. Vous, dit-il au ministre de la Justice, informez la hiérarchie du parquet dans ce sens, et toi, Chastaing, campe sur cette ligne : la fusillade est le fruit d'une action secret défense contre une menace terroriste.

Il se lève, signifiant froidement à ses interlocuteurs qu'il met fin à l'entretien, puis, à la dernière minute, sur le pas de la porte de son bureau, les gratifie d'une tape amicale sur l'épaule.

– Ne vous en faites pas, tout se déroulera comme je l'ai dit. Et ne faites pas les idiots avec vos démissions. Ce n'est politiquement pas le moment.

Ils gardent le silence jusque dans la cour de l'Élysée, quand Chastaing prend le ministre de la Justice par le bras.

– Dis à ton chauffeur de nous suivre, je te raccompagne place Vendôme.

Dans la voiture, Chastaing est direct.

– Il est fou. Son attachement à ce fanfaron de barbouze dépasse l'entendement. C'est complètement irrationnel, et il va tous nous faire tomber ! Lui s'en fout, il peut compter sur les jetons de présence de tous les conseils d'administration des entreprises publiques qu'il aura privatisées. Je ne sais pas ce qu'il en est pour toi, mais moi je n'ai pas de parachute doré pour sauver mon cul des ronces !

Le ministre de la Justice n'est pas dans sa voiture et, par un réflexe de prudence, évite de répondre en présence du chauffeur.

– Écoute, reprend Chastaing, garde le couvercle de la Justice sur cet imbroglio quelques jours. Donne-moi une semaine pour trouver comment éliminer cet olibrius.

– Tu veux dire…

– Non, pas physiquement, juste l'éliminer de l'entourage immédiat du Président. Laisse-moi une semaine pour faire le ménage.

– Et après ?

– Après, nous mettons nos services à l'abri et organisons une fuite sur l'affaire en la ramenant à une simple affaire criminelle, et on laisse les médias débusquer Bonelli en leur donnant un petit coup de main si nécessaire.

– Mais si entre-temps l'autre fou parle officiellement devant tout le pays d'une affaire de terrorisme ?

– C'est comme ça que nous nous débarrasserons de Bonelli. Il sera obligé de rétropédaler, d'avouer avoir été trompé par son conseiller et de se désolidariser de lui. Après, une fois Bonelli dans les mains de la justice mais déjà condamné par l'opinion publique, je veux bien, s'il le faut, pour sauver notre peau, jouer la montre comme il l'a prévu.

– Et pour l'affaire Poitevin ?

– Il n'y a pas d'affaire Poitevin. Ce pauvre parpaillot s'est jeté d'un pont après une histoire de cul. Point barre. Et les rumeurs concernant son rôle dans la campagne et le fichier des donateurs n'ont aucun sens, vu que le nom des donateurs a déjà été publié. Les trois morts ont simplement été victimes d'extrémistes barbares anti-chasse qu'on n'a jamais retrouvés. Ça suffira jusqu'aux élections.

– Tout de même, je n'aime pas ça, murmure le garde des Sceaux en descendant de la voiture. J'ai le terrible pressentiment qu'il manque une pièce au puzzle. Et la plus dangereuse.

– Rassure-toi, s'il en existe une, je la trouverai. J'y ai autant intérêt que toi.

CHAPITRE 41

Jour 10
09 h 00 – Nice – Hôtel Panoramic

Maltaverne, Vasseur, Zvorak, Gabaldi… le dernier nom apparaît en creux sous le graphite du crayon : *Guillot.* Fouad devait être terrorisé pour avoir autant appuyé sur le stylo. Marion aurait pu retrouver les noms gravés dans le papier des deux ou trois pages blanches suivantes. Elle appelle Marc qui décroche aussitôt.

– Ça va ? Pourquoi tu ne m'as pas appelé plus tôt ? Merde, Marion, j'étais mort d'inquiétude.

– Désolée, je suis rentrée à l'hôtel un peu sous le choc. Ce fumier veut piéger mon frère avec des photos. Apparemment, Michel aurait fréquenté les neveux Poitevin.

– Tu sais d'où sortent ces clichés ?

– Non, mais même si ce sont des photomontages, leur diffusion renverrait illico Michel en garde à vue avec de possibles preuves matérielles d'un lien direct avec les assassins.

– C'est quoi le deal, alors ?

– Je ne me sers pas de l'identification des corps de Combalas, et il ne divulgue pas les photos de Michel.

– Que vas-tu faire ?

– Je crois que j'ai la liste des membres du commando, mais si je l'ai trouvée chez Fouad, c'est que celui qui l'a descendu l'a forcé à l'écrire avant. Promets-moi que ce ne sont pas tes amis, Marc.

– Marion, je te l'ai déjà dit, cette liste ne nous intéresse pas. Ils sont venus pour me venger du tabassage et deux personnes seulement devaient payer : Maltaverne pour l'avoir commandité, et Fouad pour m'avoir piégé. Le reste, je m'en fous, et mes potes sont déjà sur la route pour rentrer à Paris… Marion ?… Marion ?

– Marc, si tu es dans l'appart, branche la télé sur BFM.

– Tu regardes BFM, toi ?

– Marc, dépêche-toi !

... à la sortie de Nice. Le nom du commissaire Maltaverne avait été plusieurs fois cité dans les mystérieux messages concernant ce qui est depuis devenu la fameuse affaire de La Croix-sur-Roudoule. La Mercedes-AMG GT coupé sport du commissaire a été retrouvée complètement détruite à cent mètres en contrebas du chemin sur lequel le corps a été abandonné. Les constatations des premiers secours que nous avons pu approcher parlent d'un passage

à tabac suivi d'une exécution d'une balle en pleine tête à bout touchant. Malgré l'identité de la victime, c'est pourtant bien à la police judiciaire de Nice, à laquelle appartenait le commissaire Maltaverne, que la procureur a décidé de confier l'affaire...

– Tu as entendu ?

– Marion, je peux te jurer que ce n'est pas nous !

– Je te crois, Marc, mais quelqu'un dans cette affaire nous précède ou nous suit avec un but bien plus sinistre que nos petits règlements de compte. Quelqu'un remonte la liste du commando pour les éliminer. Tu peux demander à ceux qui t'ont renseigné sur Fouad de se rencarder sur les autres : Vasseur, Zvorak, Gabaldi et Guillot ?

– Marion, avec les questions que j'ai posées sur Fouad et Maltaverne et ce qui leur est arrivé depuis, je dois déjà être en tête des suspects aux yeux de la PJ. Je ne peux rien leur demander d'autre.

– Quelqu'un aux mœurs, alors. Explique-leur qu'il ne s'agit pas de les éliminer, mais de les protéger. Ils ont un tueur aux trousses.

– Ça m'aiderait à les convaincre si tu avais une idée de qui ça peut être ?

– Il n'y a pas trente-six solutions, Marc : soit quelqu'un venge les victimes du commando, soit quelqu'un nettoie le commando.

– Et ta préférence ?

– Je verrais bien un nettoyeur, étant donné le ramdam provoqué par le dernier message sur les réseaux. Et pour devancer ta question, oui, pourquoi pas Bonelli ?

Marion raccroche et se lève, l'esprit confus, pour aller prendre une douche. Ce sentiment insidieux que quelque chose d'évident fait défaut. Une flagrance qui lui échappe. Elle reste longtemps sous l'eau bouillante, termine par un jet glacé et revient dans la chambre en s'essuyant. Dehors, quelque part sous les palmiers et les bougainvilliers, un homme joue avec son chien qui aboie. Elle les cherche des yeux et les repère à travers les feuillages. C'est un gros chien noir, vif et puissant, agile, qui bondit autour de l'homme qui le taquine d'une balle de tennis à la main. Un beau chien, se dit-elle, même si elle n'y connaît rien en chiens. C'est peut-être ça, un Saint-Hubert. Ou un poitevin. Un poitevin… Un poitevin !

Elle suspend son geste, nue à la fenêtre, ses bras en l'air, la serviette dans ses cheveux. Le chien n'aboie plus. Elle le cherche des yeux, et l'homme est là, face à l'hôtel, qui la regarde, sourire aux lèvres. Elle recule et se cache aussitôt dans l'ombre de la pièce, mais elle se fiche de sa nudité et de l'homme qui en profitait. Merde, poitevin, comment n'y avait-elle pas pensé plus tôt ? Elle se souvient maintenant :

– Kinsky a identifié les morsures d'au moins trois chiens, selon lui des bêtes comme des Saint-Hubert, vous avez du nouveau là-dessus ?

– *Des Saint-Hubert ou des poitevins, des races de chiens de meute à long museau...*

Elle s'habille tout en composant un numéro sur son téléphone.

– Loïse, je peux te demander un service ? Dans la chambre de musique, là où Élias a affiché au mur tout mon dossier, tu peux photographier les trois pages avec les listes de mots ? Merci.

Elle reçoit les trois photos et les transfère aussitôt sur son ordinateur. Et l'évidence s'impose. Cette fois, elle compose le numéro de Bénédicte.

– Lieutenant, c'est Pinson !

– C'est Pinson quoi ?

– D'une façon ou d'une autre, c'est elle qui est impliquée dans cette affaire.

– Quelle affaire ?

– Je n'en sais rien encore, les trois crimes, l'affaire Poitevin, la fusillade, je ne sais pas, mais elle est impliquée.

– Comment pouvez-vous dire ça ? Qu'est-ce qui vous le fait penser ?

– Dans le deuxième crime, Kinsky n'avait mentionné que des Saint-Hubert comme chiens de chasse capables d'infliger de telles blessures. C'est Pinson, quand je lui rapporte ce qu'a dit Kinsky, qui rajoute « ... *ou des poitevins* ».

– Et alors ?

– Et alors c'est elle aussi qui donne « poitevin » dans la fameuse liste de mots.

– Marion, ça ne veut rien dire !

– Écoutez-moi, Lieutenant, j'ai les trois listes sous les yeux. Nous étions sept à parler à tour de rôle et dans le même ordre à chaque fois. Comme Pinson a toujours donné le premier mot, c'est facile de lister les mots qu'elle a inclus dans ce jeu qu'elle a elle-même proposé, vous êtes d'accord avec moi, non ?

– Peut-être, et ça donne quoi vos suppositions ?

– Ça donne entre autres, toutes listes confondues : *châtiment, olivier, vengeance, traque, punition, poitevin, exécution, planification.*

– Et quelles conclusions en tirez-vous ?

– Que le mot qui relie nos trois crimes au dossier Poitevin a été volontairement introduit dans l'enquête par Pinson elle-même, et que toutes ses autres propositions concordent à décrire ces crimes comme une traque pour piéger les victimes et les châtier dans le cadre d'une vengeance organisée.

– Marion, c'est un hasard, ou une extrapolation qui ne tient pas debout. Vous savez très bien que c'est votre fils, Élias, qui a établi le lien entre les mots *olivier* et *poitevin*.

– Je sais, Lieutenant, et peut-être que ce hasard a suffi à Pinson, mais il n'empêche qu'elle s'est arrangée pour inclure dans la procédure tous les éléments pouvant expliquer les crimes et leurs liens avec le dossier Poitevin.

– Mais dans quel but ?

– Je ne sais pas. Peut-être pour se laisser, à tout moment, la possibilité d'orienter l'enquête.

Lieutenant, pensez aussi à ça : d'une façon ou d'une autre, Pinson est impliquée ou à l'origine de chaque avancée de l'enquête vers le dossier Poitevin.

– Dans ce cas, vous savez ce que ça sous-entend, Capitaine.

– Oui, que Pinson en sait beaucoup plus que nous sur toutes ces affaires. Soit elle est meilleure gendarme que nous, soit elle est impliquée. Mais le pire n'est pas là.

– Et où est-il ?

– Il est dans le fait que Pinson est quelque part dans la nature.

– Oui, et à moto en plus.

– Alors espérons qu'elle soit bien assurée.

– Pourquoi dites-vous ça, Capitaine ?

CHAPITRE 42

Jour 11
Italie – Maquis de Olivetta San Michele

Pierrot Vasseur et Rémi Gabaldi, torse nu au soleil, l'arme glissée dans la ceinture de leur jeans, saucissonnent sur le muret. Ils surplombent toute la garrigue jusqu'aux eaux vives de la Roya, tout au fond du ravin. Vasseur a envoyé sa femme et son fils se mettre à l'abri chez ses beaux-parents, à Limoges, « le temps que passe l'orage ! ». Gabaldi n'a rien d'autre à protéger que sa peau, et cette bergerie qu'il a pu acheter grâce aux bonnes affaires de Maltaverne. Un fortin au cœur du maquis, d'où ils peuvent surveiller la *strada statale* 20 et la *provinziale* 73. Ils ont acheté des provisions pour une semaine, au passage, à Olivetta San Michele. Loin sur la route, Gabaldi regarde passer une moto solitaire et rêve d'escapades, d'équipées sauvages, de Harley Davidson et de traversée de l'Ouest américain jusqu'à Monument Valley. Il le dit à Vasseur.

– Et toi ?

– Je sais pas faire de moto.

Gabaldi le regarde, étonné, puis en rit.

– Demain, sauf alerte, on ira se baquer dans un des petits paradis du coin, à Laghetti di Rocchetta. Plonger d'une cascade de cinq mètres dans un trou d'eau d'émeraude au creux de la montagne. Et si ça te plaît, on se fera tous les *laghetti* un par un, Rio Carne, Loreto, Pereguzzo, Badalucco…

– Je sais pas nager, lâche Vasseur sans honte.

– Alors on se fera les *trattoria*, j'en connais autant que de *laghetti* !

– On se fera surtout discrets. Ils ont eu Maltaverne et Fouad et ça m'étonnerait qu'ils s'arrêtent là.

– Moi je m'en fous, je veux rester toute ma vie ici à manger du *salam d'la duja* confit dans sa graisse de porc et de la mortadelle de foie cru, avec de la *rabiola* ou de la *toma piemontese*, des châtaignes ou des fraises de Cueno, à faire descendre avec un petit pinot grigio ou un *muscato*…

– Désolé, mais si tu n'as pas d'andouillette à la moutarde ou de tête de veau sauce gribiche, tu ne vas pas me garder très longtemps dans ton pays de macaronis…

– Arrête de faire ton sanglier. On ira chez Mariza un peu plus loin sur la *provinziale*, elle a de la tête en boîte : tête, langue, gorge et graisse de porc, ça devrait être assez dégueulasse pour toi !

Sa tête, à lui, explose comme une pastèque. Son corps bascule en arrière et tombe du parapet à la renverse sous l'impact. Vasseur n'a pas le temps de paniquer, la seconde balle lui transperce la poitrine. Il survit quelques secondes, à s'étonner de mourir, en Italie, au soleil, si loin de son fils. Puis sa tête s'affaisse sur ses genoux, il tombe en avant et roule dans la pente à travers le maquis jusque dans le torrent tout en bas.

CHAPITRE 43

Jour 11
09 h 30 – Puget-Théniers – Gendarmerie

– Je l'ai, s'exclame Cavaillon, fier comme un Galabru, en tirant la photo hors de l'album.

– J'en était sûr, dit Michel, il n'y a guère que ce jour-là que j'étais habillé comme ça, et c'était sur les conseils de mon avocat.

– Ce n'est pas la même photo, mais celle utilisée pour le montage fait bel et bien partie de la même série, murmure Marion. Même tenue, même coupe de cheveux, même lumière. Or, d'après le dossier de Pinson, Jules Poitevin était en Afrique cette année-là. Sauf à démontrer qu'il serait revenu pour quelques jours en France, ça confirme l'hypothèse du montage.

– Alors il n'y a rien à craindre et nous pouvons la contester.

– Michel, cette affaire est devenue un marécage nauséabond, le moindre faux pas t'enlisera dans un marigot dont tu ne sortiras jamais tout à fait blanchi. Si c'est un montage, Bonelli sait très bien que c'est démontrable. Son but n'est pas de construire une fausse preuve, c'est de me persuader qu'il peut te jeter en pâture à la meute et te faire condamner par l'opinion publique.

– Vous allez le laisser faire, alors ? s'insurge le lieutenant Massot.

– Oui, et sa réaction sera un indice de sa détermination. C'est lui la souris maintenant, même s'il est rapide et malin comme Jerry, mais nous, nous sommes les chats. C'est à lui de faire le premier pas dans le marécage, pas à nous.

– Marion a raison. Laissez-le se dépêtrer tout seul du merdier dans lequel il s'est mis. Le temps qu'il s'active à se sortir le cul des ronces, nous serons peut-être tranquilles.

– Ça m'étonnerait, doute Cavaillon.

Tous se retournent vers lui, puis suivent son regard de l'autre côté de la baie vitrée. Sur le parking de la gendarmerie, deux limousines se garent. Le lieutenant Massot reconnaît l'homme qui descend de la première à ses galons. Le général de division Lecarré, commandant le pôle judiciaire de la Gendarmerie nationale. Marion connaît celui qui descend de l'autre limousine, c'est un général lui aussi, Dubreuil, commandant des Affaires Spéciales. Il est suivi d'un autre général, celui ayant autorité sur la région PACA.

Le protocole a été coordonné à l'avance. Le capitaine Barthes est entendu par Dubreuil et le commandant de région, et le lieutenant Massot par Lecarré. D'un regard, les deux gendarmes se sont concertées pour dirc toute la vérité.

– Vous rendez-vous compte, Capitaine Barthes, du nombre d'irrégularités et d'infractions à la loi et au règlement que vous avez commises dans cette affaire ?

La voix est froide et rigide, mais la dureté du ton n'est qu'apparente.

– Sauf votre respect, mon Général, vous rendez-vous compte de quel dossier vous m'avez chargée sans me prévenir qu'il était pourri à la base par l'affaire Poitevin ?

– Il suffisait d'en référer à votre hiérarchie, Capitaine.

– Cela signifie-t-il qu'officiellement ma hiérarchie n'en savait rien, mon Général, ou qu'elle était au courant et aurait réagi en fonction d'éléments matériels qu'elle aurait, ou pas, choisi de me faire savoir ?

– Ce que sait ou ne sait pas votre hiérarchie et les devoirs qui lui incombent ne sont pas de votre ressort, Capitaine. L'obéissance est votre seul lien envers vos supérieurs.

– Je croyais que l'honneur, de l'État en général et de la gendarmerie en particulier, prévalait sur tous nos autres devoirs, mon Général.

– C'est très juste, Capitaine, mais n'oubliez jamais qu'il ne vous revient pas de définir cet honneur. C'est à l'État de le faire, et à nous de le défendre en conséquence.

– Mon Général, permettez-moi de m'étonner de cette curieuse conception d'un « honneur d'État » qui l'emporterait sur l'honneur tout court.

– Capitaine, vous avez bien une conception personnelle de l'honneur, n'est-ce pas ?

– Bien sûr, mon Général, et j'espère que je vous le démontre par mes propos.

– Eh bien pourquoi l'État n'en aurait-il pas ?

– Parce que l'État n'est pas une personne mais une entité administrative dont l'honneur, s'il devait exister, ne serait que la somme des honneurs individuels de ceux qui la composent…

– Sauf votre respect, mon Général… interrompt le commandant de région.

– Oui, je sais, Général, cette conversation ne nous mènera pas très loin. Rejoignez plutôt le général Lecarré pour décider du sort du lieutenant. Pour ma part, celui du Capitaine est déjà scellé et je vais l'informer des mesures disciplinaires que nous allons prendre à son encontre.

Dès que le commandant de région quitte le bureau, le général reprend la parole.

– C'est quoi toutes ces conneries, Capitaine ?

– Encore une fois, mon Général, demandez à Danglade.

– Capitaine, il ne vous aura pas échappé que Danglade ne nous a pas accompagnés. Il est aux arrêts.

– Parfait ! Avec la dispense d'exécution automatique de la peine, je supposc ? La belle affaire !

– Dans l'attente de plainte extérieure ou de poursuites judiciaires, il fait d'ores et déjà l'objet d'une enquête administrative de la part de l'IGGN concernant sa gestion du dossier Poitevin. Mais Danglade n'est pas l'objet de cette discussion, Capitaine, le sort dont nous devons débattre, c'est le vôtre.

– J'ai déjà démissionné, mon Général…

– Par téléphone, vraiment, et puis quoi encore ? Par SMS ? Sur TikTok en langage des signes ? Vous vous croyez où, Capitaine, dans une start-up à l'américaine ?

– Faites-moi porter du papier et un stylo et je vous la confirme par écrit, mon Général.

– Fermez-la, Barthes, et arrêtez vos pitreries, vous êtes membre de la Gendarmerie nationale, directrice d'enquête aux Affaires Spéciales, vous croyez peut-être que votre démission ne dépend que de vos caprices personnels ? Votre enquête a ébranlé l'État jusqu'au plus haut niveau, et vous voudriez en esquiver les conséquences en filant à l'anglaise ? Il n'en est pas question !

CHAPITRE 44

Jour 12
Quelque part dans les Alpes

La nuit bleuit la montagne rase, qu'une lune mate feutre de reflets orangés. À plat ventre derrière un rocher, Marion observe la bergerie à mi-pente. Aucun signe de vie et pourtant, d'instinct, elle sait que quelqu'un s'y cache. Zvorak sans doute, et peut-être même Guillot, les deux survivants du commando de Maltaverne. Il n'y a pas d'autre cache à des kilomètres à la ronde de la moto de Pinson qu'elle a repérée derrière un rocher, cinq cents mètres plus bas. Ou alors Zvorak et Guillot ne sont pas encore arrivés et Pinson les attend, à l'affût dans l'abri. Marion s'étonne encore de la décision de Dubreuil de la forcer à continuer l'enquête, officieusement et sous son autorité directe. Qui mène le jeu désormais, Dubreuil tout seul, la gendarmerie, le Ministre ? Dans quelle galère cette nouvelle embrouille va-t-elle l'embringuer ? Quand le canon se pose sur sa nuque, Marion se fige.

– Ne te retourne pas : un geste, un cri, et tu n'as plus de tête.

Voix d'homme, assurance de flic ou de voyou, léger accent : Zvorak, sûrement. Il la fouille, confisque son arme, prend ses menottes et l'entrave, puis la bâillonne d'un mouchoir dans la bouche.

– Tu crois peut-être qu'une moto, ça ne s'entend pas en montagne, la nuit ?

Et une voiture électrique, ça s'entend peut-être, pauvre con ! Il la redresse sans ménagement et la pousse vers la bergerie.

– Tu croyais nous avoir comme les autres ?

Donc ils sont bien deux.

– Tu vas nous expliquer qui tu es, pour qui tu travailles et pourquoi tu as dézingué nos amis. Après, on s'amusera un peu avec toi, puis on te dézinguera à ton tour pour les venger.

Il la pousse devant lui, sous la menace d'une arme de poing. Il garde ses distances. Elle sait maintenant que Guillot aussi est là. Dans l'ombre de la bergerie, sans doute. Peut-être qu'il la tient dans sa ligne de mire lui aussi. Pour l'instant, sauf imprévu, ses chances de s'en sortir sont pratiquement nulles. De nuit, isolée, en montagne, menottée, désarmée…

Derrière elle, Zvorak trébuche et tombe en jurant. Elle se retourne et le voit rouler à terre, l'épaule arrachée par un impact, mais l'arme toujours dans son autre main. Quand il se cogne à une pierre qui le bloque, il se redresse sur ses genoux et vise Marion. Elle se jette dans la pente au moment où le deuxième impact explose la jambe gauche de Zvorak. Les mains entravées dans le dos, Marion roule dans l'herbe et se blesse aux pierres avant de buter contre une souche. Dans la seconde qui suit, le corps ensanglanté de Zvorak s'affale sur elle sans qu'elle puisse s'en dégager. Elle a son œil contre le sien, sa bouche pue déjà le sang et la mort, et pourtant il trouve encore la force de la traiter de salope avant de perdre connaissance.

Quelques minutes plus tard, un mouvement se dessine dans la nuit. Des boots contre son visage, une main gantée de cuir qui l'agrippe par le col et la dégage du corps inerte de Zvorak.

– Ça va, Capitaine ? Vous en avez mis du temps à me repérer. Le GPS antivol de l'assurance de ma moto, c'est ça ?

Mais Pinson n'attend pas de réponse et laisse le bâillon dans la bouche de Marion, même si elle devine la supplique dans son regard.

– Ne vous mêlez pas de ça, Capitaine. Et puis c'est presque terminé, il ne reste plus que Guillot, c'est le dernier. Restez là et ne bougez pas, je n'en ai plus pour longtemps. Je reviens m'occuper de vous après.

Pinson disparaît hors du champ de vision de Marion qui se retourne sur le dos pour essayer de la suivre du regard. Au-dessus d'elle, au-delà du halo de la lune, le ciel sans fond est piqueté d'étoiles qui se brouillent quand des larmes de rage lui inondent les yeux. La cavale de Pinson ne peut désormais se finir que dans le drame ou la mort. Elle s'en veut de ne pas avoir su deviner toute cette haine et cette hargne de vengeance chez cette maréchale des logis-cheffe si rigoureuse et si méticuleuse. Même si elle ne comprend pas de quelle façon Pinson est impliquée dans toute cette horreur.

Bien plus tard, Pinson revient, redresse Marion pour qu'elle puisse marcher.

– Montez vous réchauffer et reprendre des forces là-haut, dit-elle en agrippant Zvorak qui revient à lui pour le tirer par le col jusqu'à la bergerie.

À quelques mètres de la cabane, elle commande à Marion de l'attendre et traîne Zvorak à l'intérieur. Quand elle ouvre la porte, Marion aperçoit celui qui doit être Guillot, le corps ensanglanté à même le sol, adossé au pilier en bois qui soutient le toit. Puis Pinson referme la porte et s'affaire à l'intérieur avant de ressortir à reculons. Un jerrican à la main, elle asperge la porte et les murs en bois sous les yeux effarés de Marion qui hurle à travers son bâillon. Alors elle craque une allumette et met le feu à la bergerie, sans aucune pitié pour Zvorak et Guillot dont le ronflement sourd du feu étouffe les cris désespérés.

– Je vous abandonne, Capitaine, je dois récupérer quelque chose pour vous. Nous nous reverrons, je vous appelle bientôt et tout ça sera terminé. Je laisse les clés des menottes sur le capot de votre voiture. Ne restez pas là, pas la peine de vous impliquer dans cette histoire. Disparaissez. Faites attention dans la pente à ne pas perdre votre équilibre avec vos mains dans le dos.

Puis elle part en courant, son ombre folle étirée devant elle par le rougeoiement de l'incendie. Marion n'est pas encore à mi-chemin qu'elle entend la moto rugir dans la nuit.

CHAPITRE 45

Jour 12
11 h 00 – Route de Saint-Martin-d'Entraunes

Une glycine généreuse ombrage la vaste tonnelle. Le soleil, à travers le feuillage, compose un tableau changeant moucheté d'ombres et de lumières. Un peu partout autour de la terrasse, des plantes grasses, immobiles, dans d'énormes pots de terre cuite. Des palmiers nains, aussi. Des géraniums lumineux qui débordent de jardinières sculptées de guirlandes, de rubans et de grappes de raisin. La tonnelle fait courir son ombre jusqu'au muret qui surplombe l'effondrement de la garrigue argentée jusqu'à la rivière vive et lumineuse. Le restaurant rose et vert est accroché au rebord de la falaise, prudent, plusieurs dizaines de mètres au-dessus des écumes joyeuses dont tout le monde sait bien qu'elles peuvent, de temps en temps, devenir des eaux furieuses dont le flot emporte quelques fois un village et sa colline.

Pinson fait signe à Marion de la rejoindre à une table près du parapet. La capitaine entre dans l'ombre de la pergola et comprend soudain la dimension tragique de cette rencontre dans un si bel endroit.

– Merci d'être venue, Capitaine.

– C'est magnifique ici…

– Oui. Je me suis permis de vous commander une mauresque.

– Vous avez bien fait…

– Ah, et je vous ai aussi rapporté un petit quelque chose de mon voyage.

Pinson lui tend un paquet-cadeau que Marion défait. C'est un carnet.

– Pour moi ? Un cadeau ?

– En quelque sorte.

Marion ouvre le carnet et découvre le message sur la première page. « *Souriez, nous sommes surveillées. Au moins trois des clients, la serveuse et le barman. Ne les regardez pas.* »

– C'est trop gentil, s'extasie Marion, vraiment, il ne fallait pas !

– Et regardez celle-ci, dit Pinson en se penchant pour tourner la page.

« *Ne dites rien qui puisse vous incriminer. Ils nous enregistrent. La camionnette de livraison sur le parking.* »

– Merci, j'aime beaucoup, vraiment !

– Monsieur, elles consultent un carnet, murmure le barman.

– Je vois bien Berthier, je ne suis pas aveugle ! Larroque, allez voir de quoi il s'agit.

La serveuse s'approche. Deux grands verres lestés d'une dose de Casanis et de sirop d'orgeat et une carafe d'eau dans laquelle tintinnabulent des glaçons.

– Ah ! Des mauresques, quelle bonne idée par ce soleil blanc ! exagère Marion en plaquant le carnet ouvert contre sa poitrine. J'adore les mauresques.

La serveuse attend, mais Marion garde le carnet plaqué d'une main contre ses seins, levant son verre de l'autre pour trinquer avec Pinson. La serveuse reste. Pinson lève les yeux sur elle, tout sourire :

– Merci, Mademoiselle.

– Je n'ai rien pu voir, Monsieur, soit elles sont très fortes, soit elles sont vraiment connes.

– On se passera de vos remarques, Larroque. Tout le monde reste attentif.

Marion repose sa mauresque et tourne une autre page du carnet. « *Quand nous aurons nos plats, je vous donnerai l'occasion d'aller aux toilettes. Essayez de piquer une colère convaincante et balancez le carnet à la rivière. Mais en attendant, feuilletez-le et essayez de tout retenir. Si quelqu'un s'approche, ouvrez le carnet en son milieu, là où est glissé le ruban marque-page.* »

Pinson appelle la serveuse pour commander. Quand la jeune femme s'approche, Marion ouvre le carnet comme indiqué, sur le dessin d'un village de montagne aux perspectives maladroites.

– C'est vous qui avez fait ça ? s'étonne Marion.

– Oui, c'est une vue de La Croix-sur-Roudoule, dessinée de mémoire ! Mais commandons plutôt, j'ai un rendez-vous très important après notre repas. Je vous conseille la truite grillée à l'aïoli avec des beignets de fleurs de courgette.

– Monsieur, dit la serveuse de retour vers la cuisine, ce sont juste des dessins à la con, et moches en plus !

– Fermez-la, Larroque. Confirmez plutôt si elles sont armées ou pas.

– Je confirme pour la Van Gogh de bazar. Un Sig-Pro dans sa ceinture, dans son dos, sous son corsage. Rien pour l'autre, apparemment.

– Vous saviez que les enfants seraient là ? demande soudain Marion en faisant comprendre à Pinson qu'elle parle des policiers.

– Oui, bien sûr.

– Alors pourquoi ne pas être restée en vacances quelques jours de plus ?

– Parce qu'il faut bien que je termine ce dossier. Et puis les enfants ne me dérangent pas.

– Et après, que ferez-vous ?

– Après, je pars, définitivement.

– Définitivement ?

– Oui, je démissionne, comme vous, mais pour de bon. En mode irrévocable.

La serveuse, trop accorte et trop souriante, le décolleté trop généreux, apporte les plats. Marion plaque à nouveau le carnet contre sa poitrine et attend qu'elle s'éloigne, puis continue à le feuilleter. La consigne de la dernière page est claire. Quand Pinson renversera son verre sur elle, Marion se lèvera brusquement et dans un mouvement de surprise, lâchera le carnet qui tombera à la rivière. Puis elle simulera la colère pour son vêtement taché et demandera à la serveuse le chemin des toilettes.

– Que se passe-t-il, Berthier ?

– Van Gogh a renversé son verre sur l'autre qui est furibarde. Elle a demandé à Larroque où sont les toilettes.

– Larroque, vous ne la lâchez pas !

La serveuse se précipite à la suite de Marion pour lui proposer une aide trop pressante.

– Lâchez-moi ! hurle Marion. Déjà que vous êtes exhib avec vos nichons à l'hélium, vous voulez jouer les voyeuses en plus ?

Marion l'arrête d'un geste définitif et entre seule dans les toilettes. Elle repère la clé USB à l'endroit indiqué dans le carnet, la décolle et s'en empare. À côté du panier en osier avec les serviettes de courtoisie, elle trouve comme prévu le pot de fleurs avec son orchidée sous la fenêtre de toit qui inonde de lumière la petite pièce aux murs blancs. Elle écarte les billes d'argile décoratives et, de son index, pousse la clé au plus profond du terreau, avant de boucher le trou et de replacer les billes.

Elle se lave les mains et sort en se demandant pourquoi autant de précautions, et dans la seconde où Pinson se lève et saute sur le muret, elle comprend et hurle. Puis Pinson se retourne face à la terrasse, dos au ravin, dégaine son arme en direction de ceux qui la surveillaient, et la fusillade déchire la gorge de Marion d'un long cri de fureur. Sur le muret, le corps criblé de balles tressaute. Quand quelqu'un crie « Halte au feu », Pinson reste encore quelques secondes debout, comme étonnée, le buste ensanglanté. Puis elle laisse tomber sur le carrelage de la terrasse son arme qui n'a pas tiré, et bascule en arrière dans le vide. Les trois hommes qui jouaient les clients sont figés en position de tir. Le barman et la serveuse aussi. Ils ont fait feu à cinq sur Pinson qui n'a tiré sur personne. L'homme qui jaillit de la camionnette, furieux, déboule sur la terrasse.

– Nom de Dieu de bordel de merde ! vocifère-t-il en frappant de ses deux poings sur un guéridon.

– Elle allait tirer, explique la serveuse.

– Elle n'a pas tiré ! hurle l'homme.

– Mais elle allait le faire ! insiste la femme.

– Putain, Larroque, vous êtes cinq professionnels surentraînés avec cinq angles de tir différents et vous ne pouvez pas la neutraliser sans l'abattre d'un tir groupé ?

Tous les tireurs se redressent et rangent leur arme, sauf la serveuse qui se tourne vers Marion qui n'a pas bougé, pétrifiée, adossée au mur.

– Et alors, Larroque, vous n'en avez pas assez fait ? Vous voulez en flinguer une autre ? Rangez vos armes et dégagez, tous, allez m'attendre dans les voitures.

– Elle n'a pas tiré… murmure Marion.

– Je sais, dit l'homme, d'une voix résignée, mais c'est ce qu'elle voulait nous faire croire. *Police suicide*, comme disent les Américains. Je suis sûr que son arme n'était même pas chargée. Vous comprendrez que je doive vous entendre.

– Quoi, vous croyez peut-être que je vais partir et l'abandonner après que vous l'avez assassinée ?

– Je comprends que vous soyez sous le choc, Capitaine, mais surveillez votre langage.

– Vous ne venez pas d'en accuser vous-même vos hommes, il y a une minute à peine ?

– Il y a une minute à peine, j'étais furieux contre eux, mais là je suis calmé et ce sont mes hommes. À partir de maintenant, c'est officiellement pour moi un cas de légitime défense et je le défendrai devant l'IGPN comme devant la justice. N'oubliez pas ce dont on suspectait la victime : six assassinats.

– De flics assassins. Mais c'est vrai, tout ça reste en famille, n'est-ce pas, esprit de corps, force et honneur et tout le tintouin.

– Capitaine, même si nous ne servons pas dans le même corps, vous savez bien que nous sommes tout sauf des juges. Il ne revenait pas à cette femme de juger et d'exécuter ces policiers.

– Mais il revenait aux vôtres de l'exécuter pour ça, n'est-ce pas ? Vous venez de commettre exactement ce pour quoi vous l'avez abattue.

L'homme soupire pour couper court à tout autre argument.

– Merci de rester à ma disposition, Capitaine Barthes, je dois m'occuper de…

– … de cette scène de crime ?

Il ne répond pas et prend son téléphone.

– Bélanger, DGSI, j'ai besoin de personnel et de techniciens pour figer une scène dans l'affaire qui nous concerne.

Il donne des coordonnées et des précisions, répond à quelques questions, remercie d'un mot et raccroche.

– Pourquoi avez-vous jeté le carnet ? demande-t-il à brûle-pourpoint.

– Je ne l'ai pas jeté, je l'ai lâché par surprise quand elle a renversé son verre sur moi.

– Et que contenait-il ?

– Votre agent corseté à la bavaroise vous l'a déjà fait savoir, non ?

– Des dessins, vraiment ? Des croquis, des esquisses ? Cette femme était au bout d'une cavale meurtrière au cours de laquelle elle a descendu six flics dont un commissaire, et elle prend le risque de vous rencontrer pour vous montrer quelques gribouillages ?

Marion le regarde longuement pour évaluer ce qu'il sait vraiment et ce qu'elle peut lui dire.

– Votre hypothèse est peut-être la bonne, après tout. Elle ne pouvait ignorer que vous remonteriez son appel à partir de son portable. Elle devait vouloir en finir après avoir mené à bien sa mission. Elle a dû ressentir le besoin d'avoir un témoin pour son suicide policier.

– Et sa mission aurait donc été d'exécuter six policiers de la PJ de Nice.

– Ne faites pas l'innocent, Bélanger, vous savez bien de quoi il s'agit. Un commando de ripoux assassins.

– Mais pourquoi se serait-elle chargée de cette mission, alors ? Toute vengeance étant personnelle, quelle motivation particulière avait-elle à entreprendre cette action suicidaire ?

– Ça, il aurait fallu que vous receviez l'ordre de la prendre vivante pour pouvoir le lui demander.

– Vous croyez vraiment que mes ordres étaient de l'abattre ? Mais quelle idée vous faites-vous de notre métier, Capitaine ?

– C'est une vraie question ou un trait d'ironie ?

Encore une fois il ne répond pas et l'invite d'un geste à attendre l'arrivée des secours à l'intérieur du restaurant. D'abord les premiers à marcher et les renforts de la brigade de Guillaumes, puis les gendarmes du GGD 06, ceux de la brigade nautique d'Antibes aussi, pour repérer et récupérer le corps, et les pompiers avec un hélicoptère pour l'hélitreuiller.

Bélanger a envoyé ses hommes explorer les berges de la rivière autant pour retrouver le carnet bleu que pour les tenir à l'écart de toute cette agitation de début d'enquête. De son côté, Marion en profite pour téléphoner au lieutenant Massot. Puis elle appelle Loïse, lui explique la situation et lui demande si elle peut venir la chercher. Loïse arrive une heure plus tard, émue et troublée, au moment où l'hélicoptère surgit hors du canyon pour déposer le corps de Pinson sur le parking. Un gendarme veut lui interdire l'accès au restaurant, mais Marion intervient auprès du gradé chargé de l'enquête et obtient qu'on la laisse passer.

– Lieutenant, vous avez ma déposition et mes coordonnées, est-ce que je peux disposer à présent ?

– Attendez ici une minute, Capitaine, j'en réfère à la DGSI.

Le lieutenant revient, gêné, et explique à Marion que Bélanger exige une fouille avant de l'autoriser à quitter la scène de crime. Marion accepte et un personnel féminin de la brigade de Guillaumes s'enquiert de ce qu'elle doit rechercher.

– Contentez-vous de déposer tout ce que vous trouverez sur elle près du lavabo dans les toilettes, dit Bélanger qui les a rejointes, et n'oubliez pas de mettre des gants.

– Je connais mon métier, Monsieur, et si vous voulez voir le résultat de la fouille, je préférerais que mon lieutenant en soit témoin.

– La confiance règne, ironise Bélanger.

– Vous venez de fusiller une des nôtres, réplique la gendarme.

– Votre lieutenant vous expliquera le concept de légitime défense, Mademoiselle.

– Maréchale des logis-cheffe, si vous voulez bien, et à cinq contre un avec un tir groupé, il va avoir du mal à me convaincre de la juste proportionnalité de votre légitimité.

– Je ne suis pas militaire, donc ça restera Mademoiselle pour moi, et je me fous que vous soyez convaincue ou pas. Fouillez cette femme et qu'on n'en parle plus.

La maréchale des logis invite Marion à la suivre dans les toilettes en s'excusant d'un regard. Cinq minutes plus tard, elle ouvre à Bélanger et à son lieutenant. Tout le contenu du sac et des poches de Marion est étalé entre le lavabo et l'orchidée dans son pot. Bélanger observe, fouille du regard et quand il veut retourner un objet la gendarme l'arrête d'un geste et lui tend une paire de gants. Bélanger, vexé, les refuse et sort un stylo pour écarter et isoler certains objets.

– Vous l'avez palpée ?

– Oui. Vous voulez aussi une recherche anale et vaginale ?

– Non, c'est bon, elle peut m'attendre à l'extérieur.

– Vous voulez dire : c'est bon, nous allons répertorier les objets et prendre les photos pour le dossier, et le capitaine Barthes peut disposer.

– J'ai dit c'est bon, elle remballe son fatras et vous pouvez tous m'attendre à l'extérieur.

Quand ils sont sortis, Bélanger inspecte les toilettes à la recherche d'une possible cache. Il le fait sans grande conviction mais par réflexe professionnel. Il semble assez cohérent que la victime ait pris soin d'éloigner son amie avant de se faire suicider. Mais il cherche quand même, un peu partout, sans rien trouver. Quand il sort à son tour, il se cogne presque à Loïse.

– Ça y est ? On peut enfin aller pisser, oui ? siffle-t-elle en le bousculant pour se précipiter dans les toilettes.

CHAPITRE 46

Jour 12
17 h 00 – Gendarmerie de Puget-Théniers

À Puget-Théniers, Cavaillon pleure sans honte et toute la brigade est effondrée. Avec l'autorisation silencieuse du lieutenant Massot, Marion raconte le drame. Cet improbable rendez-vous dans ce cadre magnifique, cet allant de Pinson dont elle sait maintenant qu'il cachait une inflexible détermination, sa ruse pour l'éloigner aux toilettes. Elle garde juste pour elle le secret des deux derniers crimes de Pinson et de la clé USB dont elle veut d'abord pouvoir étudier seule le contenu.

– Et pour les obsèques ? demande-t-elle pour ne pas avoir à répondre à leurs questions.

– Elle n'avait plus personne ici depuis la mort de son mari. De tristes querelles de belles-familles. Cela m'étonnerait qu'elle soit acceptée dans le caveau des Pinson. Peut-être du côté de sa famille à elle, les Blandin, une grande famille un peu fantasque de Manosque.

– Renseignez-vous, que nous y participions comme il se doit. Je suppose qu'avec l'enquête et l'autopsie, la cérémonie ne sera pas possible avant une bonne semaine, ça nous laisse un peu de temps.

Un caillou se bloque dans les engrenages de sa mémoire mais elle n'a pas le temps de s'y intéresser. Six hommes en civil forcent le passage malgré les protestations du planton et se dirigent droit sur le lieutenant.

– Qui êtes-vous ?

– DGSI. Personne ne sort et tout le monde s'écarte des ordinateurs.

Celui qui commande le groupe annonce au lieutenant une perquisition autorisée par le parquet antiterroriste et, sans attendre la moindre réaction, fait signe à ses hommes d'examiner chaque machine.

– Vous savez que des hommes de la DGSI viennent d'abattre une des nôtres, je suppose, vous ne croyez pas que vous nous devez quelques explications ?

– Nous sommes la sécurité intérieure, répond l'homme sans la regarder, nous n'avons de comptes à rendre qu'à notre propre hiérarchie. Mais si vous voulez une bonne raison de vous sentir un peu merdeuse, sachez que l'adresse IP de l'ordinateur qui diffuse des messages subversifs sur les réseaux nous mène directement à une de vos machines.

– Ah, donc c'est une affaire qui ne concerne que cette brigade et ceux qui ont accès à ces ordinateurs.

– Exact !

– Alors *adios*, je n'appartiens pas à cette brigade et je n'ai pas de bécane ici.

Marion sort sans attendre et se débarrasse d'une prise spectaculaire de l'homme qui voulait lui interdire le passage.

– Halte ou je tire ! entend-elle crier dans son dos.

– Un deuxième carton de la DGSI contre une gendarme dans la même journée, qu'est-ce que vous préférez : sexisme ou guerre des polices ? dit Marion en regagnant sa voiture sans se retourner.

– Elle n'est pas de votre brigade ? demande l'homme pour ne pas perdre la face.

– Non, elle n'est même plus gendarme, je crois.

– C'est bon, dit-il alors aux autres, on trouve l'ordinateur et on l'embarque.

Marion quitte la gendarmerie et appelle Loïse pour savoir où est Élias.

– Il est avec toi ou avec Michel ?

– D'après Michel, il est avec Amandine.

– Avec Amandine ? Mais où ?

– Va savoir !

– J'arrive !

Mais un kilomètre plus loin, les engrenages de sa mémoire broient le grain de sable qui les bloquait et elle jure en frappant des deux mains sur le volant. Elle freine en catastrophe, fait demi-tour et redescend vers Puget-Théniers prendre la 202 sur la droite. Son premier appel est de nouveau pour Loïse. Finalement, elle ne rentrera qu'au soir. Une urgence. Elle peut voir pour Élias et la prévenir ? Elle l'embrasse. Son deuxième coup de fil est pour le lieutenant Massot.

– Bénédicte, je suis en route pour Manosque…

– Qu'est-ce que vous allez fiche à Manosque, Capitaine Barthes ?

C'est la voix de l'homme de la DGSI.

– Pourquoi répondez-vous sur le téléphone du lieutenant ? demande Marion qui se doute bien de la réponse.

– Tous les outils de communication de la brigade sont concernés par le mandat de perquisition, Capitaine. Vous n'avez pas répondu à ma question.

– Comme on vous l'aura sûrement confirmé, je n'appartiens pas à cette brigade. Je ne suis donc pas concernée par votre enquête et je n'ai par conséquent aucune raison de vous répondre, lâche-t-elle en raccrochant.

Elle réfléchit, hésite, puis compose le numéro de Marc.

– Marc, tu es dispo deux secondes ?

– Dispo, il risque de l'être à vie s'il est viré de la Police nationale, répond une voix qu'elle ne connaît pas.

– Vous êtes qui, vous ? Passez-moi Marc.

– Je suis son commissaire, et nous avons une petite conversation à propos de son équipée sauvage à Nice.

– Alors dites-lui que ça a été sismique, que j'en suis encore toute pantelante, qu'il m'a fait déchirer tous les rideaux jusqu'aux cintres au plus haut des tours.

Elle raccroche et à nouveau jure et peste contre le monde entier en frappant son volant avant de reprendre son téléphone. Elle laisse sonner plusieurs fois avant que ça ne décroche.

– Capitaine, vous avez donc oublié l'heure de ma sieste sacro-sainte !

– Donnadieu, vous le voulez toujours ce best-seller qui ferait enfin votre gloire et votre richesse ?

– Et comment, aux âmes bien nées, la valeur peut attendre le nombre des années !

– Alors une fois cette affaire terminée, toutes mes notes sont à vous.

– Et en échange de quelle soumission ou de quel abandon de ce qui me reste de dignité ?

– De contacts urgents et sérieux dans la famille Blandin de Manosque.

– Urgents à quel point ?

– Je suis déjà en route. Vous avez entendu parler d'une Jeanne Blandin ?

– Oui, le nom me dit quelque chose, il faudrait que je fouille dans mes notes de l'époque.

– Parfait, vous pouvez m'envoyer tout ça avec les adresses par courriel dans l'heure ? Merci, Donnadieu.

Le merci de Marion est un au revoir qui laisse à Donnadieu un arrière-goût d'adrénaline, du temps des grandes enquêtes et des scoops.

CHAPITRE 47

Jour 12
Manosque – Maison de la famille Blandin

Ce qui reste de la dynastie Blandin, descendant par moult greffons et bouturages de Hélion de Villeneuve, grand maître de l'ordre de Saint-Jean de Jérusalem en 1319, c'est une vieille émaciée au nez en bec d'aigle, toute fichue de noir, dans une magnifique bâtisse blanche au coin de la montée des Vraies richesses et du lotissement Le Chant du monde, une centaine de mètres au-dessus du Paraïs, la maison de Jean Giono.

– Qu'est-ce que vous voulez que je fiche de ça ? grommelle-t-elle en suivant le regard de Marion vers une magnifique piscine. Vous me voyez, à mon âge, basculer cul par-dessus tête sur des machins gonflables en forme de flamants roses ? Et puis qu'est-ce que vous me voulez, à la fin ?

– Vous connaissez Jeanne Blandin, Madame ?

– Celle qui fait gendarme ? Qu'est-ce qu'elle a fait comme nigauderie encore, celle-là ?

– Je suis désolé de vous l'apprendre, Madame, mais elle est morte.

– Quoi, déjà, à son âge ? Et sans prévenir ? Par quelle niaiserie elle en est arrivée là ?

– Une sorte de suicide, Madame.

– Oh là ! Alors ça, ça devient intéressant. Venez me raconter tout ça autour d'une petite verveine, j'en ai une bien bonne, et de la verte, hein, pas de la jaune !

Marie-Antoinette Blandin sert et ressert trois verres de Lérina.

– Il n'y a pas que de la verveine, s'étrangle Marion dont les 50° de la liqueur décapent l'intérieur.

– Non, y a aussi de la menthe et de l'anis.

– Et du thym…

– Y en a aussi.

Marie-Antoinette voulait la garder dîner, mais Marion réussit à s'échapper au sixième verre de Lérina et au septième café serré. Elle a ce qu'elle voulait confirmer, le lien fusionnel de Pinson avec ses demi-frères et sœur. Des enfances sous la houlette de Marie-Louise Blandin, une mère passionnée et délurée, généreuse, gourmande, libre. Des jeunesses à son image, puis la vie qui les disperse jusqu'à la mort de Marie-Louise.

– Son défunt l'a éteinte. Son Jacques n'était pas un cul serré comme son Olivier de parpaillot de frère. Quand il est mort, ça l'a tuée, et eux aussi un peu avec. Aux obsèques de Marie-Louise, ça m'a fait quelque chose de les revoir comme ça, tous les quatre à nouveau réunis. Ils ont passé quelques jours ici, sans jamais se quitter, sombres et tristes comme des culs de curés, à haïr le monde qui leur avait enlevé ma petite sœur.

L'esprit de Marion se déconnecte. Il navigue ailleurs, sur des océans incertains, des mers en dérive vers des rivages lointains. Amoureux, humains. Des rives fraternelles où des frères et sœurs se chamaillent en riant. Les Poitevin, les Blandin, les Sargnac. Elle et Michel, et Dany aussi. Amandine et Élias…

– … Pardon ?

– Je dis qu'il va se faire tard…

Marion revient à elle et s'excuse, parvient à éviter les soixante plantes du mont Ventoux qui composent le petit Origan du Comtat à 40° pour la route, et rentre avec quelques documents et une brassée de photos de temps heureux sur lesquelles chahutent des frangins-frangines. Sur le ruban lisse de la 202 qui tranche la Provence, elle superpose dans sa tête les images heureuses de la jeune Jeanne Blandin souriante et têtue et celle, presque aussi joyeuse et déterminée, de Pinson sur le parapet. Quel chaos que cette vie, quel tumulte de malheurs pour rien ! Elle cesse d'y penser parce que les larmes troublent sa vue, et elle se promet de laisser Élias aimer Amandine tant qu'il le voudra, et de rappeler Marc aussi, et sa sœur Dany, et de répéter avec Loïse et les Trash Puppets.

– Putain, vive les Trash Puppets ! hurle-t-elle en sautant sur les freins pour se garer et pleurer un bon coup, le long des eaux émeraude du Verdon, sous la rocaille en biais jaunie par le couchant, striée des ombres mauves du crépuscule qui se glisse dans les vallons.

Elle arrive tard à la Villa Bella. Une grande table est dressée sur la terrasse, illuminée de bougies et de chandelles. Loïse a invité tout le monde à son tour : Michel et sa famille, ses parents, Cavaillon, Amandine. Loïse dit qu'elle a appris de Cavaillon que Pinson n'avait plus de vraie famille et qu'un repas avec ceux qui étaient ses amis pouvait lui faire du bien, où qu'elle soit. Ou à eux. Ils boivent et mangent dans une atmosphère irréelle, l'âme de Pinson suspendue au-dessus d'eux, puis les parents de Marion prennent les enfants à l'écart, et Élias et Amandine les rejoignent.

– Pinson était liée à Jules et Laura Poitevin et à leur demi-frère Denis de Sargnac par leur mère commune, murmure Marion d'une voix résignée. Elle savait pour leur désir de vengeance. Elle m'a laissé une confession écrite chez sa tante.

– Comment savait-elle que tu passerais chez sa tante ?

– Elle a dû penser que nous serions assez bons enquêteurs pour remonter jusque-là. Elle a laissé une boîte entière de documents.

– Dans ce cas, pourquoi n'a-t-elle pas laissé aussi la clé USB ?

– Parce que la clé n'était qu'un prétexte à son suicide. Elle voulait se faire descendre et que l'un de nous en soit témoin.

Ils gardent le silence avant que Cavaillon ne reprenne la parole.

– Comment Pinson a-t-elle su pour Poitevin ?

– Aux obsèques de leur mère, il y a deux ans, Denis leur a avoué qu'il avait touché le fond de sa carrière de photographe en devenant paparazzi pour l'agence En Images. Il a fait plusieurs planques avec François Montiel qui a tué le temps en lui racontant ses pires exploits, dont le piège tendu à Poitevin. Denis avait constitué un dossier imparable. À l'époque, ils parlaient de les piéger de la même façon : engluer Le Guern comme il avait englué la réputation de Poitevin, lâcher les chiens sur Montiel comme sa photo avait lâché la meute des journalistes après lui, et faire tomber la call-girl dans le même genre de piège cruel que celui dans lequel elle avait servi d'appât.

– Et Pinson était d'accord avec ça ?

– Elle dit que non. Ils étaient ivres de chagrin ce jour-là. Ils se sont séparés quelques jours plus tard et elle a oublié. Pendant deux ans. Elle n'a compris qu'ils étaient passés à l'action qu'avec le premier crime. Elle dit s'être trouvée piégée entre son amour pour eux et son honneur de gendarme. C'est pour cette raison qu'elle nous a poussés à jouer aux listes de mots dans lesquelles elle a elle-même glissé tous ceux qui devaient nous conduire au dossier Poitevin. À sa façon, elle voulait donner à ces crimes leur vrai sens. Maintenant que j'en parle, je me souviens qu'elle m'a confié dès le début de l'enquête qu'elle ne croyait pas à des crimes d'extrémistes anti-chasse.

– Mais comment pouvait-elle prévoir qu'Élias établirait le lien ?

– Elle n'en savait rien. Elle avait prévu de l'établir elle-même au moment voulu pour orienter l'enquête.

– Et c'était quoi, le moment voulu ? grogne Cavaillon agacé qu'on s'en prenne à Pinson.

Marion se verse encore un verre de Terres Blanches et en propose aux autres. Chacun tend son verre en silence dans l'attente de sa réponse.

– Pinson avoue avoir basculé en deux fois. La première fois quand elle a vu ses frères et sa sœur se faire abattre…

– Elle les a vus ! sursautent les autres.

– Cette nuit-là, elle est montée jusqu'à la bastide pendant la tempête pour les prévenir de l'imminence de notre assaut, et elle a été témoin de celui du commando sans pouvoir rien faire. Elle a d'abord pensé à une intervention du GIGN parce que même si c'étaient ses frères et sœur, c'étaient aussi des assassins recherchés pour trois crimes. Quand elle a compris que ce n'étaient pas des gendarmes, elle a pensé à l'intervention d'autres services et est restée cachée. Ça a été le premier choc.

– Et le second ? demande Michel en posant la question que personne n'osait poser.

– Le second, c'est quand elle comprend, grâce à l'avancée de notre enquête, que le suicide de son oncle, à l'origine de tous ces drames dans sa famille, n'en était pas un. Cette fois, selon ses propres termes, elle bascule de l'autre côté, celui de la vengeance, et elle se donne deux missions. D'une part, elle exécute un à un tous les membres du commando que, par maladresse, je lui ai permis d'identifier.

– Comment ça ? s'inquiète Massot.

– Je lui ai montré la photo de Fouad, l'homme qui a tabassé Marc, et elle l'a reconnu parmi les hommes qui ont donné l'assaut.

– Et d'autre part ?

– D'autre part, elle se lance dans une guerre contre ceux qui ont donné l'ordre de tuer Poitevin, et qui aujourd'hui cherchent encore à étouffer l'affaire.

– D'où les messages sur les réseaux. Mais elle n'aura pas eu le temps de poster le cinquième.

– Si, d'une certaine façon, elle l'aura. Elle avait programmé la publication des quatre premiers posts sur son ordinateur, mais pas le cinquième. Celui-là, c'est moi qui l'ai, elle me l'a confié avec sa confession. Et c'est une bombe.

– Alors faisons tout sauter, dit Cavaillon, un peu ivre de Terres Blanches et de chagrin, son verre brandi vers les étoiles. À Pinson !

– À Blandin !

– À Jeanne !

La soirée se prolonge, sans oser partager des souvenirs de Pinson, sans oser parler des enquêtes, sans oser pleurer. Tristes sourires, chagrins retenus, chacun sachant très bien la colère des autres derrière leurs silences.

– Qu'allons-nous faire ? finit par demander Cavaillon.

– Vous, rien. Ne prenez plus aucun risque. Ce n'est plus une guerre des polices. C'est une guerre de services. Une guerre sale.

– Mais vous ?

– Moi, je vais faire tomber Bonelli.

CHAPITRE 48

Jour 12
Paris – Appartement de Marie-France Le Guern

– Ce n'était pas sa chambre. C'est la mienne, dit Vénus en allumant une longue et fine cigarette.

La chambre est celle d'un lupanar princier. Haute de plafond, surchargée de dorures et tapissée de miroirs. Le plafond entier n'en est qu'un seul. Elle a passé un fin peignoir en soie et regarde Orion se laver. La douche est entièrement vitrée, face au lit démesuré.

– Je pourrais penser que vous cherchez à m'humilier, dit-il.

– Quoi, vous me baisez nu dans le reflet des miroirs et vous doucher devant moi serait humiliant ?

– Si ça ne l'est pas, que trouvez-vous donc à me forcer à le faire ?

– Le pouvoir, Orion, le pouvoir. Vous trouvez ça humiliant mais vous le faites quand même, et j'ai gagné ce petit pouvoir-là sur vous.

– Piètre victoire…

– Piètre coït !

– C'était votre idée.

– C'était votre fantasme.

Il ne répond rien et s'habille devant elle, par provocation.

– Pourquoi m'avez-vous entrepris, alors ?

– Pour un peu plus d'emprise sur vous. Pour vous faire comprendre que me résister était un pouvoir durable sur moi, que vous m'avez abandonné pour une brève et furtive satisfaction. Le sexe et le pouvoir sont indissociables, Orion.

– Philosophie de pacotille.

– Bien sûr que non. Le sexe est l'ultime récompense que s'arrogent ceux qui croient avoir déjà le pouvoir sur tout le reste. Et il est, d'une façon ou d'une autre, un des moyens d'y accéder pour ceux qui y prétendent.

– Et dans quelle catégorie vous placez-vous ?

– Ne soyez pas vulgaire, Orion, ni vous ni moi ne le méritons. Dites-vous plutôt que c'est peut-être le signe que vous accédez à un cercle plus rapproché du pouvoir ultime.

– Au sein du Cercle des Galiléens ?

– Orion, à un certain niveau, le pouvoir se dispense des appartenances. Nous sommes présents partout, à chaque niveau administratif et politique de ce pays, et dans la plupart des autres pays du monde grâce à nos obédiences étrangères. Nous sommes présents dans les organisations internationales, dans les ONG, dans les partis politiques. Nous sommes la force tranversale. Nous sommes une fraternité.

– Est-ce que Poitevin était galiléen ?

– Nous sommes une fraternité féroce, précise Vénus pour toute réponse.

– … et Magdalena Chupa Chups, Montiel, Forain, Barthes ?

– Parce que nous sommes encore un peu dans l'intimité, je vous pardonne de prononcer des noms, mais si vous recommencez, vous serez puni pour ça.

– Quoi, puni comme une punition ? Panpan cucul ? Galilée punit les siens ?

– Demandez à Poitevin, lâche-t-elle, soudain féroce.

– La belle affaire, Poitevin est…

Il suspend sa phrase quand il comprend l'allusion.

– Quoi, c'est une menace ?

– Orion, comment croyez-vous que la Commission de la Croix a eu accès aux quatre cents super-donateurs ? Vous croyez vraiment que Poitevin avait un tel carnet d'adresses ? Le financement de Jupiter, c'est nous. Sa couverture médiatique, c'est nous. L'organisation de ses meetings avec des milliers de militants alors que personne ne le connaissait, c'est nous !

– Mais Poitevin, alors ?

– Non, Poitevin, ce n'est pas nous. Cet imbécile de *Io* nous a pris de vitesse. Nous, nous avons couvert ses maladresses. Et voilà qu'il recommence avec cette fusillade. C'est la seconde fois, et c'est la fois de trop.

– Vous voulez dire que…

– Non, nous n'allons rien faire, mais nous allons laisser faire ceux qui s'y préparent.

– Comment savez-vous que…

– Ne faites pas l'idiot, Orion, et redéshabillez-vous…

CHAPITRE 49

Jour 13
10 h 00 – Paris – Élysée – Bureau du Président

– Je veux être très clair encore une fois, insiste le Président, il est hors de question de toucher à Bonelli, j'espère que c'est bien compris de tous.

Il joue de son regard qu'il croit d'acier et qui n'est que d'un bleu fatigué. Il prend la posture, mais il sait déjà qu'il est là pour leur céder. Il n'est pas dupe. Il est assez intelligent pour comprendre que leur air contrit n'est que pure hypocrisie. D'une certaine façon il les méprise, parce qu'il est obligé de faire avec. Chastaing, le ministre de l'Intérieur, Moretton, le garde des Sceaux, De Mornay, le directeur de la DGSI, et Dorland, son conseiller en communication.

– C'est-à-dire que cette fois, Monsieur le Président, il y a péril en la demeure et il va bien falloir agir, ose De Mornay.

– J'ai compris, mais je veux dire qu'on ne s'en prend pas physiquement à Bonelli, vous m'entendez ?

– Mais personne n'y a songé, Monsieur le Président !

– Ne vous foutez pas de moi, Moretton, chacun d'entre vous ne rêve que de ça.

– Sauf votre respect, Monsieur le Président, nous avons malheureusement bien d'autres raisons au quotidien de cauchemarder.

Chastaing, plus proche du Président que les autres, cherche aussitôt à désamorcer ce très mauvais début de rencontre.

– Et sinon, autrement que physiquement ?

Le Président comprend le signal, abuse de la stratégie du long silence, puis fait glisser ses mains sur le bureau en écartant ses bras tendus dans un geste qu'il voudrait d'autorité.

– Autrement, ça peut être envisageable, mais je vais vous dire tout de suite ce qui n'est pas négociable.

– Nous t'écoutons, dit Chastaing dont le signal cette fois s'adresse aux autres.

– Tout d'abord, il ne doit être accusé d'aucun crime. Contentez-vous des problèmes de procédure, d'abus de pouvoir, d'usurpation d'identité. Démerdez-vous, mais je n'accepterai qu'une simple mise en examen et pour ces seuls motifs. Ni incarcération, ni préventive. Donnez des directives à vos personnels en conséquence.

– Il est quand même mêlé directement ou indirectement à une douzaine de crimes…

– Je m'en fous. Le mettre en examen pour ça, ce serait établir un lien direct entre ces crimes et mon entourage, c'est inenvisageable.

– L'opposition va sonner le rappel et demander une commission d'enquête, insiste Moretton.

– Tant mieux. Nous avons la majorité qu'il faut pour la verrouiller et ça prendra des mois avant d'aboutir à un résultat. Que l'opposition s'y use les dents si ça l'amuse. Chastaing, occupe-toi plutôt de faire durer toutes les enquêtes.

– D'accord, mais pour le reste ?

– Je veux la dissolution des Affaires Spéciales. Charge-les pour avoir manipulé le dossier Poitevin. Fais-leur porter le chapeau. Et prive la gendarmerie de quelques compétences en représailles. Je te laisse décider desquelles, du moment qu'ils comprennent bien les choses. Fais rentrer ces putains de militaires dans le rang.

Le ministre de la Justice s'écœure de voir comment son collègue de l'Intérieur ne pense qu'à sa carrière immédiate, même s'il s'efforce de n'en rien laisser paraître.

– D'accord, quoi d'autre ?

– On lâche du lest sur la police. On ne charge pas les flics de Nice. Il faut trouver une autre explication à leur mort. Mieux vaut n'importe quelle histoire de flics ripoux flingués par des voyous rackettés que cette histoire de commando qui fait le lien avec le dossier Poitevin. Vous, Moretton, briefez le parquet dans ce sens.

– Je ne vois pas très bien comment faire…

– Alors apprenez vite, Moretton, vous avez été trop longtemps un avocat médiatique retors et opportuniste pour ne pas vous douter de ce qui vous attendait en acceptant ce ministère. J'exige de vous que vous mettiez dans ce dossier autant de hargne et de mauvaise foi que vous en mettiez à sauver d'indéfendables crapules.

– Sauf votre respect, Monsieur le Président…

– Justement, Monsieur le garde des Sceaux, c'est de mon respect qu'il s'agit, celui du Président, celui de ma fonction, alors comme il a déjà été dit, un ministre, ça démissionne ou ça ferme sa gueule. Vous voulez démissionner, Moretton ?

– Non, Monsieur le Président…

– Je m'en doutais un peu, alors fermez-la et faites ce qu'on vous demande. Que le parquet confie l'enquête sur les flics de Nice à la police, pas à la gendarmerie, et qu'il attende le plus longtemps possible pour lier les affaires. Multipliez les juges d'instruction.

Puis le Président se retourne vers le directeur de la DGSI.

– De votre côté, De Mornay ?

– Il reste quelques éléments individuels à traiter. Le capitaine Barthes, son mari policier, accessoirement son frère Michel. Donnadieu le vieux journaliste, aussi. Et Loïse d'Abanville, peut-être.

– Oui, je sais, j'ai lu votre rapport. Il faut commencer par Barthes. Il faut la déglinguer en premier.

– La déglinguer ?

– Oui, la salir, l'humilier, la traîner dans la boue, la décrédibiliser avant d'aller lui mettre la pression. N'hésitez pas à la charger : gouine, mère irresponsable, sœur de criminel, fille de père violent, soupçons d'inceste s'il le faut, n'hésitez pas à faire du mal autour d'elle pour la culpabiliser et la déstabiliser. Demandez de l'aide à Monique Forain de ma part, elle sait très bien faire ça.

Mais c'est qu'il aime ça, s'insurge en silence Moretton, ce roitelet pédant et prétentieux est en fait un authentique psychopathe, comme le lui disait son entourage avant que son ego et son ambition dévorante de fin de carrière ne le poussent à accepter ce poste de ministre de la Justice.

– Chastaing, tu casses la carrière de son mec. Tu te sers de son escapade à Nice. Fais-en un premier suspect dans la mort des flics. Une vengeance après son tabassage. PJ de Paris contre PJ de province, ça marche toujours. Et puis tu vois avec Moretton pour réactiver quelque chose contre le frère. Toujours cette histoire d'anti-chasseurs. Trouvez un biais. Au besoin, inventez-le.

– Pas de problème, on a déjà un truc en réserve : il a chez lui des produits qui participent à la composition du gluau, dont du goudron de Norvège…

– Chastaing, je me fous de ton goudron et qu'il soit de Norvège ou de Vesoul, je n'ai pas besoin d'un cours de géographie chimique. Si tu as quelque chose, tant mieux, alors fais ce qu'il faut.

Puis il se tourne vers son conseiller en communication.

– Dorland ?

– Toutes ces mesures seront utiles pour fractionner et disperser les procédures, Monsieur, mais elles pourraient avoir un effet contraire en fédérant les oppositions. Pour avoir le temps de gripper et d'enliser les mécaniques policières et judiciaires, il nous faut une diversion médiatique violente qui cristallise toute l'attention publique.

– D'accord avec ça. À quoi pensez-vous ?

– Remettez sur le tapis la réforme la plus impopulaire que vous ayez dû reporter.

– Quoi, les retraites par exemple ?

– Oui, annoncez que vous donnez une nouvelle feuille de route pour cette réforme, avec un agenda à très court terme, faisons fuiter des chiffres plus violents que ceux que vous avez dû abandonner. Laissons dire aussi que vous avez l'intention de passer en force s'il le faut.

– J'y pensais, en effet. Chastaing et Moretton, réactivez une ou deux enquêtes ou procédures concernant des gilets jaunes emblématiques pour crisper l'opinion. Et en même temps, si dans une affaire en cours une condamnation pouvait tomber dans les semaines qui viennent, ce serait encore mieux. Autre chose, Dorland ?

– Oui, la retraite va vous exposer politiquement en tant que Président et c'est tant mieux pour la diversion, mais il faut aussi vous exposer à titre personnel, je veux dire humainement, pour noyer le débat dans l'émotionnel et l'irrationnel. Une agression, même verbale, outrancière, voire ordurière pendant un déplacement en province serait bienvenue. Ou une gifle comme l'autre fois, par exemple.

– L'opposition va hurler à la diversion.

– L'opposition n'a plus aucun relais réel dans les médias mais cette fois, justement, il faudra faire en sorte qu'elle se fasse entendre, tente d'intervenir Chastaing.

– Oui, j'y ai pensé aussi. Dire que l'incident est une tentative de diversion pour faire passer le dossier des retraites, c'est faire oublier que le dossier des retraites est en même temps lui-même une diversion. Chastaing et De Mornay, trouvez-moi un déplacement dans un endroit un peu chaud qui puisse rendre l'incident crédible. Je suppose que la DGSI a sous le coude un groupuscule manipulable ?

– Nous avons, Monsieur le Président.

– Très bien, alors organisez tout ça au plus vite. Je vais demander une interview dans un 20 heures pour jeudi prochain. Ça laissera le week-end à ces imbéciles pour se mobiliser. Chastaing, laisse le préfet de police de Paris faire dégénérer le moindre rassemblement, il sait très bien faire ça, et vous, De Mornay, utilisez les blocs, qu'ils soient black ou antifas, pour mettre le bordel.

– Et pour le Premier ministre ? demande Chastaing.

– Quoi, le Premier ministre ?

– Eh bien, il n'est pas dans la confidence pour l'instant. Doit-il être mis au courant ?

– Bien sûr que non, laissons-le en dehors de tout ça, qu'il ait l'air largué et inefficace pour que je puisse le faire sauter si les choses s'emballent. D'ailleurs, à bien y penser, que ce soit lui qui se prenne une baffe plutôt que moi.

– Vous êtes sûr de ça, Monsieur le Président ?

– Oui, et si l'un de vous a l'ambition de lui succéder un jour, il a intérêt à s'en convaincre au plus vite. Vous pouvez disposer.

Ils se lèvent et sortent du bureau quand le Président rappelle le directeur de la sécurité intérieure.

– De Mornay !

D'un geste de la main, il lui commande de laisser les autres s'éloigner pour le rejoindre.

– Même si je vais désamorcer tout ça, je veux récupérer toutes les preuves éventuelles de ce dossier Poitevin. Par tous les moyens. Et votre tête est en jeu, sur ce coup-là. Allez !

Il le congédie de la main comme le ferait un nobliau d'un personnel qu'il viendrait à réprimander.

– Il veut le fichier, n'est-ce pas ? soupire Chastaing quand De Mornay les rejoint.

Le directeur de la DGSI confirme d'un hochement de tête.

– Quels que soient les moyens, je suppose, grommelle Moretton.

– Il faut faire quelque chose.

– Que voulez-vous que nous fassions, c'est devenu le gourou d'une majorité de décérébrés. Jamais nous n'avons autant accéléré pour foncer droit dans le mur avec autant de cons qui chantent à la portière.

– Il n'y a qu'un moyen de l'atteindre…

– Oui, je sais.

– Et c'est quoi ?

– C'est Bonelli.

CHAPITRE 50

Dans la semaine qui suit…

Ils sont quatre. Armés, masqués, calmes, méthodiques. Deux sonnent à la porte pendant que les deux autres entrent par le jardin. Un de ceux de la porte braque Loïse dès qu'elle ouvre et la bâillonne de sa main gantée de cuir. L'autre fonce à l'intérieur vers les chambres et sort Élias et Amandine de leur lit. Le cri de la jeune fille alerte Marion, mais quand elle se lève de la balancelle, ceux du jardin se jettent sur elle et la maîtrisent. Puis ils forcent tout le monde à se rassembler dans le vestibule, vident un débarras, les poussent à l'intérieur et les enferment à clé. Depuis leur irruption dans la maison, aucun n'a dit le moindre mot.

– Que font-ils ? murmure Loïse qui entend du fracas dans toutes les pièces.

– Ils donnent le change, chuchote Marion. Ils veulent faire croire à un cambriolage.

– Ce ne sont pas des voleurs ?

– Non, ce sont des professionnels, militaires ou civils. Ils sont venus récupérer la clé USB. Élias, mon ange, tu as eu le temps de faire ce que je t'ai demandé ?

Il tient Amandine dans ses bras. Marion voit bien qu'il n'a pas peur. Il est prêt à la défendre.

– Oui, maman, je l'ai fait.

– Alors souhaitons qu'ils le découvrent et qu'ils s'en contentent.

Ils restent encore un long moment prostrés dans le débarras, avant d'entendre les pas converger vers eux. La porte s'ouvre et celui qui doit être le chef pointe Marion de son arme.

– Nous avons trouvé les copies. Nous embarquons les ordis. Maintenant, je veux la clé.

Marion ne répond pas.

– La clé, Capitaine, répète-t-il en braquant son arme sur le front d'Élias cette fois, ou j'ajoute quelques grammes de plomb à l'antimoine dans le mou de ton débile de môme.

– Antimoine : *corps simple, solide (symbole Sb) d'un blanc argenté et bleuâtre, cristallin, très fragile, ni malléable, ni ductile, présentant à la fois des propriétés de métal et de métalloïde, et entrant dans la composition de nombreux alliages.*

Marion regarde Élias, étonnée de ce que son toc le reprenne alors qu'il semblait si maître de lui. Lui soutient son regard avec un calme serein, une sorte d'assurance qu'elle ne lui connaissait pas. Et quand il cligne des yeux, quand il esquisse un sourire, c'est comme un signal.

– La clé, Capitaine, dit l'homme en armant le chien de son arme, ou j'explose la tête de votre mariolle.

– Non, je vous en prie, cède Marion, les mains levées, en désignant d'un mouvement de tête la poche à gousset de son jeans.

L'homme la fouille sans ménagement, trouve la clé, s'en empare et la menace à nouveau.

– Vous pouvez faire casquer vos assurances comme vous voulez. N'hésitez pas à charger la mule même, si ça vous amuse. Mais le premier qui mentionne la clé, je reviens le buter en personne. C'est bien compris ?

Et sans attendre la réponse, ils disparaissent.

Dans la même semaine, un court-circuit déclenche un incendie dans le bureau de Donnadieu à Castellet-lès-Sausses. Plus rien ne reste de la maison du pauvre homme qui a failli y mourir brûlé vif pendant sa sieste.

La maison de Michel aussi a été fouillée pendant qu'il allait chercher les enfants à l'école. Fouillée et fracassée à nouveau comme une deuxième menace, alors qu'il était piégé sur la route par une double crevaison.

Presse, télés et radios reprennent à l'unisson les mots du préfet, s'indignant d'une recrudescence, dans le département, d'une délinquance violente que l'État de droit et la République ne sauraient tolérer. C'est Élias qui propose, au grand étonnement de Marion, d'organiser leur propre réponse sous forme d'une conférence de presse sur les réseaux.

CHAPITRE 51

Jour 20
18 h 00 – Sur les réseaux sociaux

Je suis le capitaine Marion Barthes, des Affaires Spéciales de la Gendarmerie nationale, et on peut considérer que ce que je vais dire est le cinquième communiqué que voulait porter à la connaissance des Français la maréchale des logis-cheffe Pinson.

Alexis Bonelli, conseiller particulier du président de la République, chargé de mission dans le cadre de la coordination des services de sécurité de l'Élysée, a organisé à l'époque le faux suicide d'Olivier Poitevin, responsable de la levée de fonds en faveur de l'actuel président de la République lors de sa campagne électorale. Les conséquences de cet assassinat ont conduit ces derniers jours à la mort de treize personnes : le conseiller à l'Élysée Vincent Le Guern, le paparazzi de l'agence En Images François Montiel et la call-girl Magdalena Chupa Chups, alias Madeleine Chopart, qui avaient tous les trois piégé Olivier Poitevin dans une campagne de calomnie de nature à expliquer le geste par lequel il a mis fin à ses jours. Laura et Jules Poitevin, ainsi que Denis de Sargnac, qui ont assassiné les trois précédents pour venger la mort d'Olivier Poitevin, ont eux aussi été abattus. Par ailleurs, le commissaire Maltaverne, de la police judiciaire de Nice, ainsi que cinq de ses hommes, Kamel Fouad, Loïc Vasseur, Dimitri Zvorak, Rémi Gabaldi et Jean-Luc Guillot, ont été exécutés par la gendarme Jeanne Pinson pour avoir participé au commando qui a assassiné les vengeurs de Poitevin.

Tout ce carnage ne serait en fait justifié que par l'obsession d'Alexis Bonelli de récupérer un fichier informatique concernant le financement de la campagne électorale du président de la République. Ce fichier, créé par Olivier Poitevin à partir de celui des quatre cent cinquante plus gros contributeurs, à hauteur de 24 000 euros par foyer, pour un total de plus de 9,5 millions, est enrichi d'une colonne faisant apparaître les « compensations » demandées et obtenues par les contributeurs. Ce fichier et ses éventuelles copies m'ont été dérobés avec violence au cours d'au moins trois cambriolages présentés par la presse locale et nationale complaisante, ainsi que par toutes les télévisions, comme une simple recrudescence de la délinquance dans l'arrière-pays niçois. Je n'ai donc plus aucun moyen aujourd'hui d'apporter les preuves de ce que je viens d'annoncer...

Mais à l'image, Élias pose la main sur le bras de Marion pour l'interrompre. Surprise, elle le regarde lui sourire, confiant et fort. Sans peur. Après un long silence pendant lequel elle sonde son regard pour s'assurer de ce qu'elle y voit, elle le laisse reprendre la parole là où il l'avait interrompue.

... Je m'appelle Élias Barthes et je suis le fils du capitaine Barthes. Si malheureusement ce fichier nous a été volé et toutes ses copies effacées de la mémoire de nos ordinateurs, il ne l'a pas été de la mienne. Je souffre en effet d'une forme d'autisme qui fait de moi un garçon hypermnésique. Grâce à cette capacité particulière que j'ai à mémoriser tout ce que je lis, je suis, moi, en mesure de vous révéler le contenu exact de ce fichier. C'est-à-dire la liste des quatre cent cinquante super-donateurs de la campagne électorale du Président actuel, avec leur nom, leur contribution et les compensations demandées et obtenues en échange de cette contribution. Les voici, dans l'ordre alphabétique du fichier d'origine :

Donateur n° 1 – Abencourt Pierre, contribution 24 000, compensation demandée : poste de directeur à la direction générale de l'armement. Statut : obtenue.

Donateur n° 2 – Absalam Nourine, contribution 24 000, compensation demandée : nomination à la direction des affaires culturelles de l'ambassade de France à Washington. Statut : obtenue.

Donateur n° 3 – Allibert Geneviève, contribution 24 000, compensation demandée : intercession auprès de l'administration fiscale. Statut : obtenue.

Donateur n° 4 – Azema Benjamin, contribution 24 000, compensation demandée : nomination au conseil d'administration de Total. Statut : obtenue.

Donateur n° 5 – Bailly Norbert, contribution 24 000, compensation demandée : attribution des marchés publics d'équipements électroniques de la prochaine extension de l'aéroport de Roissy-Charles de Gaulle. Statut : obtenue.

Donateur n° 6 – Bettancourt...

Et Élias de réciter, de mémoire, la liste complète des quatre cent cinquante noms dont la révélation documentée fait monter le nombre de vues par dizaines de milliers dans les minutes qui suivent. Déjà, les chaînes d'actualité en continu diffusent la capture d'écran en direct, avant que les présentateurs arguent un par un, sous injonction de leur direction, de l'absence de contrôle sur cette information possiblement préjudiciable au bon fonctionnement de l'État pour suspendre le direct. Mais le mal est fait et la vidéo enflamme la toile. Quatre cent mille vues dans le premier quart d'heure... Alors toutes les chaînes reprennent la diffusion de la litanie d'Élias.

CHAPITRE 52

Jour 20
22 h 00 – Paris – Élysée – Bureau du Président

– Qu'est-ce qu'on fait, maintenant, Monsieur le Président ? s'inquiète le conseiller en communication Dorland.

– C'est vous qui le demandez ? Vous, le conseiller en communication ? Je vais vous dire ce que vous faites : vous réparez toutes vos conneries dans la gestion de ce dossier et ensuite vous dégagez !

– Ça ne répond pas à la question, intervient le porte-parole du gouvernement, livide comme un linge à la seule idée de devoir tenir un point presse sur le sujet. Il faut réagir vite.

– Ce n'est pourtant pas compliqué. Vous répondez en quatre points. Un : ce fichier tel qu'il est présenté, sans preuve et à l'oral par un enfant malade, n'a jamais existé par écrit. Cette petite salope et son débile de fils viennent de se tirer une balle dans le pied devant toute la nation. Toute version imprimée ou informatisée de ce fichier qui pourrait surgir devra être présentée comme une retranscription a posteriori de cette déclaration frauduleuse et mensongère. Deux : on insiste sur le fait qu'il existe bien évidemment un listing des donateurs. C'est même une des pièces comptables que nous avons versées, conformément à ses exigences, à la commission de contrôle des comptes de campagne. Aucun mystère là-dedans, puisque la presse d'opposition s'est même déjà vantée d'y avoir eu accès et d'en avoir révélé les noms et les contributions sans jamais faire mention des prétendues compensations. Trois : on insiste sur le fait que ces contributeurs sont des personnes qualifiées et de qualité qui ont cru en mon engagement et en mon programme. Il est donc normal qu'ils figurent parmi ceux que j'ai, d'une façon ou d'une autre, nommés à des postes où ils peuvent m'aider à mettre en œuvre ce programme. Oubliez toutes les affaires fiscales ou judiciaires, et focalisez-vous sur les nominations économiques et sociales. Et en même temps, trouvez comme contre-exemples quelques noms de contributeurs qui n'ont rien obtenu, il doit y avoir une dizaine de ces connards qui m'ont lâché en cours de route. Quatre : on prend le plus incompétent des députés de notre majorité parlementaire pour devancer l'opposition et demander une commission d'enquête, non pas sur le fichier, dont nous nions l'existence, mais sur ce que l'opposition appellera les compensations. Quatre cent cinquante nominations ou interventions, ce sont des mois d'instructions et d'auditions. Et en même temps, en cours de route nous lâcherons en rase campagne une demi-douzaine de ces donateurs en annulant ce que nous leur avions accordé, et dans un an l'opinion publique sera passée à autre chose et l'opposition s'y sera usé les dents. Voilà ce que nous allons faire, Monsieur le porte-parole du gouvernement, et c'est votre feuille de route. N'en acceptez aucune autre, fût-ce du Premier ministre. C'est l'Élysée, donc moi, qui gère ce dossier en direct.

– Bien, Monsieur le Président, mais il reste un problème à prendre en compte, intervient le conseiller en communication Dorland.

– Et lequel ?

– Alexis Bonelli, Monsieur le Président. Cette ligne de défense va l'exposer à une terrible pression médiatique. Il est jeune et solide, mais il va manquer d'expérience pour affronter le maelström qui se prépare.

– J'ai dit et redit qu'on ne touchait pas à Bonelli.

– Nous l'avons tous compris, Monsieur le Président, mais cette fois il s'agit surtout de le protéger de toute cette tourmente. Il faut l'éloigner une semaine ou deux, le temps de l'aider à préparer sa défense loin de toute cette agitation et de préparer son retour dès les premières convocations judiciaires.

Le Président ne s'attendait pas à cet argument et s'y range vite, attentif à la proposition du conseiller en communication.

– Et qu'envisagez-vous ?

– Monsieur Bonelli est colonel de réserve de la gendarmerie dans un cadre relatif à la sécurité présidentielle. Il ne devrait pas être difficile d'arguer d'un programme de coopération et d'une mission à l'étranger prévue de longue date dans un pays ami.

– À qui pensez-vous ?

– N'importe quel pays africain avec qui nous maintenons des liens économiques ou militaires privilégiés. L'insécurité permanente de ce continent justifiera toute collaboration de ce genre, et la visite de votre conseiller personnel flattera l'ego de n'importe lequel de leurs présidents.

– C'est une idée qui peut s'entendre, admet le Président, mais en même temps ne les prenez pas pour des cons, ils écoutent nos radios et nos télés, ils sauront très bien que cette mission ne sera qu'un prétexte pour protéger Bonelli.

– Et alors, qu'ils le sachent, du moment que vous leur accordiez en échange ce qui les empêchera de le dire.

Le Président réfléchit quelques instants puis se décide.

– Très bien, obtenez-lui un passeport diplomatique. Que le Quai d'Orsay et la ministre des Armées organisent cette mission au plus vite. Pas un pays en guerre, ni un pays où nous avons une présence militaire massive, et encore moins un pays où nous sommes militairement associés à des forces alliées. Juste un pays socialement un peu turbulent avec un Président qui ne soit pas en mesure de nous refuser ce service. En même temps, que le Quai d'Orsay négocie des compensations d'État. Évitons les pots-de-vin et les enrichissements personnels. Enfin, si possible. Je me charge de prévenir Bonelli. Libérez-vous ce soir. Je vais demander au secrétaire général d'organiser une réunion avec les ministres concernés à qui vous exposerez votre plan. Laissez-moi, maintenant.

Les deux hommes sortent et se séparent, et quand il est dans sa voiture, Dorland compose un numéro sur son portable sécurisé.

– Alors ?

– Alors il est d'accord, Solis.

– Dieu soit loué ! Bien joué, Orion.

– Laissez Dieu tranquille, il pourrait bien prendre ombrage de ce que Jupiter se prenne pour lui et tout faire foirer.

– On sait quel pays ?

– Non. Réunion des ministres concernés autour du secrétaire général de l'Élysée ce soir. Bonelli devrait être quelque part en Afrique au plus tard après-demain.

– Parfait, faites ce qu'il faut.

Ils raccrochent et Dorland compose un autre numéro.

– Marcovič ?

CHAPITRE 53

Jour 22
Quelque part en Afrique

Les turbulences de la moiteur africaine chahutent l'avion d'Air France quand il se pose. Alexis Bonelli regarde défiler les masures dispersées à travers une végétation clairsemée et des terres rouges marbrées de flaques jaunes. De maigres vaches bossues et efflanquées, des chiens et des enfants, immobiles, dans l'ombre de l'avion qui ondule sur eux. Puis des hangars, des entrepôts, une caserne et enfin la piste qui se glisse sous la carlingue. Bonelli fait comme s'il ne savait pas que les passagers de première classe et l'équipage l'avaient reconnu. Rasé de près, la barbe taillée au millimètre, il enfile son blazer bleu marine sur sa chemise blanche, défroisse son pantalon d'une main manucurée, lestée au poignet de sa lourde Garmin Fenix 5, passe ses lunettes noires et descend en premier de l'avion comme si cela lui revenait de droit. Il n'a pas un mot pour l'équipage qui lui souhaite un bon séjour, et se dirige droit vers le militaire bardé de décorations qui l'accueille au pied de la passerelle. Une limousine l'attend pour le conduire au terminal et lui faciliter les formalités et la récupération de ses bagages.

– Monsieur Bonelli ?

L'homme qui l'aborde dans le misérable et prétentieux salon VIP de l'aéroport est français, habillé avec cette élégance appliquée des blancs d'Afrique.

– Mortaigne, dit-il, DGSE. Il semble qu'il y ait un problème avec vos bagages. Vous transportiez une arme, n'est-ce pas ?

– Mon arme de service, oui, l'Élysée et le Quai d'Orsay ont arrangé toutes les autorisations nécessaires avec les autorités locales.

– Je n'en doute pas, répond Mortaigne, mais ici les consignes se perdent souvent dans la jungle des administrations tropicales, si vous voyez ce que je veux dire. Je vais m'occuper de vos bagages et vous les faire suivre. La limousine est à votre disposition. Le chauffeur va vous conduire. L'Élysée a fait retenir pour vous une villa dans le quartier de la présidence, à proximité immédiate du palais, et nous l'avons sécurisée. Votre première audience auprès du Président est prévue demain à 10 heures.

– Très bien. Prenez soin de mes bagages, je vous en tiens pour responsable.

« Tu as raison, petit con prétentieux d'espion de bazar » pense en silence Mortaigne tout sourire.

– Et si vous avez besoin du moindre service, de la moindre adresse ou de la distraction de votre choix, n'hésitez pas à vous adresser à Brissac, votre chauffeur. Il est de la maison, c'est un homme de ressource.

– Je verrai. Peut-être ce soir, après dîner. Un club de jazz ou de rumba africaine. Un truc jeune, avec de beaux musiciens.

– Brissac connaît toutes les bonnes et les mauvaises adresses de la capitale. Jazz ou rumba, hommes ou femmes, il saura vous emmener là où vos envies d'Afrique vous porteront. Je vous rejoins dans une heure à la villa avec vos bagages.

Brissac est un sec et chaleureux gaillard à l'accent chantant du Tarn.

– Alors comme ça, on vient s'encanailler en Afrique !

– Pas du tout, je viens réorganiser les services de sécurité du Président.

– Et alors, l'un n'empêche pas l'autre. Les services de sécurité de la présidence s'encanaillent toutes les nuits, eux, croyez-moi !

– C'est probablement pour ça que le Président a besoin d'un homme comme moi.

– Ah oui ? Alors révisez votre Kamasutra, parce que le Président est le premier à transformer le palais en lupanar tous les soirs. En attendant, permettez que je descende les vitres pour faire courant d'air, le seul air con qu'il y a dans cette voiture, c'est le mien, dit-il dans un éclat de rire.

C'est une petite capitale d'une petite république, distendue sous un ciel immense, balafrée de longues avenues parallèles de terre rouge. Même quand elles ont été goudronnées dans le passé, par l'occupant colonial probablement, la poussière et la boue les rougissent comme des pistes. Bonelli a le sentiment qu'ils s'éloignent du centre-ville.

– Il n'y a pas de centre-ville ici, répond Brissac en riant encore, le quartier qui porte ce nom est même un des plus excentrés.

– C'est quoi, ça, sur le siège avant ?

– Ça ? C'est un mini extincteur. Ici, tout surchauffe, et avant tout les moteurs. Et ça sert aussi de lacrymo, à l'occasion…

La limousine les bringuebale à travers ce qui ressemble plus à un gigantesque campement provisoire qu'à une capitale. Le trafic est erratique et nonchalant à la fois.

– Nous sommes loin de la villa ?

– Dans cinq minutes, une fois passé le pont, de l'autre côté du fleuve. Par contre, nous allons traverser le quartier de Kilomètre 13 et je vous recommande la ceinture. C'est un quartier agité, quelquefois. Ils y ont souvent la conduite révolutionnaire, comme ils disent.

Bonelli boucle sa ceinture et Brissac actionne la condamnation automatique des portes. À travers le pare-brise maculé des dernières pluies de poussière se dessine le pont. Son étroit tablier enjambe d'un seul jet les cent mètres d'un fleuve aux eaux terreuses. De chaque côté, les parapets ne sont que des garde-fous de passerelle. Bonelli admire le dos sculpté de muscles d'un homme torse et pieds nus, vêtu d'un simple short Adidas rouge à bandes blanches, quand devant eux une voiture freine soudain, percute celle qui la précède, et se met en travers du pont. Brissac réagit d'un violent coup de volant sur la droite. La limousine cogne contre le trottoir, bondit sur le trottoir, pulvérise le parapet et plonge dans le fleuve le capot en avant. L'eau glacée chargée de limon s'engouffre aussitôt dans la voiture. Bonelli tente désespérément de se défaire de sa ceinture bloquée. Puis d'ouvrir la portière, bloquée elle aussi. Il aperçoit alors le visage calme de Brissac qui passe sur son nez le petit système respiratoire qu'il avait pris pour un extincteur de voiture. Son regard est sans appel. Il vérifie en professionnel des coups tordus que Bonelli est bien piégé et ne survivra pas. Puis, d'une contorsion élégante et efficace, il se glisse hors de la limousine par la vitre grande ouverte et disparaît pendant que Bonelli se noie en hurlant des bulles de panique.

Les badauds et les automobilistes se sont précipités du même côté du pont pour regarder couler la limousine que le courant emporte. Brissac a nagé sous l'eau à contre-courant et deux hommes de la DGSE le récupèrent à bord d'une pirogue de pêcheurs de l'autre côté du pont. Sur un signe de Brissac encore essoufflé, un des hommes parle dans un émetteur.

– Nous avons récupéré l'hameçon. Le poisson est resté dans l'eau.

Et ils traversent le fleuve vers la forêt sauvage d'une autre république où une équipe d'exfiltration les attend.

CHAPITRE 54

Jour 23
Sur toutes les chaînes de télé

La mort accidentelle d'Alexis Bonelli au cours d'une mission de coopération en Afrique fait la une de tous les journaux, et la déclaration officielle du Président, annoncée pour 20 heures, intrigue la France entière.

– *Alexis Bonelli, mon conseiller personnel à l'Élysée, chargé de mission pour la coordination de la sécurité du président de la République, est décédé au cours d'une mission de coopération en Afrique, dans ce qui ne peut être autre chose qu'un attentat. De toute évidence, des services de sécurité français sont impliqués dans cet assassinat lâche et ignoble et la responsabilité du gouvernement est engagée au plus haut niveau, a minima pour incompétence, sinon pour complicité. J'ai donc exigé la démission du gouvernement qui prend effet ce jour à minuit, et je dissous le parlement comme la Constitution m'en donne le pouvoir. En attendant l'organisation de prochaines élections législatives, dans un délai de trois mois, et en conformité avec les différentes lois votées pour garantir la sécurité de l'État et des citoyens dans le cadre de l'état d'urgence, j'assurerai le gouvernement de la France. Je nommerai, dans les jours qui viennent, des remplaçants à la tête de tous les services de police, de gendarmerie et de sécurité intérieure et extérieure, ainsi qu'à tous les postes de la magistrature qui dépendent de l'État. Dans cette période où les ennemis intérieurs de la France osent frapper au cœur même de l'État et de mon plus proche entourage, j'interdis toute manifestation ou rassemblement dans le cadre des dispositions de sécurité de l'état d'urgence et des différentes dispositions antiterroristes. J'instaure par ailleurs un couvre-feu national de 20 heures à 6 heures qui prendra effet dès demain et pour une durée de deux mois. Je demande à l'armée, dont je suis le chef de par ma fonction, d'assurer l'ordre et la sécurité sur tout le territoire national et...*

Et dans tous les ministères et les états-majors, c'est la sidération. La plupart des dispositions annoncées sont illégales en l'état. Cette déclaration est un suicide politique de la part d'un homme égaré dans un désir de vengeance. Déjà le représentant d'un parti d'opposition réclame la procédure de destitution sans que ceux qui l'interrogent comprennent vraiment si un parlement dissout peut engager une telle procédure. Ce à quoi un autre chef de parti déclare qu'en son nom, le parlement refuse sa dissolution, qui n'est qu'une manœuvre du Président pour empêcher sa destitution. Et déjà, avant même la fin de la déclaration du Président, des émeutes éclatent dans les rues des grandes villes.

Dans le salon de Marie-France Le Guern, où dînent quelques membres du Cercle Galilée, la stupeur passée, le « désarrimage » de Jupiter est acté. Chacun s'isole pour passer les coups de téléphone nécessaires à s'assurer de la participation, toutes affaires cessantes, de tous les Galiléens à un conseil d'urgence dès le lendemain pour enclencher la mise en orbite d'un autre candidat à l'élection présidentielle.

– C'est à peine croyable, nous avons réussi à mettre cet être insignifiant sur orbite, à lui construire un destin politique, à le faire élire, à lui faire appliquer à la lettre notre programme économique et sécuritaire, nous allions réussir à faire enfin de ce pays, libéré de ses systèmes sociaux archaïques, une composante d'une Europe ultralibérale, nous avons investi et manipulé des centaines de milliards, et voilà que cet arriviste prétentieux joue les Pinochet !

– Calmez-vous, Solis, finalement la réaction suicidaire de Jupiter vient à point nommé pour nous donner l'occasion de mettre en scène Vulcain. Il faut dès à présent activer tous les réseaux du Cercle pour capter la vague de protestation et d'indignation que les décisions délirantes de Jupiter vont déclencher.

Laissons s'installer le désordre et le chaos pour que dans un mois Vulcain devienne le seul recours à la reprise en main du pays dans l'ordre et le progrès. Et félicitons-nous que la mort de *Io* ait au moins servi à ça !

CHAPITRE 55

Jour 23
Villa Bella

> What is this that stands before me?
> Figure in black which points at me
> Turn 'round quick and start to run
> Find out I'm the chosen one
> Oh, no!

Ils ont branché les amplis sous les lampions de la terrasse, la table est encore jonchée des reliefs de leur festin, le vin et la vengeance ont exacerbé leurs sens quand soudain le rythme de la sombre complainte bascule. Marion et Élias se font face, basse contre basse. Son Élias, son enfant, sa chair, son cœur, habité par le démon de Geezer Butler pour son plus grand bonheur. Et contre Marion, dos à dos, Loïse et le riff lourd et lugubre de Toni Iommy qui arrache des cris maudits à la nuit, face à la syncope tribale des batteries jumelées d'Amandine et de Cavaillon.

Les enfants de Michel dansent et tournoient comme des anges oubliés sous le regard des grands-parents qui s'abandonnent au heavy metal de leur jeunesse. Quand la voix éraillée de Bénédicte s'empare à nouveau du micro pour reprendre l'incantation d'Ozzy Osbourne, le Président n'est plus, à l'écran, qu'une image virtuelle, vide de sens et de vie.

Is it the end my friend
Satan's coming 'round the bend
People running 'cause they're scared
The people better go and beware

No, no, no

God praise you all!

Composition et mise en pages
Nord Compo à Villeneuve-d'Ascq